叢書・ウニベルシタス　1099

ベニカルロの夜会

スペインの戦争についての対話

マヌエル・アサーニャ
深澤安博 訳

法政大学出版局

マヌエル・アサーニャ
La velada en Benicarló, Espasa-Calpe (1981) 版より

目次

凡例

一、本書は、Manuel Azaña, *La velada en Benicarló. Diálogo de la guerra de España*（初版 Editorial Losada, Buenos Aires, 1939. 初版の副題は、*Diálogo sobre la guerra de España* となっていた）の全訳である。

一、本書の翻訳に当たっては、初版に見られたいくつかの誤植を訂正しているスペインでの初版 Manuel Azaña, *La velada en Benicarló. Diálogo de la guerra de España*, Edición, introducción y notas de Manuel Aragón（Editorial Castalia, Madrid, 1974）など、その後のいくつかのスペイン語版を基にした。その後のスペイン語版については、本書の『ベニカルロの夜会』その問いかけと射程――解説にかえて」（以下、「解説にかえて」）、また「アサーニャの著作」を参照。

一、また、フランス語版（*La Veillée à Benicarlo*, Gallimard, Paris, 1939）、イタリア語版（*La veglia a Benicarló*, Einaudi Editore, Torino, 1967）、英語版（*Vigil in Benicarló*, Associated University Presses, East Brunswick/London/Toront, 1982）も参照している。

一、訳文中の（ ）は原著者によるものである。

一、訳文中の［ ］は訳者による補足や補注である。

一、本書の理解に資するために、可能な限りの訳注を見開きページの左端に付した。

一、原文でイタリック体で記された箇所には、傍点を付した。

一、原文での明らかな誤りは修正してある。

ベニカルロの夜会

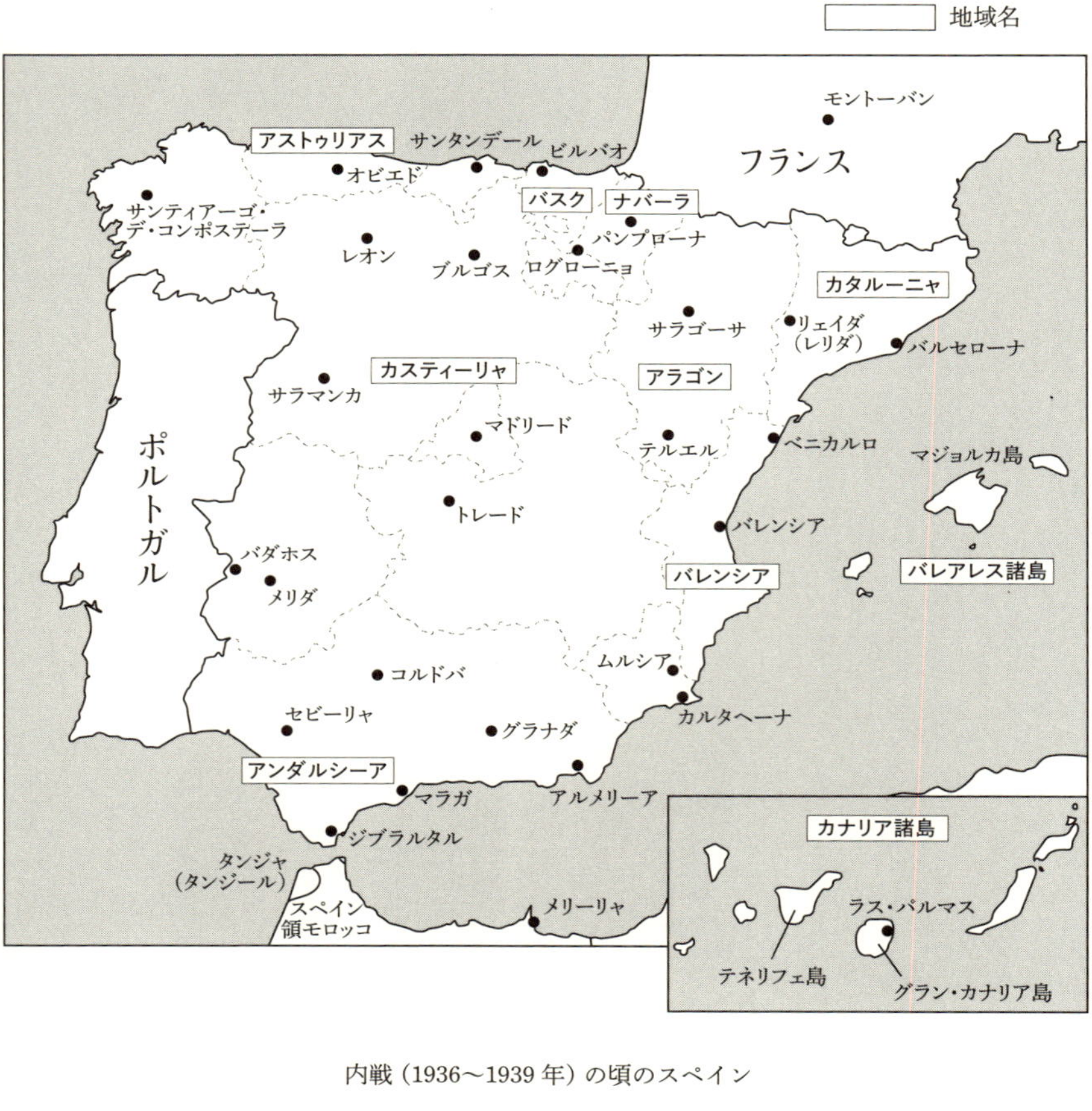

内戦（1936〜1939年）の頃のスペイン

序

私はこの対話を、一九三七年五月の反乱(1)が起きる前の二週間に、バルセローナで書いた。この反乱事件で［自らの身を守るために］こもらなければならなかった四日間は、草稿を［タイプライターで打ってもらい］確定稿にする仕事で過ごしていた。（もっと早く公けにするのはできないことだったので）、今、一音節も変えることなくそれを公けにすることにする。歴史の経過が、後になって、この対話で述べられているそれぞれの見方をそのとおりだったと言うか、あるいはそうでなかったと言うかはどうでもよいことである。この対話はよからぬ激高のなかから生まれたものではない。何らかの予言というのでもなかっ

(1) スペイン内戦中に、共和国地域のバルセローナで起きた、カタルーニャ政府治安部隊・PSUC（カタルーニャ統一社会党）と、CNT（全国労働連合）・POUM（マルクス主義統一労働者党）との武力衝突。PSUCは、カタルーニャ社会主義者同盟、スペイン社会労働党（社会党）カタルーニャ連盟、カタルーニャ共産党などが合同して、内戦発生直後に発足した、コミンテルン加盟の政党。CNTは、一九一一年創立のアナーキスト系の労働組合組織。POUMは、一九三五年結成の、コミンテルン批判派のマルクス主義政党。

た。この対話はいろいろな意見を示したものである。つまり、スペインの戦争中によく言い交されたいくつかの意見を議論の形にしてまとめて示したものである。さらにほかにも、戦闘の轟音のなかではほとんどかき消されてしまったけれどたしかに存在し、しかも深く根を張っていた意見も示されてある。対話者たちの仮面の裏によく知られた人物を見出せないものかと、それぞれの仮面を剝がそうとしても無駄なことになるだろう。作中の人物は創作である。それぞれの意見、また、それらの意見が表しているいわゆる「精神状態」はほんとうにこれらの人々のものである。もしそうするべきだというなら、今でもそれぞれの意見をはっきりと確かめることができる。これらの意見のすべてが、この戦争の残虐な展開よりもっと持続的で、ずっと奥深いスペインの悲劇の様相というものを明らかにしている。後になって、いろいろな出来事の呼び方や名づけ方も変わり、それまでのものの見方の多くも無意味なものになってしまうと、スペイン人はなぜ自分たちの前の世代の人々が互いに二年以上も戦い合ったのかよくわからないだろう。しかし、暴力に熱を上げるという不幸な資質をスペイン人がその時にもまだ持ち続けているなら、この悲劇はまだ続くだろう。まさに兄弟殺しの狂暴の真っただ中で、いま一度このような見方をすることは、何人かの人々の心を絶望的にも空虚の奥底に触れさせることだった。他方で、時間としては短いが狂乱にしてはあまりに長かったこの旅程を経て、多くの人々の理性と分別が熟して来たと言うのはたいへん疑わしい。それゆえ、狂気の日々のなかでも自らの精神の独立を保持していた人々がいたということはもっと大きな意味のあることである。人類の見地からすると、これは慰めである。スペイン人から見ると、これは希望である。

一九三九年五月

対話に居合わせた人々

ミゲル・リベーラ　国会議員
リュック　バルセローナ大学医学部医師
ブランチャート　歩兵隊少佐
ラレード　空軍士官
パキータ・バルガス　女優
クラウディオ・マロン　弁護士
エリセオ・モラーレス　作家
ガルセス　元閣僚
ある大尉
パスツラーナ　社会党指導者
バルカーラ　活動家

医師リュックの車がバルセローナとベニカルロの間を全力で走っている。車の前部では黄色の小旗がはためき、後方ウィンドウでは埃にまみれた白い貼紙に「医師」と書かれてある。医師という専門的職業で様々な仕事を引き受けているので、リュックは自動車を使えるというブルジョワ的特権の最後の残り物を保持しつづけることができた。リュックは、車を運転しながら、以前はこの車の持ち主だったことを思い出して、ちょっぴり皮肉っぽい気分になっている。リュックの横にはミゲル・リベーラが乗っている。国会議員で、まだ若いが、六か月前までは百万長者だった男である。車内には、少佐のブランチャート、ひどい傷から回復したばかりの空軍士官のラレード、それにサルスエラの女優のパキータ・バルガスが乗り合わせている。これらの同乗者はそれぞれ異なった動機で旅立たなければならなかったので、リベーラが友人のリュックに頼んで、二人の軍人とパキータをバレンシアまで車に乗せてもらったのである。三月の日は暮れようとしている。車は、でこぼこした土地でオリーブとイナゴマメが植えられていて、そこから海に向かって春の嵐が吹き荒れている［カタルーニャ地方東南部の］パナデスの平原を、またトゥルトーザ［カタルーニャ地方南部の町］の沃野を突っ切って、［バレンシア地方北部の］カステリョ・ダ・プラーナ県に入っている。海岸の黄土は夕日に赤く染まって青い海にかかり、［カステリョ・ダ・プラーナ県北部の］マエスツラートの山々の暗褐色のおぼろげな姿は紫色に満ちている。道中は順調だった。

（2） 一七世紀に様式化されたスペインの音楽劇。

途中で、葬列に出会った。暗緑色の糸杉が夕日に照らされて金色に輝きながら車道沿いにある墓地を覆っている。リュックは車を止めた。棺には赤と黒の二色旗〔CNTの旗〕が掛けられている。棺の後に村のすべての人々が列を成している。音楽隊が静かに進んで行く。棺が通り過ぎるとき、リュックはこぶしを挙げた。リベーラは不安におののいている。列の中の何人かの人々がこぶしを挙げてこれに応えた。車道のほうから足音が聞こえた。車の中に軍服の人がいたので、いくつかの目が車の中の様子をじろじろと窺っている。遠くで、パトロール隊が叫んだ。

「止まれ！」、「証明書を出せ！」。

リュックは一通の折り畳み書類を見せた。書類は署名や書き判、印、証紙、マークでくしゃくしゃになっているが、それらは所持者が共和国に忠実であることを十分に示すものだった。パトロール隊長は穴を開けんばかりに書類を見た。リュックはいらいらしてきた。

「そんなにいら立たないでください、同志。よく調べなければいけませんから」。

「同志、表側から書類を読めばもっと早くわかるはずですが」。

書類は返された。

「行ってよろしいです。同志の挨拶を！」。

「同志の挨拶を……。同志たちが、生き永らえんことを」。リュックは発車させながら叫んだ。リベーラはぞっとしながら言った。「あいつらはわれわれに一発お見舞いするんじゃないだろうね」。「いやそんなばかなことは！　そんな不埒な連中ではありませんよ」。

何世紀かかかってたいへん美しくまた豊穣となった農村はのどかだった。その中をリュックは陽気になって車を速く走らせている。収穫されたばかりで赤褐色をした畑や作付けされたばかりの青々とした畑のあいだのあちらこちらに白色の農家が見えた。育ち始めた小麦畑の潤いに満ちた緑色は輝くほどだった。農夫の荷車には幌が高く張られてあり、ラバには黄金色の釘をたくさん使った装具が付されている。ブドウ畑では、ときおり、株をもうほとんど切りそろえてしまった農夫の姿も見えた。早生の果樹の花々が不思議な絵のように浮き出て見え、車が走り去ると、薄白くしか見えなくなった山々のかなたに消えて行った。

「連中がすべてをぶっ壊してしまうのだろう。家だろうと木だろうと立ってなんかはいなくなるのだろう。男たちは銃殺されてしまった。女たちや子どもたちだってそうならないなんてことはありゃしないだろう？　もうめためたにやられてしまったのを見てないっていうのか？　今におれ達がやられる番がやって来る……」。リュックはこうつぶやいた。

リベーラは、ついこの前に自分自身に起きたたいへん忌まわしい経験から感じやすくなっていて、他人の意見、とくにぞっとするようないろいろな予言によってしばしば動揺していた。それでも、リベーラはこの経験から、もう不運な目に遭うようなことはなくなったかのように自分の運命をもっと信じようとした。

「自分はほんとうにたくさんの危険にあっても命拾いをしてきたので、生き永らえる運命にあったと思っているんです」。

リュックが答えた。

「これでもう命拾いの運命を手に入れたというわけではないですよ。冒険小説のように脱出できたからといって、危険が実際にもう去ってしまったと思い込んではいけませんよ。危険はまだまだあります。運命というものはいつもそんなにはっきりとした形をとって表れるものではありませんよ。人はなぜともわからずにあほくさく死んでしまうものです。数か月前、この道の側溝で、自らの血にまみれた死人たちをある人が見つけました。これらの人々は食後の時間か寝ている間に射ち殺されたのです。誰がやったのでしょうか？　何のためにやったのでしょうか？　われわれが殺される番になったとしても、統計ではわれわれは二人の死者ということにしかならないでしょう。われわれに降りかかった運命について説明してくれる何の理由も残らないでしょう。でも、あなたなら私が思うところの理由はわかってくれるでしょう。つまり、われわれのような者にはもう世界は終わってしまったということです。われわれはどこでも余計者なのです。やり方はどうあれ、余計者を排除してゆく過程がこうして成し遂げられてゆくのでしょう。これが歴史の法則というものなのでしょうか？　それならそれでよいというものです。歴史というのは愚かな行為ですよ。人間の知性と対立するものとは言わないまでも、知性とは関係ないものですよ。人間はそれをわかっていて、それにさいなまれるだけのことで、それ以上のことはできやしない。よく言われるように、人間の運命の偉大さなどというのはこんなものです。一本の葦だってこれとは違いますよ。葦のほうがまだましというものです。しかたがないので、私は私という人間が破滅に陥っているのに合わせて自分自身の倫理をでっち上げ、そうして、自分のパートを最後の音節まで唱っているのです」。

日が暮れて来たので、彼らは「ベニカルロの」海辺の宿に投宿した。西日の最後の輝きも弱まり、灰色の雲が覆って来た。町の集落の家々には白いティンパヌム[3]が見える。畑と庭のあいだには何本かオリーブの木が立っている。ペニスコラ(4)の険しい影が地上から浮いているように見えた。べた凪ぎの夕だった。海辺の小石が、ざわめきも泡も立てることなく岸から海に広がってゆく透き通ったさざ波をあたかも賞味しているかのようだった。宿では、ほかの客たちがびっくりしたり喜んだりしてミゲル・リベーラを迎えた。対話は夕食中も夕食後も続いた。

パスツラーナ ――どこからお出でになったのですか？

リベーラ ――墓場からです。

モラーレス ――そう言ってもよいのでしょうね。みんなあなたはもう死んでしまったと思っていたのですから。

リベーラ ――私は偽りごとを言っているのではないのです。文字どおり墓場からやって来たのです。［一九三六年七月に軍事］反乱が始まった時、私は私の兄弟たちを訪ねるためにちょっとログローニョ［現在のラ・リオハ県（当時はログローニョ県）の県都］にいたのです。人民が武器を持っていたなら、反乱を打ち負かしていただろうと思います。ちょっとした流血のなかで抵抗は敗れてしまったのです。何というひどい苦しみだったでしょう！　砲兵隊の大尉だった兄は銃殺されてしまいました。弟は技術者だったのですが、サラゴーサに向かう途中で殺されてしまいました。二人とも共和国派だっ

（3）　建物入口上部の半円形か三角形の小さな装飾壁面。
（4）　ベニカルロの海岸から約十キロメートル南の海岸線に突き出た巨岩。岩の上には家々があるほか、城が立っている。

たのです。反乱派の連中は殺す前に金歯も抜いてしまいました。私は身を潜めることができました。四か月のあいだ山奥の羊飼いの掘っ立て小屋で過ごしたのです。この間に、彼らは私を反逆者であるとみなし、私に死刑を宣告し、わが家族の財産のすべてを没収してしまったのです。私の母の財産も没収してしまったので、母は八〇歳なのに他人の施しもので生きながらえている始末です。ある部隊が私の隠れ家を見つけました。これで最期だと思いました。ところが味方でした。逃げ延びてきたアーロ［現在のラ・リオハ県北部の町］の労働者たちだったのです。彼らは、ラ・リオハでの大虐殺について話してくれました。それはもう驚くべきものです！　とくに目をつけられたいくつかの村では、すべての住民が銃殺されてしまったのです。私も自分がどういう者かを知らせたので、私たちは同じ境遇にあることがわかったのです。彼らは私のためにある運転手と連絡をとってくれました。この運転手は私を車のトランクに隠して、パンプローナまで連れて来ました。そこで、運転手はほかでもなく墓場に私を隠すことを思いついたのです。「ここに私の仲の良い友達がいるから」と運転手は私に言いました。私にもここに多くの友人がいましたが、みんな殺されてしまいました。ナバーラには、カルリスタ、[5]［ナバーラの］ナショナリスト、[6]カトリック以外の人はほとんどいなかったのです。［一九三六年二月の国会議員］選挙では、共和派連合［人民戦線派］[7]の得票は三万六千にもいかなかったのです。それで、反乱派は約一万五千人もの人々を銃殺してしまったのです。この割合でスペイン全域の人々が殺されたとすると、どのくらいの人々が殺されたことになるか、計算してみてください……。実際に運転手には墓掘人の友人がいたのです。それで、私は二四日間、墓の壁穴の中に入っていたのです。住民が私を見つけて反乱派に通報する危険はありませんでした。

夜になるとよくぶらついたり、わずかばかりのパンと一杯の水を取りに行きました。私を保護してくれた人が逃亡の手筈を整えてくれました。私は修道士の服を身に着け、歩いて国境まで辿り着きました。そこで、私の骨格が〔南仏の〕アルネギーにいることがわかりました。骨格と言ったのは、修道服の下には骨、それに皮しかなく、ほかには何もなかったからです。命を永らえるためにこんなにも苦しまなければならないとは思ってもみませんでした。何人かの人が私のために力になってくれました。回復するのに数週間かかりました。それから、スペインに帰ろうと思いました……。

モラーレス　── これはまたとんでもないことをお考えになったのですね。

リベーラ　── そのとおりだということが今は自分でもわかってきました。金を貸してくれた人がいたので、ラ・ジョンケーラ〔カタルーニャ北辺の対仏国境の町〕までたどり着きました。でも、疑わしい人物と見られて、逮捕されてしまいました。何の証明書も持っていなかったのです。私は国会議員だと主張したら、いっそうまずいことになってしまいました。

パスツラーナ　── 国会議員というのはたいへんまずかったといってよいですね。将軍や司教や経営者だというのと同じようなものです。とはいえ、閣僚だというよりはよいですがね。

リベーラ　── 私は小屋に入れられ、殺すぞと言われましたが、なんとかバルセローナに電話で伝言を

---

(5)　一八三三年、国王フェルナンド七世死去の際に、王弟カルロスを支持して反乱を起こした勢力。その後も一九世紀に二回の反乱を起こし、二〇世紀になってもスペイン伝統主義派の有力勢力を成した。
(6)　カルリスタの影響も受けて、ナバーラの自治や独立を主張する勢力。
(7)　一九三六年の人民戦線派の形成については、「解説にかえて」の「一」参照。

送ることができました。バルセローナからは、ただちに私を引き渡せと言ってきました。殺し屋たちは私がまちがいなく拷問にかけられると思い、私の移送に応じたのです。私は両手を縛られ、車に乗せられました。彼らは私の首筋にピストルの銃身をすりつけていました。私は二四時間ものあいだ地下牢に立ちっ放しにされました。この牢ではぎゅうぎゅう詰めにされたのですが、ほかの人々がどういう顔立ちの人々だったかはっきりと見ることはついにできませんでした。国境で救われたのと同じ取り計らいで私は解放されたのです。私の持ち物といえば、身に着けてきたボロ服がすべてでした。医師のリュックさんのおかげでこの苦境から抜け出すことができ、また、健康が回復するにしたがって私は落ち着きを取り戻し、希望さえ抱くに至ったのです。

リュック――あなたは重態でも何でもありませんでした。まあ言ってみれば空腹をほったらかしていたことと、ちょっとした神経性の興奮によるものだったので、すぐに治りました。新しい生活になじんですぐのことです。初めのうち、あなたは自分がどこにいるのかもわかりませんでした。まるで月から降りてきたようでした。

リベーラ――ほとんど半年のあいだ、スペインがどうなっているのかわからず、ただラ・リオハとナバーラで反乱派の連中が数千数万の男女を銃殺したことしか知りませんでした。ほかのことはまったく知りませんでした。バルセローナに着いたときには、自分がなにか特別な悲劇の主人公のように思っていました。空腹をほったらかしていた……。まさにそうでしょうね。でも、私の言うことも信じていただきたいのです。食事をとり身だしなみを整えるだけでなく、苦しみを和らげることが私には必要だったのです。苦しみを語ることだけでも必要だったのです。温情と言えるものに、私を思いやってくれる感情に出会いたかったのです。私がこちらで受けた印象はそれは冷ややかなものでした。私は皆さん方が毎日どのように暮らして来たのか知りませんでしたし、感嘆したり他人に同情したりする余裕はもう誰にだってないこともわからなかったのです。これは本当のことです。私は知らない町に降りてきたのですから。死の境地からは救われたのですが、やはり首筋にピストルをつきつけられた社会にやって来たわけだったのですね。リュックさん、私たちが最初に会ったときのちぐはぐな印象は今でも私から消え去りません。私はほんとうにたくさんのことをあなたに話そうと思っていたのです！　ところが、あなたはこう言って私を迎えてくれたのです。「おやおや、リベーラさん！　どうしてまたバルセローナなんかに来たんですか？」。私は言葉に詰まりました。けれど、あなたは間を置くこともなく、またこう言ったのです。「まだひげを伸ばしたままにしておくんですか？」　どうかあの時を思い出して、私を笑いものにしてください。今は自分でもこれは笑いものだなと思っているのです。あなたの部屋に入るとき、私は悲劇の人物が入って行くのだと思っていました。でも実際には、ひげもじゃのお坊ちゃんが部屋に入っていったのですね。すぐに、あなたに話そうと思っていたことがどうでもよいことのように見えてきました。

リュック　——あなたは私に犬のことについて聞きました。自動車が犬をひき殺したことを知ると、急に叫び出しました。「犬も、犬も殺されたんだ」。今だから言いますが、それで私はあなたが正気ではないと思ったのです。

リベーラ　——事情を呑み込めていなかったので、あなたやほかの方々が無気力なことに私はまごついていたのです。本当のところ、国境を越えたときからこういうことをよく知っているべきだったのです。どうもよくない感じがあったのです。私が国外にいたことを妬む人々がいたのですが、彼らはまた、私が戻って来たのを気の毒なことだと思っていたのです。私がスペインに戻って来たのはそれが当然だと思っていたからで、それに何の疑念もさし挟まなかったのです。ある知人がバルセローナで私に言ったのです。「何ですって！　フランスにいたのに戻って来たんですか？　私だったらいつになっても戻りませんよ！」。何と腹立たしいことでしょう！　私は当然のことをしたと思っていたのに、私はばかにされたのです。腹立たしさからか、恐怖に捉われたのか、それとも浅はかなやつだと思われたくないからか、私はスペインを去ろうかと思うようになりました。リュックさんが私を思いとどまらせたのです。

リュック——そうではありません。ものごとは正確に言わなければいけませんよ。どうするべきかということについて私はいつも誰にも言わないようにしてきました。私の患者には言いますが、その場合でも患者が自分のするべきことをわかっていないと感ずるときだけです。あなたが尋ねたので私は言ったまでで、それがあなたをひどく脅《おど》かすことになるとは思ってもいませんでした。あなたは大司教の命を救ったのでも、どこかの修道士の命を救ったのでもありません。カタルーニャの政治や社会のやっかいな事々と関わりを持っていたのでも、私の地元〔カタルーニャ〕で誰かに良いことをしたとかまずいことをしたとかというのでもありません。それでも、私はあなたにここを去るようにとかここにいるようにとかは言いませんでした。私は誰かの運命を左右するような人になりたくないのです。

モラーレス——何の忠告をしなかったとしても、忠告したのと同じように誰かの運命を左右することになりませんかね。

リュック――たしかにそのとおりです。しかし、なおざりざったとか無為というだけのことになるでしょうから。

モラーレス――こっそりというのでもなくスペインから逃げてしまい、それで多大な貢献をしていると思い、またそのように書いている人もいますがね。

マロン――あなたの言うこともわかります。今は、うまくやる人、満足を得る人と、そうでない人とが分かれてしまっているのです。それで、人々の気を引こうと、とにかく受ければよいということで、だまされやすくすぐ信じてしまう人たちのための言説がつくり出されてしまうのです。大物というのは、そうではなく自己流で行動し、怯えて過ごすくらいなら飢えて過ごしているほうがよいという人々です。おそらく、［スペインを去った］大物たちのほうがうまい判断をしているのです。というのは、飢えは人間をやせさせるだけですが、恐怖は人を狂わせてしまうからです。飢えも人間を犯罪に駆り立てることがありますが、恐怖は人間を下劣にしてしまうのです。いちばんまずいのは、恐怖にひれ伏してしまった後に飢えて過ごすことになることです。私にはこういった大物たちのことは関係ないですがね。

モラーレス――そんな風に厳しく決めつけなくてもよいと思うのですが。現在の時点から離れてみると、こちらでのこういった恐ろしい出来事とは距離を置いているこのような人たちは、平和の時代のための予備部隊のような存在になるかもしれませんよ。

リュック――私は、国外に行ってしまった人たちの言うことを聞いたということになるでしょう。二か月前に政府の遣いで医療品を買うためにパリに行きました。そこでバルセローナの知り合いと偶然出会ったのです。カタルーニャ政界の大物で、［内戦の］初期に亡命したのです。彼は、「FAI(8)の連中とどんな風にやっているんだい」と、いきなり私に聞いてきたのです。「連中をやっつけるためにあなたの帰りを待っているんですよ」と私は答えました。彼はあなたが語ったような構想を私に明かしてくれたのです。つまり、スペインでは二つの狂暴な党派が互いに相手をやっつけようとしている、しかしどちらも他方を支配することはできない、このことが明白となり戦争が終わったときに、この戦争を遠くから見ていて二つの党派とも非難している人々に国を統治する番がやって来る、というものです。私は、スペインのこちらの側でもあちらの側でもこれだけ諸々のことが起きていることにぞっとしていることを隠そうとは思いません。しかし、こんな自惚れじみたことを聞くと、民兵の非妥協的な精神が私にも湧いてくる気がするのです。

マロン――私の見るところでは、いまや四つのスペインがあるのです。これだけあるのです。パリでは三つ目のスペインがつくられていました。それはあなたがバルセローナの知り合いから聞いた目論みです。しかし、もっと良い解決策を携えた四つ目のスペインが生じて来たのです。［イベリア］半島で一つ目と二つ目のスペインが内戦となっているように、いまやパリでは、この三つ目と四つ目のスペインが内戦に入るしかない状況になっています。実際には、［四つ目のスペインという］不干渉委員会(9)の何もしないああいう人たちというのはみな良い運命にはありません。もし戦争が［一九三六年］九月に終わって共和国が崩壊していたなら、これらの人たちはずっとぱっとしないままでいたでしょうが、また安堵の念も持ったことでしょう。「おわかりでしょう？　もうみんな終わったんですよ！　あそこですることがあるとでもいうのですか？」、というようなものです。結着がつかずに戦争が長引いているので、彼らは望みがかなわずにがっかりしています。というのは、彼らはうまい口実も見つけられない具合の悪い立場に置かれているからです。何もしないでいても（誰も何もしていないのではありませんが）、委員会が存在することだけで害が生じているのです。そして、彼らが何か言う時といえば……、高い地位にある上品な人々のためにいろいろな政治的プランを考え出して自分たちの存在を合理化するんだから、まったくおめでたいことです。

パスツラーナ――こういう類の人たちがたまたまスペインに来ると、上品だとか、爆撃に耐えているわれわれのようなまったくの野蛮人より高い地位にあるとはどういうことなのかがわかりますね。こういうような人が四日間バレンシアにいたのです。彼は、政府がレケスウィント[10]についての自分の著作をなかなか出版してくれないといってたいへん怒っていましたが……。おわかりでしょう、レケスウィントですよ！　彼は私に、フォーリン・オフィス〔イギリス外務省〕だの、ケドルセ〔フランス外務省〕だの、紳士協定[11]だの、〔国際連盟〕規約だの、集団安全保障だの、シリア農民の定住[12]だの、

（8）　イベリア・アナーキスト連盟。一九二七年に結成されたアナーキスト組織。ＣＮＴを支える政治・理論・行動集団。

（9）　フランスとイギリスの提唱で、一九三六年九月に始動。二七か国が参加。スペインの内戦への諸国の不干渉を目的としたが、実際にはほとんど役割を果たさなかった。

（10）　七世紀の西ゴート王国の王。ゲルマン人の一派であるゴート人が建てた西ゴート王国は、六〜八世紀にイベリア半島の多くの地域を支配した。

（11）　西地中海地域の現状維持に関する一九三七年一月の英伊地中海協定のことか。

（12）　一九三六年九月のフランス・シリア条約に関することか。

九か国会議[13]だの、二三か国委員会[14]だの……と、まあいろいろなことについてしゃべりました。私は彼を非難する気持ちをまったく持っていなかったのですが、彼は私に非難されるのではないかと用心しており、ものうくも気高さだけは保とうとするような素振りを見せていました。彼の眼には、よそよそしくもまた同情しているのだという構えるような姿勢が読みとれました。その夜、空襲に見舞われたのです。大轟音がして、何人かが亡くなりました。この男は拙宅に現れて、最初の飛行機で国外に出る許可をプリエート[15]からもらってほしいと私にせがんで来たのです。私ははねつけることはしませんでした。彼はまたピレネーを越えて行ってしまいました。私の高笑いが彼へのみやげです。

ガルセス――こういう人たちは、もう負けだと思っているんです。こういう精神では何を期待できるというのでしょうか?

マロン――もう負けだと? それは戦争のことではないでしょう。この戦争の結着がついたわけではないんだから。

ガルセス――こういう人たちは社会の大変動によって負かされたのですよ。

マロン――しかし、スペイン社会がこれでおしまいというわけでもありません。また変わっていくだろうと見なければならないでしょう。あなたや私がスペイン社会の一員ではなくなってしまうということもないでしょう?

モラーレス――自らの個別的な経験や状況から何らかの精神を導き出すというのでは、誰も状況にふさわしい精神を創りだすことはできません。これは、敗北の精神でも勝利の精神でも、どちらでもそうなのです。敗者の精神というのは、勝利を得るためにむなしいものだというのではなく、敗北に耐えんとする、そのためにむなしいものなのです。勝利の確信に基づいた精神も、さらにもっと役に立たないものなのです。結局のところ勝利が得られないのならその精神は崩れ、その人は腰抜けになり下がってしまうからです。また、勝利が得られたとしても、このような精神は勝利に立ち向かうためには役に立たないのです。別のかたちで勝利をたるんだものにしてしまい、また勝利を堕落させてしまって、敗北したのと同じようにしてしまうからです。表面的な現実が、革命や戦争のようにどんなに騒々しく、とんでもなく、また恐ろしくても、このような現実の前で、こう言ってよければ中途半端なところにとどまって精神を投げ出してしまうことは、賢明な人々にふさわしくないことなのです。精神の規律をしっかりと備えておくためには、私は敗北か勝利かという二つの現象的なことの間で意思が動揺するのをよいと思わないのです。それは、不屈さのなせるものというより知性のなせる業でなければならないし、これら二つの現象的なことやほかの同様なことの上に立ってそれらを克服するものでなければならないのです。戦争に勝つか負けるかということは非常に大事ですが、私たちが今、それを前にして苦悩し、格闘している出来事はそこに帰するので

(13) 九か国が参加した一九二一〜二二年のワシントン会議のこと。
(14) 国際連盟内の何らかの委員会(あるいは、一九二〇年一月に国際連盟規約が発効した時点で国際連盟加盟国となっていた二三か国)のことかと推測されるが、不詳。
(15) スペイン社会党プリエート派(中央派とも言われた)の指導者。内戦中の一九三六年九月〜一九三七年五月の第一次また第二次ラルゴ・カバリェーロ政府の海相・空相。一九三七年五月〜一九三八年四月の第一次ネグリン政府の国防相。訳注53、54も参照。

はありません。いわんや政治的理由の視点からこのように考えるのでもありません。もう言う必要はないでしょう。これは、各人の精神の問題に帰着することなのです！

パストラーナ――友よ、あなたは隊列から離れて亡命してしまった人のようになってしまいましたね。

モラーレス――私をいじめなさいましたな。いつものことですが。

パストラーナ――ごめん、ごめん。私はあなたの言うことに納得できないと言いたかったのです。

リュック――あえて言わせていただきますが、私はあなたの言うことに賛成なのです。あなたの言うことをちゃんと理解できたとしてのことですが。少なくともあなたの考え方については……、ということです。私も現象的なことを乗り越えようと努めています。ここでも語られたように、私は自己の精神を、個々人の選好とか、これらの出来事の当面の様相とか、望むものであれ望まないものであれその結着とかに基づかせてはいません。私は、われらが友人リベーラさんが経験したような危険に遭ったことはありません。自分が死の危険にあったのではないかと思い至ることもありません。他人の死には何回も立ち会ってきました。私は医師ですから。私がこの仕事をしているのは、私には不幸なことを治す義務があるからです。野戦病院というのは尋常ではない観念をたたき込む学校です。ほかの所ではこれは通用しません。私はそれを恐れているのです。でも、これは別の話です。私はこの仕事をしていることに満足しています。人間として、私を待ち受けている運命をかすかにでも見据えたいと努めていますし、またそれを冷静に受けとめているのです。自分の運命を理解することで安堵の感を得ていますし、そして、もしできることなら、それに名称を付与したいくらいです。まだ、これを最もよく表すうまい名称がみつかっていませんが。裏切り者の将軍たち、殺人鬼のアナーキストたち、血に飢えたファランへ党[16]の党員たちの話は知っています……。これらはみな本当でしょうが、でも付随的なことなのです。

マロン――これはもう罰当たりの冒瀆的言辞ですよ!

リュック――そういう罰当たりというようなものではありません。発熱というのは熱病患者の容態にとって具合の悪いものであるか、あるいは危険なものなのです。普通に起きるちょっとした不調というようなものではありません。今、起こっていることは、政治的な動機によるものということで理解されうるものではありません。それともあなたは、自由、社会秩序、正義などは、それらの前提としてあるいはその結果として、どこでもいつでも大殺戮を伴うものなのだと言うのですか? 政治的なことは隅に置いていただきたいのです。人間というものは犬や猿よりも知能を持っている獣ですが、やはり獣なのです。人間は自由を望んでいるのではないのです。人間の生き方は正義とはなじまないのです。われわれが正義の思想に捉われている限り、われわれは抑圧を非難し悲惨なことに憤慨します。秩序、つまり恵まれた人々の平穏は恵まれない人々の不幸に基づいているのです。でも正義とは何でしょうか? 歴史のなかで正義が勝ちとられたことはまったくなかったのではないでしょうか? 正義とは人間の狡知が産み落としたものなのです。人間はぞっとするような自らの獣性を狡知にたけたつくりもので着飾っているのです。キリスト教の根本的な悲観主義に反

(16) 一九三三年創立のファシズム的政党。内戦開始から二か月半後の一九三六年一〇月に「新国家」(反乱派政権)の国家主席となったフランコは、翌一九三七年四月、カルリスタもファランヘ党に糾合した。ファランヘ党は反乱派地域での唯一の公認政党となった。

験することはできません。キリスト教は正義というものを別の世界に置くのです。何という皮肉でしょう！　われわれは今、急激な崩壊の局面に直面しています。これはよくあるぶり返しというやつで、不調というのではありません。私は、乱暴極まる事柄に対して、私一人でも自分の判断を保持しようと思いますし、これは明日には政治史の定式になるだろうというような定式の中に諸々の事柄を無理に押し込んで、それらの位置づけをしようとする論理の仕組みや体系も拒もうと思います。それとも、何らかの説明をつけようとしたり正当化さえしようとして、適当とは思えない概念あるいは虚像によってでも考察に及ぼうとでもいうのですか？　かつて、ペスト、侵略が神罰だと呼ばれたことがありました。これまでの説明によると、人間というものはたいへん悪がしこいものなので、人間を絶滅するのは正当だというのです。これがあの世の正義だというのです。これは、この世に生まれたという自らの意志によらない罪、ただそれだけのことによって［ノアの］洪水の前例にならったものだというのです。あなた方の論理では、地上のものであれ天空のものであれ正義の観念をここに挿入できることになるのでしょうか？　スペインの大司教たちでさえも、今回の不幸な出来事を天罰だとはまだ言っていません。

ガルセス――しかし、大司教たちは反乱派を支援するために神の加護を祈願しています。

リュック――それは政治の話です。

マロン――あなたの皮肉はまた随分と苦渋に満ちた皮肉ですね。

リュック――私は皮肉を言わないようにして来たのです。タバコをやめるようにきっぱりとです。初めのうちは、侮ったように軽蔑してはは仕返ししてやるぞという快楽をけっこう味わうようなところに自分を逃避させ、ばかげたことや悪辣なことから来る不愉快さから自分を守ろうとしました。ある日、この道をあまりに遠くに行き過ぎたことに気づき、それ以後は、引き返そうとたいへんな努力をして来たのです。自己を守ろうとしたことは、モルヒネを打つかあるいは酔ってごまかすのと同じことだったのです。私は、前線から戻った後、バルセローナのある病院で働いています。この病院は、同病院の平の職員の委員会の監督下にあります。この委員会に患者の代表が入っているのかどうかまだ知りません。でも結局のところ、彼らが誰よりも権利を持っているのです！　つい最近のこと、厄介なことが起きたのです。それは、私が以前に手術を施したずうずうしい男とのことです。その時、私にはうす笑いが浮かんで来たのです。どのような医学上の処置をしてもその結果がどうなるかはわかるものではないということを考えていてのことですが、これはよくない笑いでした。私はこんな風に思ったのです。つまり、もし私がいつか失敗でもしたら、もし患者が私の手中で死んだら、彼らは、私が裏切り者で、私が共和国から兵士を奪ったと言うのでしょう。それなら、脚を切断する必要があるかどうか委員会の票決にかけたらよいでしょう。こんな考えが頭をよぎったとき、私はこれはよくないことだと悟ったのです。気を確かにしていようとしながら、それを失いかけていたのです。これは、笑いどころかしかめっ面というものでした。自分を癒すため、私は日々の出来事と関わることをやめました。今は新聞も読まず、ラジオも聞かず、政治のことも戦争のことも知ろうとはしていません。まるで牛のように働いています。こうしていると、自分を裏切るようになることはありません。こうして、私は少しずつ真の内心の自由を取り戻し、われわれの運命はどうなるのかというおおまかな見取り図を描けるようになっているのです。私は、見放され置き去りにされた人々、自分自身の死刑執行人となってしまって、死へとせきたてられていった数十万人の人間を見ています。襲う人たちもまた襲われる人たちのそれぞれの挫折も見ています。同じ引き波がすべての人々を連れ去って行くのです。血の波の中での死体、多くの死体。こういうものを、私は、私という人間の存在の最も深いところで見ているのです。沖合にある船が船首からも船尾からも突然燃え上がって、救助の見込みがないとしたら、必死になって救助を求めてもどうなるというのでしょうか?

マロン ——そのうちに嵐は過ぎ去り、太陽が現れ、こんなに苦労したことも無駄ではなかったということになるでしょう。

リュック ——皆さん方は事務所で、新聞で、法廷で議論なさっている。私は病院から、戦場からやって来たのです。ここには、お見受けしたところ、ほかにも私と同じ所からやって来た方々がいるようです。でも、このような方々のご意見のほうが私の意見より意味があるとは言えないでしょう。私がこう言っても、お気を悪くなさらないでください。このような方々は軍人ですので、もっと別の任務のための訓練を受けられています。私は兵士ではありませんから。私はほかの人々が苦しんでいるのを見て、途方に暮れている人間です。人をたくさん殺すことでどんな利益があるというのでしょう! あなた方は私にはヘブライの神の信奉者(17)のように見えるのです。つまり、自らの栄光のために、まるでブドウ酒をつくるのにブドウを踏んでたたき潰すように人間をたたき潰してしまうので、血がその腿にまではねかかるのです。私は、どんどん人が殺されるのを見て、殺戮にかけられた利益や栄光が成し遂げられたのなら、どのあたりで殺戮がやむのか見届けたいと思っています。まだ、それを見届けていないのです。この［二〇］世紀の初めの頃、ある著述家が、スペインを救済するためには「一立方メートルの血」が必要だ、と書いたことがあります。一立方メートルですって？ もっと多くの血が流されることでしょう。この著述家の言うことが正しかったということなら、スペインは立ち直ることでしょう。この著述家はスペインの地に血を流すことなく亡くなりました。彼はよく乾いた墓の中で満足しているでしょう。[18] しかし私は、今流されている血はかの著述家が予言した血ではないと思うようになっています。この国は立ち直ることはないでしょう。私は、皮肉も冗談も嘲笑も軽蔑も捨て去りました。こういった絶望的とも言える気力をあきらめと呼ぶのも正確ではないでしょう。それは、運命の恐怖に直面して、二つの動機が私に働きかけているものだからです。第一に、この運命の宣告はどうにもひっくり返せないものだということです。どう転がっても、今日にでも明日にでも執りおこなわれてしまうかもしれないものなのです。第二に、誰もが同じ境遇のもとに置かれているので、それはすべての人に等しく訪れるものだからです。私のものであれほかの人のものであれ、個々の体験を取り上げてよく考えようとしてもしかたがな

（17） 神から人への啓示を根幹とするとされるヘブライ人の思想・文化の受容者の意であろう。ヘブライ人の思想・文化はユダヤ教、キリスト教の思想の基をなすとされる。

（18） リュック（つまり、この「対話」の著者のアサーニャ）が引用しているとおりのことを述べた著述家を特定することはできなかった。参考までに、スペインの思想家・社会運動家で共和主義の政治家となったホアキン・コスタの一九〇三年の講演の一節には次のようにある――「スペインを救済するには……血を、多くの血を必要とする」（『外科的政綱』（一九一四年）に所収）。

いのです。リベーラさん、私があなたを迎えたときによそよそしかったのはこういった理由によるのです。どうしようもない責め苦に向かっている人間の塊の中では、われわれ二人も、そしてすべての人もそれぞれの名も表情も失っているのです。

リベーラ ── あなたが手術を施したそのずうずうしい男のことについて、ここにいる方々に話してくれませんか。

リュック ── よくある場合の一つです。六年か七年前、私は診療所で、ある労働者に手術をしました。むずかしい摘出手術でした。その男は一命を取り留めましたが、不自由な身体を持つ人になってしまいました。その後、この男のことを知ることはありませんでした。〔軍事〕反乱が起きてから数日して、この男が戦闘員のいでたちで、つまり銃とピストルを携え、二色帽〔CNT民兵の帽子〕をかぶって、私の前に現れたのです。私の腕前がよくなかったので障害者となってしまったから、補償として二万五千ドゥーロ〔一二万五千ペセータ〕よこせというのです。まずいことに、私はこれを冗談だと思ってしまったのです。それで、私は自分が思っていたとおりのことを言ったのです。「もし不服な患者さんたちが皆こんなことを言い出したら、医者という仕事はとてもやっていられないものになってしまいますよ。どうしたらいいというのですか！　おそらくあなたの言うことも正しいのでしょうが、こういったことは聞いたことがないので、私たちは困ってしまいます」。すぐにほかの怪しげな面々が私のところにやって来て、有無を言わさず、私を監獄となっていたある修道院に連行したのです。身体障害者となったその男が訴えたので、私は人質になってしまったのです。後になって私は、やはり医者である私の弟が監獄に来て、私を釈放するよう要求したことを知りました。弟は、「ここにはリュックという人は誰もいないよ」と言われました。弟は、以前からあった監獄も急遽つくられた監獄もすべて回ったのです。でも何もわかりませんでした。弟は、関係当局に話を持ち込みました。そしたらこうです。「すべてうまく処置されるだろうと思います」。「でも、兄はどこにいるのですか?」、「彼らはそれについて何も語っておりません」。「彼らは兄を殺したのですね」、「彼らは金をほしがっているので、あなたのお兄さんを殺してしまったら、彼らは金を得ることができなくなるでしょう」。しかし、弟は私が殺されたのだと思い、動転して、逃げようとしました。弟は、人里離れた道を通って国境にたどり着こうとしたのですが、止まれと言われたのに走り抜けてしまったのです……。それで、銃撃されて殺されてしまったのです。そのうちに、当局の関係者たちが私を救出するのに尽力してくれました。警察本部長の親類にあたる人で、私を訴えた男を支援していた組織の受けがいい人がいたのですが、この人がこの争いごとの調停をしてくれたのです。この人は、五千ドゥーロですべてが解決し私は釈放されるだろうと言うのです。私は、「払いましょう。まだ私の口座にそんな額の金が残っているなら」と言いました。調停してくれた人はたいへん親切な方で、こんな無謀なことをこれ以上続けるのをやめるようにと私を拘引した連中をうまく説得してくれました。私は金を払い、家に戻って来ました。数週間後に、弟の悲しい運命を知ったのです。

ブランチャート ―― どの戦線で働いていらしたのですか?

リュック ―― ずぅっと高地アラゴン戦線です。医師として働かせるため、またついでに私を保護するためもあったのでしょう、私はバルセローナから連れ出されたのです。私にとっては好都合でした。

というのは、大学のごたごたから解放されたからです。バルセローナ大学はカタルーニャ大学に変わってしまいました。建物正面の標識にそう書いてあります。いまやわれわれはかつてなくナショナリストになっているのです。学長の名目的な統括のもとに用務員と平の職員の委員会が活動しており、教授陣の粛清をしていました。私はそんなことに関わるのが嫌でした。今の体制に反対の何人かの教授がその職を追われたのですが、学問とは縁遠いほかの教授たちは残ったのです。大学の平の職員と行政職員の数は一三〇人にまで増えました。しかも大学は閉鎖されているというのにです。教授よりずっと多いのです。まあいいですがね。私は、こんなごたごたから免れたのですから。もちろんごたごたは今もまた起きています。最初の粛清が十分ではなく、もっと粛清しなければならなくなったので、連中はこの仕事を今も私にやらせようとしているのです。つまり、告発です。誰それがあれやこれやのことを言っていたとか、用務員のなにがしかがチップを着服したとか、家に肖像画を持っていってしまったとか……というようなことです。そんなことをするより前線にいる方がいい！　ということで、私は小さな野戦病院をいくつかつくり、そこで一定期間働きました。その後、もっと銃後に近いところにあるほかのところに移動となりました。それは、ちっちゃなきたなくてめちゃくちゃな、戦争と革命で荒廃してしまった町でした。まだよかったのは病院の大部屋でした。でも、何とびっくりする体験だったでしょう！

ガルセス　――無政府共産主義がおこなわれていたのですか？

リュック　――私があそこにいたときはそうではありませんでした、ガルセスさん。何でもいいから機能していたらまだよいというものでした。多くの人々がいなくなっており、貨幣は完全に姿を消していました。食糧の配分には以前と同様に格差がありました。しかし、今度は以前とは違う人々が多くの食糧を受け取る番でした。たいへん混乱しており、大いなる意志はあったとしても、恐怖のほうが圧していました。以前にはうまくはなくても一人でまあまあよくやっていた仕事を、七人、一二人いや二〇人でやっていました。彼らは、それで仕事はすべてうまくいっていると思っており、それはよく討議したおかげだと思っているのです。こんな状況は驚くようなことでも何でもないと思っている人たちは傲慢で威張った様子で、新しい靴を履いた子どものように誇らしげにしていました。彼らは、たちまちのうちに世界の頂点に達したように思っていて、世界の進むべき道を変えようとしているようでした。住民は皆だらしのない格好をするようになってしまい、不潔で、おんぼろ服を着ていました。ここの種族［町］の人々はすごく浅黒く見えました。というのは、若い戦士たちはひげを、ほとんどいつも黒いひげですが、ひげを伸ばし放題にし、陰気な顔つきをしていたからです。彼らは髪を長く伸ばし、毛むくじゃらの胸を大きく開き、肩から斜めに銃をかけていました。一世紀前を思い出させるようなものがあり、ロマンティックな熱狂、革命のバリケードがありました。多くの人々が、裕福だと思われるのを恐れて皆そろってぼろ服をまとっていました。とくに今も裕福か、かつて裕福だった人たちがそうしていました。縁のある帽子をかぶっている人を見かけることはありませんでした。せいぜいベレー帽でした。襟つきのシャツも見かけませんでした。ネクタイをしめるのは無礼な挑戦だということなのでしょう。いつもの服を私が着つづけることは勇気のいることだと思えました。「ここでは、こんなモードがバルセローナよりもっと熱心に取り入れられているな」と私は思いました。私は、［カタルーニャの］首府［バルセローナ］で人々がベレー帽をかぶり、すべての服に出荷の際にもうベレー帽が付けられているように見えた日以来のランブラス［バルセローナの目抜き通り］の光景を思い出していたのです。旧軍の兵士たちは、不揃いだがなんらかの規定の衣服を身に着けていました。将校たちは制服を脱ぎ捨ててしまい、革の服、ファスナー、鎖それにイミテーションの宝石類を見せびらかしていました。そうやって、優雅さや上品さなどをなおもほのめかそうということです……。将校たちはつらい状況に置かれていたのです。共和国に忠実だと認められれば認められるほどつらい状況に置かれていたのです。厩舎の隣に病院が一つあることがわかりました。私は、この地の威張り屋さんたちとの長い折衝の末、負傷者を収容するためのだだっ広いぼろ家を手に入れました。その家は墓地のすぐ近くにありました。私は、「［負傷者が死んだ際に］運ぶ手段があまりないから、ここになったということだろう」と独り言を言って、悪い冗談にひたっていたのです。この新しい病院はすぐに活動を始めました。ほとんど毎晩それも深夜に、墓地で銃撃の音がしたのです。初めてのことですが、私は質問をしたのです。「この銃撃は何なのですか？」。私のそばに三人いました。一人は、たいへん不機嫌になり、答えてくれませんでした。別の人は、自分はわかっているというような笑い方で私ににやりとしながら、「何でしょうかね？」と言い返すだけでした。三人目が私に言いました。「墓地で銃殺がおこなわれているのですよ」。まるで「雨が降っていますね」とでも言うような言い方でした。［一九三六年］八月末のある夜、自分の部屋の窓に肘をかけて涼んでいたとき、墓地で銃撃の音が三回しました。その後は、まったく音がしませんでした。「今聞いたのは何だったんだろう？」、「どうしたというのだろう！」。まるで闇に包まれた墓地が輝いたかのように、私にはその光景が見えたように思われました。私は窓から離れることができませんでした。しばらくして、うめき声がしました。私は耳を澄ましました。うめき声は繰り返され、激しくなり、もう悲鳴といってよいものでした。断続的な、胸を引き裂くような悲鳴です……。真っ暗闇の中で、ほかには物音ひとつしません……。でも誰も何もしようともしないのです。死にかかっている人は、もう死んでしまった山ほどの人の中にいて、ほんのちょっとした生に戻されて、恐ろしい叫び声を上げているのです。死にそびれたことよりもっと恐ろしい生です。その叫び声は真っすぐに私に向けられていたのです。私は病院の職員を何人か窓のところに連れてきました。「あの人を見つけに行きましょう。おそらくまだ助かるでしょう！」。彼らが応じないので、私は、見つけに行こうと言い続けました。でも彼らは私を行かせないようにするのです。こんなことに巻き込まれてたまるもんですか！　ということなのです。なんとかできそうなこと、それは町役場に使者を送ることでした。使者が送られました。時間がどんどん過ぎて行きました。チックタック、チックタック！　そしたら墓地で二発の銃声が聞こえました。うめき声は聞こえなくなりました。

モラーレス　――　スペインのどこでも見られた光景ですね。

マロン　――　いや、たいへんな違いがありますよ。こちらの〔共和国〕地域では、反乱への報復としてなされたか、あるいは反乱に乗じて下劣にも仕返ししてやろうということで起きた虐殺は、政府の制止にもかかわらず起きたのです。誰でも知っているとおり、政府はまさにこの反乱によって無力、無能になっていたのです。反乱派と外国人によって支配されているスペインでは、このような犯罪は、国の再生という政治的計画なるものの一部として、当局者の承認のもとでなされてきたし、今もなされているのです。

モラーレス――あなたの見解は正しいと思います。でも、指導部や責任ある地位にはどこにもついたことのない私には、あなたの言うことを聞いても慰めとはならないのです。

ブランチャート――どうして将校たちの状況はつらいものだと思ったのですか?

リュック――全般的に見て、将校たちは疑惑の的となっています。しかし、これは、彼らが規律、たいへんきつい規律から免れる良い口実になっています。私が思うのは、規律というものは規律を課さなければならない人にとってもまたたいへんきついものなのではないかということです。実際には、将校たちは、脅《おど》かされたら、疑惑を取り払おうとするか、あるいは、なされるままにして疑惑から身を守ろうとしているかどちらかです。将校たちは大勢に従っているだけです。彼らは軍の指揮をとっていません。指揮をとっているのは〔革命〕委員会です。新たな軍事規律なるものが見つけ出されているのです。つまり、規律を持たないという規律です……。彼らが新たな戦争のやり方も見つけ出したということでないのなら、もうとんでもないことになるでしょう。でも、私にはよくわかりません。あなたならよくわかっていて、またもっとたくさんのことを見ているでしょうから、私の言うことが確かかどうか教えていただけると思うのですが。

ブランチャート――いくつかのケースは私も見ました。でも、あなたが思っているようにそんなにたくさん見ているのではありません。私が見たのはバルセローナに限られています。戦争が始まって以来、私は部隊を指揮できたことがありません。私は軍のある部局の隅に押しやられているのです。

マロン――それはおかしなことですね、佐官が足りないというのに……。

ブランチャート ―― それを説明するというのはえらいことになるでしょう……。私が共和国に忠実なことは疑いえないことです。リベーラさん、あなたは知っているでしょうが、〔内戦前の〕共和派の〔諸〕政府のもとでも私は屈辱を受けてきました。中央参謀本部のボスたちが私のことを共産主義者だと決めつけたからです。われわれ共和派のすべての将校たちを、現在の反乱の首謀者たちは共産主義者と呼んでいたのです。私は共産主義者ではありませんでしたし、今でもそうではありません。でもたとえ当時私が共産主義者であったとしても、私を懲らしめるようなことはできなかったと思います。私は自分の任務を当時も今も厳格に果たしていますし、ほかの軍人たちにも任務を果たすようにと言っているからです。どうなるかわかるまで隠れていたほかの連中を信頼して、私を疑うなんてとんでもないことですよ！

マロン ―― そんな連中がいるんですか？

ブランチャート ―― もちろんですよ！ 名前を挙げたくはありませんがね。戦争の行方が決まらないうちは、連中はまあ言ってみればどっちつかずの態度をとっていて、カタルーニャのジェネラリダー(19)と共和国政府の間で何かが起こるのではないかと待っているのです。私の行動の仕方はそうではありません。私は生粋のカタルーニャ人で共和主義者ですが、スペインの軍人です。私はこれを曲

(19) カタルーニャ自治政府。カタルーニャ語では、ジャナラリタット。カタルーニャでは、軍事反乱鎮圧後、反乱鎮圧に大きな役割を果たしたCNTが主導する反ファシズム民兵中央員会が既存のカタルーニャ政府と併存しながら実質的な権力機関となっていたが、一九三六年九月にカタルーニャの全政治勢力（共和主義派、CNT、PSUC、POUM）が加わったカタルーニャ政府が再建された。カタルーニャ政府は独自の軍隊、警察を有した。訳注68も参照。

げてはいません。それで私は不評なのです。私はマドリード駐屯連隊の司令官でした。［一九三六年］七月に、私は休暇をとって故郷の町サン・ファリウ・ダ・リュブラガット［リュブラガットの聖ファリウの町。バルセローナ市西方にある］に来ていました。この町は今は、連中が天界と仲たがいをし、また聖者を怒らせるためにローザス・ダ・リュブラガット［リュブラガットのバラの町］と名づけられています。この名もいいのですが……。事件［軍事反乱］が起きた日、私はできるだけ早くとバルセローナに行き、ジェネラリダー大統領のところに行きました。「私は軍の佐官であります。閣下は共和国政府のカタルーニャでの代表であられますから、閣下の命を受けるためにやって参りました」。でも私の職責に合うものではありません。ジェネラリダーの防衛局には過剰な数の職員がいます。私は［カタルーニャで］軍務につくことを認められました……。八か月間、私はある部局にいたのです。書類上では四万人にも達しない軍の組織や行政を取り扱うのに、七百人もの職員がいるのです。私は何度も言い争いました。今、私は、戦闘中の軍をかならずや指揮できるだろうとの希望を携えてバレンシアに行くところです。

リベーラ ――あなたはリュックさんがありありと語ってくれたようなつらい状況を求めに行くのですね。

ブランチャート ――そんな状況でもないはずですが。もしそうなら、それをただささなければなりません。大部分の将校たちの行動は、われわれが疑いの目で見られるのを許していますし、もし皆さん方がこういう言い方がよいというなら、それを当然だと思わせています。時がたって、それぞれの将校がどういう人か、何のためにどんな風に行動してきたかがわかるようになっています。戦争にほんとうに必要なこともわかってきています。あの連中は、軍というものを拒絶し、革命が不思議な力を発揮して、武器もあまり持たずちゃんとした指揮の下にもない大衆に正規軍と戦える十分な力を与えるだろうなどという希望を抱かせたわけでしょう？　そんなことを言っていたから、こんな結果になったのです。訓練も受けていず武器も持たない、また規律もないまったくの一般の人々で部隊をつくる、これらの部隊の政治的精神をほめそやす、各政党の組織構成や指導体系をこれらの部隊にあてはめる、それでいて、ちゃんとした軍のように機能しているように見せかける、こういうのはまったくのでたらめです。だから、さんざんなことになったのです。戦う力のある軍をつくろうとしたのなら、われわれ軍人がそれを組織するべきだったし、決まっている指揮のやり方に従ってわれわれが指揮するのがよかったのです。軍人としてまあまあうまくやっていればよい、なんてわけにはいかないのです。中途半端でもよいなどという軍人なんてありません。軍人の格好をしなくなったとなると、どう見たって実際にはもうほとんど軍人ではないのです。御覧のように、私は今も軍服を着ています。バルセローナで軍服を着ているのは私ただ一人です。私は［軍事反乱が始まった一九三六年］七月一九日以来、軍服を脱いだことは一度もありません。軍務についてない時だってそうです。でも、ほかの軍人たちはこのようには思わなかったのです。正規の服装を放棄した最初の将校が厳しく罰せられていたなら、多くの逸脱は避けられただろうと思います。あまりに規律にうるさいとかいう問題ではありません。外見から見てもきっちりとした規律が非常に重要なのです。今の軍隊では、規律がほんの上っ面のようなものになってしまったのです。一方の軍人たちは、反乱を起こしてこれを蹂躙してしまいました。他方の軍人たちもまた規律をよく思わず、その外見さえも投げ出して、軍服を脱いでしまったのです。こう考える共和国派の将校は私一人ではありません。ほかにも非常に有能な将校たちがいます。誰もこれらの将校たちのことを口にしないし、彼らの能力を活用しようとしないのです。私だけがそうしているということであったとしても、それでもやはり私には理があると言ってよいのです。私はまた、このような態度をとっている最後の軍人かもしれません。今、われわれは、最後の事例、最後の流儀、それに最後のタイプとなってしまった軍人たちのことを次々と知らされています。私はそういうもののうちに入る一人なのです。

パスツラーナ —— 特殊な状況がすべての人々の情熱や熱意を活かすことを要求していたのですよ。

ブランチャート —— それは否定はしません。ただ、それを活かそうとするためには、大いなる情熱が何のためなのかということをまさに知らなければならないのです。野戦を戦うということは、ある街路のバリケードやモンターニャ兵営[20]を奪取することではないのです。軍隊を指揮するには予め知識を持っている必要があるのです。指揮をとる将校がいないときには（これは最悪のことですが、われわれのところで起きていることです）、間に合わせで指揮官をつくることもしようがないでしょう。でも、この間に合わせのやり方をずっと続けてとるべきではありません。それにとくに、軍事指導の初歩も知らないけれど政治的活動で秀でた人たちで指揮官をカバーして、実際には何の役にも立たないのに、これで当面はうまくいったと思ってはならないのです。彼ら自身が、自分が間に合わせで指揮をとることになってしまったので、何が何だかわからなくなってしまい、指揮方法を学ぶことを拒んでいるのです。革命的な行動をしたから、適切で有効な決断をしたからといって、指揮をとるのに有能だというわけではありません。炊事係が自らの大隊が反乱を起こすのを阻止したり、戦艦の潜水夫が将校たちがその船とともに敵側に回ることがないようにしたら、彼らは報奨ものでしょうが、炊事係を大佐にしたり潜水夫を提督にしようなんてことは私には受け入れられないのです。彼らにはそれは無理なのです。大隊や戦艦を敗北させることになってしまうのです。

マロン――それはごく一部のことでしょう。そんなことは聞いたことがありません。

ブランチャート――詮索されるには及びません。私は支配的な傾向について言っているのであって、こういったものを定式と呼ぼうとは思わないのです。明白な真実にとって代わるものがほかにないのにその真実を否定してしまう定式以外には、どんな定式もここにはないからです。共和派も、王政派も、アナーキストも、われわれスペイン人はいつも同じ愚かなことばかりしているのです。私が言ったように定式とは呼べないような定式、そういうものでもって無責任な小ボスたちの雛が孵化しており、彼らは、この戦争後に共和国を引き継がんとする政体に対して反乱を起こすことになるでしょう。一九二三年[21]以来のスペインでは、われわれは、軍人たちがどんどんはい上がって来るという前世紀の経験を繰り返しているのです。わが国では暴力や不寛容があふれ、規律が無視されており、六〇歳に満たない将軍たちは国にとって危険な存在となっているのですから。

マロン――多くの有能な将校たちがこの状況に適応して、その任務を立派に果たしています。そして、彼らの部下たちはまだ準備がよくできていないとしても、部下たちにもその任務をちゃんと果たす

(20) 反乱軍が拠点としたマドリードの兵営。反乱発生直後に武装した労働者勢力や突撃警察隊がこの兵営を包囲して、奪取した。

(21) 一九二三年九月にプリモ・デ・リベーラ将軍によるクーデタが成功。これによって、スペインでは一九三〇年一月まで独裁政権が続いた。

ようにさせています。

ブランチャート　──状況に適応しているですって？　いろんなことが言えるものです。それは、あなたが適応していると呼んでいるだけのことです。私は陸軍のある大尉のことを知っているのですが、この大尉は、急ぎ部隊長となった文字も知らない田舎者からこう命令されたのです。「さあ、あの丘を奪取しよう」。「それは不可能です」。「奪取しろと命令しているのだ」。「われわれは皆、途中で命を落とすことになってしまうでしょう」。「おまえは恐れを抱いているのだな」。この大尉は攻撃態勢を整えました。しかし、その陣地を取ることはできませんでした。この失敗で一八〇〇人が死に、その中にはこの大尉も含まれていたのです。これを状況に適応していると言えるのでしょうか？　アラゴン戦線のある縦隊長は私にこう言っています。自分が参加したあらゆる作戦では、いつも、どのような軍となるのか、どのような政治的立場をとるのかが目標とされていた。ほかにも、軍政治委員(22)が〔部隊長などに〕命令を出させないということも起きています。政治委員は、言ってみれば、縦隊長の副官のような存在になっているのです。これが適応というものですか！　とんでもないことです！　ある将校たちの適応というものは、戦闘のためではなく、あるグループの政治的目論みのために奉仕するというところまで行ってしまっているのです。良く思われたいとの思いで、彼らはいい気になってしまったのです。早晩、彼らには恐ろしい幻滅がやって来ました。軍人というものはどんなに妥協したとしても、プロの軍人から見て馬鹿げたことにつき合うことはできないものなのです。そんなわけで、良く思われていたのがいまや不信に、称賛されていると思ったのがいまや脅しに変わってしまったのです。これらの将校たちのなかには、自分たちがおとなしく従わせたと思い込んでいた何だかわからない権力の仕返しに怯えて、バルセローナに身を隠してしまった人たちもいます。

モラーレス ―― そのような気概をお持ちなので、あなたにとっては耐えられない状況でも、あなたは戦闘の指揮をとろうとなさるわけですか？

ブランチャート ―― そうですとも！ 書類に挟まれて腐ってしまうよりも、どんなことでもしようと……。共和国への私の忠誠が薄れたということはありません。その反対です。私の使命と義務からして、精いっぱいうまく共和国に尽くそうと思っているのです。そうすると、私には軍以外のことで何ができるというのでしょう？ 私は大隊を指揮し闘わせることができるのです。そのために今、私は行こうとしているのです。私は軍人であることにいつも愛着を持ちつづけて来ました。しかしそれは、軍人であることに自分にとっての、軍にとっての、スペインにとっての栄光を期待してのことではありませんでした。こういったことを夢見るのは青年期にはありがちのことですが。私は、わが国の歴史、その貧しさ、その後進的なことを知っています。長年の経験は私に、軍人は戦闘での栄光にけっして寄りかかってはならないことを教えたのです。いずれにしても私は、必要なときが来て役に立つ仕事をしようとするなら、自分の軍人としての職業においてそうすることができるといつも信じて来たのです。今がその時です。ほんとうならこんなに嘆かわしくはないほかの時期の

(22) 一九三六年一〇月および同年一一月のラルゴ・カバリェーロ政府（訳注53、54参照）の政令で設置。同政府を支持する労働組合組織と諸政党・政治組織のメンバーが就任。戦争の政治目的に沿って軍を指導するということで、各部隊に配置された。元からの軍人の監視の役割も果たした。

ほうがよかったのですが。でも、これはしかたがないというものでしょう！　何か月もの間、私のことが忘れられていたのは残念です。戦争が、共和国に対する戦争が、侵略戦争が起こっているのですから、この戦争に私も加わりたいのです。私は戦争が好きなわけではありませんが、これは当然のことです。私は自分が職業軍人であることに満足していますが、私の将校執務室をどんなことでもできる所にしようなどと思ったことはけっしてありません。軍人の域を出ないようにすることは、野心をそんなに持ってはならないということであり、また、自らの意気も少なからず抑制さえすることなのです。私はもちろんそういう人間です。カタルーニャから軍人になる人はそんなにいません。若い人々は自由業や儲かる仕事を選ぼうとします。私が軍人になったのは、父が軍人だったからです。父はカルリスタと戦うために軍に入り、大佐にまでなりました。二〇年間の軍隊生活で、私は多くの幻想から目覚めました。それでも、私は軍人であることに私の精神生活の心棒を見出したのです。つまり、善行の促進剤、手に負えない私の性癖の矯正剤、自らの仕事をこなすための誘因剤です。私は権威主義的で非妥協的との評判を得ています。私がほかの軍人たちにも任務につくようにと言うものだから、私はそういう風に呼ばれるのでしょうが、それは、私が、軍務につくことが追従になってしまうことに我慢がならないからです。私をなかなか起用しなかったことから見ると、そういった理由で、どう見ても拭われることのない中傷が私に対して以前になされたのです。

マロン　――あなたのような軍人は珍しいと思います。

ブランチャート　――そんなに珍しいことでもないと思います。ほかの人たちのように、私が政治的狂信にとりつかれるということはありませんでした。戦争だということで、今日おそらく両陣営でこういった人たちが大多数でしょう。少しでも判断力を持っている人は邪魔になっているようです。判断力を失ってはいないけれど、今はそれを隠しているような人はいると思います。反乱派の陣営でも私のような人間はいます。ときどき私は彼らのことを考えるのです。彼らは、彼らの今の戦力でもって反乱派のほうが勝ったら何て言うのだろう？　彼らには、モロッコ人[23]たちは措くとしても、ドイツ軍とイタリア軍がついているのです。反乱派の非力無力を補っているこれらの連中がスペインの地をわがものとしたら、外国の将軍たちはスペインの将軍たちへの別れのあいさつで言うでしょう。「さあ、われわれはあなたたちのために［イベリア］半島を征服しました。半島はあなたたちのものです。もうあなた方はこの半島を支配できる勝利者なのです。後はうまくやってください」。外国の連中が戦闘費用の請求額を受け取ろうとする前に、私の以前の同僚の誰かは、羞恥の念をもって死んで行く者たちが葬られることになる片隅の地で私と再会することになるでしょう。

ガルセス――あなたが考えていらっしゃることやそれに関するあらゆることから見ても、これは不適応というものだということにはならないと思います。その反対ではないでしょうか。私たちは、しっかりした原理・原則からするともうほんとうに骨の折れる無用な経験をしているのです。というのは、ある程度の真理はもう数世紀前から明らかになっていることだからです。しかし、原理・原則と実際に起こることは違うのです。軍に始まった国家の成員のこの破断においては、作用・反作用の諸法則が働いてきたのです。しかし、あらゆるところで立て直しが始まっていますし、あなた

(23)　当時スペインの保護領だった北部モロッコ地域（スペイン領モロッコ）から反乱派軍が動員したモロッコ人兵のこと。

が主張されていることはほかならぬまず軍事面において確立していくことになるでしょう。

ある大尉――それは、もう遅すぎるということでなければの話でしょう！　私はマラガで、少佐どの、貴官が言われるこのとんでもない適応のたいへん重大な事例を見てきたのです。

マロン――ああ！　あなたはマラガにいらしたのですか！

ある大尉――マラガの町が陥落する四日前までです。あの地で私は爆弾の破片にやられるという貧乏くじを引いてしまったのです。たいしたことはなかったのですが、一五日間、病院にいたのです……。幸いにも私は救出されました。あそこには、ちょっと前までとんでもない軍司令官がいたのです。彼が言うには、「私は堡塁などつくらない。私は革命の種を播くのだ。もし反乱派が入って来ても、革命が連中を飲み込んでしまうだろう」。こんな意気込みでもって、もともとたるんでいてめちゃくちゃな状況にあったこの町の抵抗が準備されようとしていたのです。反乱派がもっと前に奪取しなかったのが不思議なくらい、この町を奪取するのはたやすいことだったのです。反乱派がエステポーナ［マラガ県西部の地中海沿岸の町］に上陸するのには何の苦労もなかったのです。どうやってわれわれは彼らに抵抗しようとしたのでしょう？　ただ革命だけです。マラガには約五〇キロメートルの前線があったのに、われわれは六門の大砲と七千か八千丁の銃を持っていただけです。どうして武器がもっとなかったのか、これがまた問題となることです。このことについてはいろいろなことが言われていますが……。おそらく政府は部隊も物資も持ち合わせてはいなかったのでしょう。それにマラガは何といっても遠いところなのです！　ほかにも［困ったことの］お手本のようなことが起きたのです。あそこには、たいへんな価額になる何千トンものオイルが貯蔵されていました。政府はこれを運び出そうとしました。どの委員会が、どの当局が、どの県長官が、どの防衛評議会が政府の命に従うのを拒否したのでしょうか？　オイルはイタリア人たちの手に入ってしまったのです。(24)

マロン――その信じられないような司令官は軍の佐官だったのですか？

ある大尉――今でもそうです。

ブランチャート――こういった連中が多くの害を与えて来たのです。何とかして良く思われたいということで、こんな風なことをするのです！　彼らは、民衆の間に、これこそが共和国あるいは革命の兵士の良い振る舞い方だと言いふらしてきたのです。

リベーラ――あなたは思い違いをしていると思います。人民はただ［共和国への］忠誠を要求しているだけなのです。宣伝にこれつとめたりこっけいな身振りをして支持を得んとしてきた道化役者のような人がいることは、あなたが言われたこととはまた別のことなのです。人民があなたに迷惑をかけましたか？　人民があなたを迫害しましたか？

ブランチャート――政府による侮蔑が私には迷惑でした。

リベーラ――それも別のことです。ちょうど私はバルセローナのカフェであなたが役者となった場に居合わせていたのです。

ブランチャート――しかたがなく役者になってしまったのです。

リベーラ――それによってもっと意味を持つことになったのです。私はパキータやそのほかの友人た

(24)　一九三七年一〜二月の反乱派軍のマラガへの攻撃と占領においては、イタリア兵部隊が重要な役割を担った。

ちと、カフェの窓のそばにいたのです。入口で一台のキャデラックが止まりました。その車には赤と黒の二色旗が掲げられてあり、ドアにはＦＡＩの頭文字が記されていました。五人の大柄な若者が降りてきました。半ズボン、ゲートル巻き、革のジャケットと帽子、ピストル、銃……といういでたちです。彼らはあるテーブルのまわりに陣取りましたが、彼らのことを気に留める人はいませんでした。その後にブランチャートさんがやって来るのが見えました。まだ杖につかまっていたラレードさんもご一緒でした。お二人が入口の扉に近づいてくると、新聞を売っていた一人の女性が前に進み出たのです。ブランチャートさん、あなたは彼女があなた方に言ったことを覚えておいでですか？

ブランチャート ――彼女はわれわれに、「共和国に忠実な二人の軍人さんをお迎えできて嬉しく思います」と言いました。

リベーラ ――そのとおりです。カフェに入って、あなた方がわれわれを探そうとテーブルの間をあちこち動いていたとき、多くの人たちが会話をやめました。ある男の人が立ち上がり、こぶしを挙げてあいさつしました。ほかの人たちもそれに従ったので、瞬時のうちにカフェにいたすべての人たちが立ち上がりました。武装した若者たちを除いてです。彼らは二人の軍人が入ってきたのを気がつかなかったような振りをしていました。

パスツラーナ ――負傷したパイロットという箔ですな。

マロン ――重傷のように見えますが。

ラレード ――よく起きるちょっとした事故です。

パキータ――そんな遠慮がちのことをおっしゃらなくてもよいのに。こんなに負傷した不幸な人が歩かなければいけなかったというのに、キャデラックのあの恥知らずの連中ときたらガソリンを使い放題ですよ。

ラレード――一か月のうちにまた操縦できるようになるでしょう。

マロン――（リュックにささやいて）どうでしょう、［パキータの気持ちは］このご両人［リベーラとラレード］のどちらになびいていますかね？

リュック――（マロンにささやいて）まずリベーラさんのほうには望みはないでしょうね。この後どうなるかは、もうお察しのとおりです。

バルカーラ――あなたはいつからバルセローナにいるんです？

パキータ――三か月前からです。マドリードで、私たちの劇場は爆撃で焼けてしまったのです。なんて恐ろしいことだったでしょう！　何人かの知り合いが私をバルセローナに連れてきてくれたのです。私はCNTに入ったので仕事をもらえました。

モラーレス――それはバルセローナ

紳士諸氏に囲まれて

ジプシーのパキータは

ファンダンゴ(25)を踊りし。

---

(25)　軽快なリズムを持つスペインの伝統的な舞踊。

ロマン派の詩人によると、こうなりますな。
リベーラ――パキータはジプシーではないですよ。
パキータ――私のことですか？　あらまあ、なんてことを！
リベーラ――パキータはファンダンゴも踊らないし。
モラーレス――そうすると、さっきの歌謡の思いつきは総崩れですな。
バルカーラ――もう劇場と契約していないのですか？
パキータ――これが契約と呼べるものだったらの話です！　……もうどうしようもないんです！　みんな同じ三ドゥーロなんです。裏方さんも主演のソプラノ歌手も。劇場が満員でも三ドゥーロなんです。つまり集産化されているのです。劇や映画で毎日二万ドゥーロ以上も稼ぐのに、私たちには何もくれません。誰も文句を言いません。ある夜のこと、私が自分の演目にまた出るのを拒否したので、一悶着が起きました。今度は裏方が私の演目をやったらいいじゃない！　皆同じ稼ぎなんでしょ？　こう私は言ったのです。でも誰もが我慢しているのです。［バルセローナの］サンジュアン通りの映画館でやっている「放浪の百万長者」を見ました？　今、話題の映画ですよ。
リベーラ――私は「危険な人生」を見ましたが、これもなかなかの話題ものですよ。
パキータ――私は熱心な共和国支持者ですけど、でも、こんなことっていったい……。
バルカーラ――あなたが共和国支持ということはないでしょう！　あなたは良いご身分の方ですよ。あなたに代わって私がなってもよいのですよ……ファシストに。
パキータ――ばかおっしゃい！　当たり前のことですけど、自らの利益のことばかり考えている連中がファシストになるんですよ……。バルセローナでは、あのテレシータ・サン・ジュアン[26]とその夫がいますよ。彼らは今、何の動きもしていません。ジェネラリダーが自分たちをアメリカまで行かせてくれるように、そして自分たちを援助してくれるようにとずっと画策しているだけです。カルリスタのような最も反動的な連中です。共和国などは我慢がならなかった連中です。『白と黒』[27]の嫌味な連中も……。今、彼らは、統治権力者にごまをすっているのです。彼らにはそのうち切符が進呈されるのでしょう。アメリカに行ったら、彼らは私たちのことをこき下ろすのでしょうね。ソレダー・マルティネス[28]のようにね。あの女は、金も望むものもすべて与えられて、ここを発たせてもらったのです。彼女がハバナで何と言ったと思います？　ああ恐ろしい。テレシータだって同じことをするでしょうよ。懲りることがない連中です。テレシータとともにまたアントーニア・デ・グラシア[29]もいるし……。彼女を知ってるでしょ、ミゲル［デ・リベーラ］。彼女が何て言うか聞いとかなきゃね！　まったくあなた方のことをなんて言うんでしょう！　彼女はまるで祈禱室とオリーブ畑を奪われた侯爵夫人みたいだわ。どうしてあなたはこういったことを政府に知らせないのかしら？

リベーラ　――金は蓄えられないとか、恐怖だけはたっぷりあるとかということなら、連中が逃げ出さないわけがどうしてありますか。元閣僚たちみたいにね？　どこへでもとっとと消え失せればいい

(26)　どのような人物か不詳。
(27)　王政派の新聞『ＡＢＣ』系の雑誌。
(28)　どのような人物か不詳。
(29)　どのような人物か不詳。

んです。連中が一芝居打つのを見せられるようなところまでは革命が進まないだろうとしての話ですがね！

パキータ ―― あなたたちはみんなこうなんだわ。間が抜けた人ばかりね。あなたなんかちっとも好きじゃないわ、ミゲル。

リベーラ ―― 女というのは強情ですね！

マロン ―― 女性の力は恐ろしいですよ。もしパキータがあなた〔リベーラ〕はグラシアを告発するべきだと言い張るなら、あなたはそうすることになるのでしょうね。いやはや、これは参りますね！でも私に腹を立てないでください、パキータ。こんな言い方をしてみただけです……。あなたが話してくださったこと、それはまったく正しいことなのです。私はもっと一般的に考えてみたいと思ったのです。皆さん方は、この戦争、つまり反乱が起きることになったことへの女性の関わりについて考えてみたことがありますか？女というものは、男よりもっとずっと激しく政治的情熱を抱くものです。女性は、まだちゃんとした教育を受けていないので、自制というものがきかないのです。責任というものを知りません。一九三一年に、中流階級の一人のご婦人がこう言っていました。「私たち女性は共和国に感謝するべきです。というのは、私たちに選挙権を与えてくれたので、物同然だった私たちは市民になることができたからです」。ご婦人方のあいだではあまり見られなかった意見です。女性たちはほんとうに自由に投票権を行使することになったのです。われわれとしては、スペインの政治が順調に機能するためには、共和国への恨みは選挙でぶちまけてくれればよかったのです。ところが、ご婦人方には選挙権はどうでもよいものだったのです。選挙権をよいとも思わず、必要とも思わず、いくつかの点では自分たちには適当ではないと見たのです。あるご婦人は、数の点で見ると自分の投票は女中さんたちの投票よりいつも軽んじられていると見たのです。この婦人は、自分の行動が家庭では、世間ではもっと影響力を持っているのをよく知っていたのです。スペインの公的生活におけるご婦人方の影響力は、そうは見えなかったかもしれませんが、たいへん大きいものだったのです。でも、選挙権ということになると、そういった影響力は損なわれてしまうことになるのです。私は女ボスのようなご婦人方をとくに取り上げているのではありません。これらのご婦人方の何人かはたいへん有名で、王政の時や〔内戦以前の〕共和政の時には、各家庭でそれぞれの尊大な夫どもに指図を与えてきたのです。もっと一般的に見てみると、ブルジョワ層、この階層は少なくとも口先では穏健な自由主義を信奉していましたが、この階層ではご婦人方の影響力は非常に大きく、ときにはそれが決定的なものだったのです。というのは、スペイン社会のこの層から政権に入る人物が出ていたからです。私は弁護士ですので、家庭内の様々な事情を知ることができました。ほんとうに多くの例があることからしても、けっして特別だとは言えない事情も見てきました。スペイン人の男性の多くは、家族の長としての自分の位置の意味をまだしっかりとわかっていません。モーロ人〔ムーア人〕のように夫権を固守する男が大勢います。自分は主人だと思っているのです。妻と立場が対等のようなものになってしまうと、面目が汚されたと感じる

(30) スペインでは、第二共和政発足後の一九三一年の憲法制定議会選挙で初めて女性が被選挙権を得た。また、同年制定の憲法は初めて女性の選挙権を規定した(二三歳以上の男女の普通選挙権)。一九三三年に新憲法による初めての国会議員選挙がおこなわれた。

のでしょう。「うちの女房が……するなんてどういうことなんだ！」、「とても我慢などできないぞ……！」と。どう見てももっぱら妻に家事を押しつけながら、妻が美しいときはうぬぼれて、男どもは自分たちがスペイン的と呼んでいる伝統を守っているのです。当の妻たちにとってもこれは心苦しいことではありません。とくに小ブルジョワでも大ブルジョワでもブルジョワ階級のご婦人方にとってはそうです。この階級では、妻が自由に振る舞うのはとんでもないことだとされていて、スキャンダルを起こすことへの恐れが上流階級より強いからです。こんな不平等な状態を、ご婦人方は自分たちにとってほんとうに大事なあらゆることで辛抱づよく埋め合わせるのです。でもそれは、どうにも間が抜けてくだらないといった場合を別にすれば、おしゃれのことや気晴らしの趣味といったことではないのです。宗教心や政治的傾向が夫と妻の間で異なるときは（中流階級では非常によくあることです）、カルデロン[31]風に夫がどんなに高慢であろうと、家庭の平和は夫が歩み寄ることで維持されるのです。こういうことで、私は、逆説的ですが、男と女の同権、つまり、よく言われる「女性の法的、政治的解放」は、長期的には、夫の自立、夫の自由というものも確かなものにするという思いがけない成果をもたらすのではないかと考えるのです。これらのことを夫がそんなに頻繁に活かすことはないとしてもです。子どもを持つと、女性の領分は将来にも行きわたるものになります。母親の愛情というものは、自らをぞっとさせるような危険から子どもを守ろうとする大きな感情を母親に呼び起こすのです。母親は、その国の社会というものは各家庭が拡大して表されたものであるはずだと考えるのです。政治との結合がここでは直接的で目に見えるものとなっているのです。信仰を失ったカトリック教徒がよく陥る不可知論は、家庭の平和の必要性と結びついて女性の影響力を高めるのです。〔スペインでは〕ヴォルテール[32]主義者の息子たちはイエズス会[33]の生徒たちなのです。このことが、なぜ、前世紀の自由主義革命から生まれたスペインのブルジョワジーが社会の一大根幹を成すに至らなかったのか、政権を完全に掌握するに至らなかったのか、彼らの本来の原理と観点からの統治ができなかったのか、もともと彼らが反抗した様々な権力に打ち勝つことができなかったのか、なぜ、こういったブルジョワジーの弱体と追従がこれらの権力の支配の序章となってしまったのか、これらの権力とは王家、軍部、ローマの政治的後見〔カトリック教会〕のことですが、以上のことの理由の一つなのです。彼らの多くは、あまり熱心ではなくともまだ王政派であることをやめていません。独裁にも簡単に屈してしまいますし、彼らのなかにはカトリシズムをその政治綱領にしてしまった人たちもいるのです……。まったくナンセンスなことです！　ブルジョワまたカトリック教徒として、私はこういったことを咎めます。まったく政治的で社会的な争いを宗教の旗で掩護することは、ブルジョワジー自身にとっても自らを引き裂き、宗教にとってもそれを失墜させるので、不正なことです。共和国の多くの敵たちがこの戦争を宗教的十字軍であると強調しているのは女性たちに帰せられるのです。それは第一に、それが彼女たちのもともとからの感情だからです。女性たちのほとんどは、この戦争にそれ以外のことを考えていません。第二に、彼ら共和国の敵たちは、女性たちのご機嫌をとるために、このようにして彼女たちに

(31)　カルデロン・デ・ラ・バルカ。一七世紀のスペインの劇作家。
(32)　一八世紀フランスの思想家。啓蒙思想の指導者。
(33)　一六世紀創設のカトリックの修道会。対抗宗教改革の旗手となった。

慇懃さを示そうとしているからです。

モラーレス――いろいろ聞かせていただきましたが、この反乱が起きることになったことへの女性の関わりとは何なんです？

マロン――ああそうでしたね。すっかり忘れていました。女性たちは、クーデタが起きてもよい雰囲気をつくるのに貢献したのです。多くのご婦人たちは、クーデタを起こすような人々を個々にそそのかすこともためらいませんでした。共和国を倒すのに選挙ではとてもできなかったのです。いろいろな政治的な出来事がこのようなご婦人たちをいらいらさせていたとき（このような反応を示す権利は彼女たちは持っていたのです。いろいろな意見を言うのは自由ですからね）、私自身が、多くのご婦人方が軍人たちにこう言うのを聞いたことがあります。「あなた方はじっと我慢しているの？」、「軍は何をしているの？」、「いつ蜂起を起こすの？」。ご婦人方は、このように煽ることがどんなに重大なことになるか気づいていなかったのです。彼女たちの多くは自分たちの不用意な発言を忘れてしまうことになるか、それとも後悔することになるのでしょう。自分たちが強く抱いていたほかならぬその思いが今は損なわれてしまったからです。そういうことに気づくことができずに、夫や息子たちを死に追いやってしまったのです。私は、これらの女性たちを非難はしませんが、哀れに思います。彼女たちは自らの無知を弁解の理由とすればよいのです。彼女たちには、力をもってする行為が、まるで閲兵式のように手っ取り早く、無害で、輝かしいものに見えたのです。

モラーレス――おそらく私たちは、この戦争に際しての女性の本当の気持ちというものについて誤った見方を持っているのだと思うのです。いずれにしても、一般に何らかの敵意をちょっとしたいらいら感情やたんなる無知に帰してしまうのは不当か、あるいは、もしあなたがこう言ったほうがよいというなら、不正確のように私には思われます。私はバレンシアで、高い地位にある一人のご婦人のお相手をしました。たいへん優しい方で、虫も殺せないような人でした。私が彼女の前で、反乱派の連中がセビーリャでやった虐殺について話したところ、この婦人は深く胸を痛めた様子でしたが、こう言ったのです。「そうです、それでよろしいのです。徹底して罰を与えなければならなかったのです」。

パキータ ―― それで、あなたはその方を告発しなかったのですか？

モラーレス ―― それは、とんでもない！

パキータ ―― 私たちのことをそんな風に言う人は、向こうの連中の側なら銃殺されますよ。

モラーレス ―― それはそうでしょう。でも、私たちは、少なくとも私は向こうの連中の側にはいませんから。先ほどの話をしたのは、私の考えでは、あなた〔マロン〕が言われた女性たちの心情というのはたいへん深いところに由来するもの、女性の心の中にあっておそらくそんなに知られていないもので、男性が考える場合より政治的でないけれど、しかし理性や分別では歯が立たないくらい非常にむずかしい心的機構に由来するものだからです。このような気性を持つ女性というものは、状況によって強いられればおとなしくなってしまうこともあるかもしれませんが、それでも彼女たちが熟考するようになると期待してはいけないのです。反乱を起こした将軍の誰かを説得するほうがまだたやすいというものです。この戦争を引き起こした情念には、まったく女性特有の、いきり立つほどの頑固さ、熱狂的な喧騒、どうにもならないような執念があると言いたいのです。スペイン人の性格のいくつかの特質はそのまま女性に宿ったのであり、女性は男性よりそれらの特質をよく表していると言えるのではないでしょうか。「教皇よりもっと教皇絶対主義者〔何でもうのみにする、あるいは、当事者以上にしつこい〕……。損に損を重ねる……。自分の考えを押し通して頑としてあらためない……」。ほんとうに様々な起源を持つこれらの言い回しには、男らしさというものを意味するのにつくり出されたものもあります。しかし、節度を欠く一方で自慢ばかりして行動することを表しているこれらの言い回しを、男性より女性のほうがそのままに解して、そうして行動しているのです。女性の気力というものは経験を重ねていくなかで和らげられていくものではないということでは、皆がマロンさんに同感できるのではないでしょうか。今ここにいる方々のなかでは、われらが親愛なるパキータよりもっと……、何と言いましょうか、もっと気性が激しい人はいないのです。

パキータ——とくに気を入れているわけじゃないわ。

バルカーラ——あなたによれば今回の軍事反乱をたきつけたという女性たちは、どんなことがわからなかったことで許せるというものなのですか?

マロン——残虐な出来事をそそのかしてしまったことをわからなかったことです。勝利はただちに可能で容易なものと思われたのです。凄惨な内戦になるかもしれないことがわかっていたら、女性たちは躊躇したことでしょう。多くの人がそうだったようにです。どうか、こんなはかない幻想を抱かせてください。

バルカーラ——一九二三年の〔プリモ・デ・リベーラ将軍のクーデタの〕時のようなことが起こりえたとしても、つまり、ただちに反乱の勝利が可能となり、またそれが無血となった場合でさえも、その後の弾圧の激しさを予見できなかった人はいませんでした。反乱が抵抗に遭わなかった地方でさえも連中が残虐行為をおこなっていることからしても、残虐さはまちがいなく予見できたのです。それを予見できたとなれば、反乱を煽るようなことを慎むのにもうそれで十分だったはずです。それとも、内戦はすべての人々に等しく襲いかかるので戦慄すべきものだけれど、ただ敵にのみ降りかかるはずであった弾圧は戦慄するようなものではなかったということなんですか？

パスツラーナ——性の違いによって政治的な意識を分類するのは恣意的に過ぎると思います。なぜ、あなたは女性のことをことさら気にするのですか？　双方の側には非常に多様な性格の意識を持っている男たちや女たちがいるのです。今、対立し争っている人々の各々の側の全体としての色分けはすべきなのでしょうが、それには合唱団のように、ある側にはソプラノ、他の側にはバリトンかバスといったグループ分けをしないことです。

ガルセス——気性というものは性とはほとんどあるいは全然関係ないと思います。実際には、反乱という政治的事件は恐怖が高ずるなかで生じてきたのです。独裁政治をよしとする扇動家たちによって操られた社会革命のお化けが、多くの穏健な人々の目を覚まさせたのです。実際にはお化けに過ぎなかったのですが、スペイン人の政治的思考にはなにか幼稚なものがあるのです。なのに、どんなに根拠がないものであっても、取りついて離れない不安から生ずる錯乱的効果を冗談としか受け取らなかったのがまずかったのです。とくに女性に関しては、世俗的法規への恐怖をつけ加えてくれませんか。こういった法規が女性たちに、宗教が根絶やしにされる、反キリストの国ができると信じさせてしまったのです。この思い込みは、不安に取りつかれてしまった何人かの有力な男たちも有していたもので、彼らもそのとおりだと言っていたのです。信者たちはミサを聞き続けていましたし、秘跡を受けたり、宗教行事もしばしばおこなっていました。聖職者は公権力を非難する自由を存分に行使していました（王政だったら、こんなことは許さなかったでしょう）。それでも、多くの人々は、とくに女性たちは、日々のこういった各自の体験より自らに取りついた狂信主義の魔力のほうにもっと信を置いていたのです。私たちというのはそういう人たちなのです。私たちのまわりで起きていることをはっきりと受けとめることができる人は、そういないのです。多くの人々はそんな能力を持っていないのです。夢想家の風土を持つ私たちのようなところでは、そのような各人の能力は消え失せてしまい、それは有害な傷ものではないにしても、おそらく邪魔もののようなものになってしまっています。もうはっきりとしている私の政治的不手際は、私がただ立証明白なことのみを受け入れようとしたことによるものです。人々をぞっとさせるような大判のポスターは、理性よりずっと力を持っているのです。

バルカーラ　——夢想家たちというのは、スペインの内外で、反乱の即時成功を信じていた連中のほうだったのです。

マロン　——軍人たちにも、自らの職務についての取り違えということがあったのです。彼らは、軍が好意的にも沈黙しているから共和国がもっているのだと思っていたのです。軍が武力を背景にしてものを言い出したら、誰が自分たちに反抗できるというのか？　ということです。軍人自身のなかにも、軍人を手段として利用した人たちのなかにも国の状況についての無知があったのです。マドリードやこの首都の状況が波及しえた地域で反乱が失敗したのは、カタルーニャで、マラガに至るレバンテ〔東部地方〕一帯で、また北部でも反乱が失敗したのは、まったくの偶然ではなかったのです。何人かの人たちの過ちがなければ、サラゴーサとオビエドでも反乱は失敗していたでしょう。そうなっていたら、モーロ人が来ても来なくても、この反乱は失敗していたのです。

パスツラーナ——そんなことについて今、議論しても無駄ですよ。

マロン——いずれにしても、一つのことだけは否定できないことです。つまり、共和国を倒すのに選挙ではとてもできなかったのですが、またスペインの共和国の敵たちの武力も足りなかったのです。陸軍、治安警察隊、海軍、それにほかの武装勢力がほとんど反乱に加わったといってもです。共和国は見かけよりもっと根付いていたのです。

リベーラ——スペインに負担と犠牲を強いながら今もなお反乱を支援している諸列強も、簡単に勝利できると信じていたのです。

モラーレス——それは確かとは言えません。いろいろ推量をめぐらせてみないといけないと思います。外国の軍事援助は、反乱者たちの企ての後ろ盾あるいは保障として彼らが予め求めていたものです。これはイタリアとドイツによって喜んで与えられ、かくして、イタリアとドイツにとってはヨーロッパでの計略のための予期せぬカードがその手中にらくらくと転がり込んできたのです。以上のことは、反乱者の側もこれらの外国の側も、外国の軍事援助が必要となるだろうということを認めていたことを示すものと見なければなりません。この援助がどのくらいの量のものと予期されていたのかということは、また別の問題です。援助の戦力のほうが主要な戦力となってしまい、哀れな反乱が外から庇護されてこれらの保護者たちの援助による征服戦争になってしまったということは、反乱者たちにとっても外国の側にとってもびっくりすることだったでしょう。スペインの反乱者たちがこの国の状況と共和国の抵抗力がどのくらいのものかをよく知らなかったとすれば、外国の暴君たちは、これらのことのほかにも、反乱者たちがどのくらいの力を持っていたのかを正確には知らなかったのです。どうも、イタリアの政府は、スペインそのものの実情よりも、スペインのこの事態に対してイギリスがどう出るかということをよくわかっていたのだと思います。だから、イタリア政府は「イベリア」半島でよりもロンドンに対してそんなに危なげもなくうまくやったのです。イタリアやドイツは、今回のことではスペインのことをよく知っている人を欠いていたのです。そうです、良き理解者、良き翻訳者を欠いていたのです！　スペインのことは外国の言葉にはうまく訳されてはいないのです。それゆえ、スペインのいろいろな名称がそのまま文字通りに訳されているとなると、それでは正確な理解はできないのです。つまり、用語が同じだからといっても、その意味するところも同じというのではないのです。いくつかの語をどこかの有力国の言語に訳したとしましょう。たとえば、連隊、大学、司教、艦隊、カトリック、フリーメーソン[34]、機関銃、将軍、学校、農地改革などです。外国人がこれらの語の訳語からそれらがスペインで意味することを理解してしまったら、それは見当違いというものです。反乱派がこれだけ動員できるとした兵員の名簿（つまり、人名リストの訳です）がある日にイタリアとドイツの政府に示され、これらの政府が自分たちの国の場合から見て類推して、「この兵力に抵抗できるようなやつはいない」と見て、割に合うかどうかわからない事業に共同で出資しようと決断しても、驚くことではないのです。これらの政府は「スペインでの」抵抗に驚きました。その事業もうまく行きませんでした。いまや彼らは、賭け金を取り戻すために自前でさらにその事業を続けることにするか、あるいはこの共同事業を誰かに引き渡せないものかと様子をうかがうという状況に置かれているのです。しかし、彼らが目論んでいたものよりずっとその費用がかさみ、ずっとそのリスクが大きくなってしまったといっても、彼らがこれらの事業にどのような形でも手を出さなかっただろうと考えてはならないのです。現在までの状況を見ると、どうもそうだとは考えられません。いい加減にしておいてよいという問題ではないからです。彼らが恐れていたいくらかのことがあったのですが、彼らがほんとうに懸念していたことは、どこまで深入りするかということでした。彼らは［仏英など］ほかの政府の意図や手段について微に入り細にわたる情報を得ていたので、これらの無能な政府と張り合うことができ、また、誰もが押し黙ってしまうようないななきでもってこれらの競走馬［仏英などの政府］の耳を聾することができたのです。ところが、実際には彼らはもっとたやすく、またもっと自由に自らの望むところを実現できたのです。というのは、彼らは彼らと張り合っている政府の無能に頼ることができたのです。というより、これらの無能な政府の共謀があってのことです……！　まったく、イタリアとドイツはここまで取り込んでしまっているのです。

ガルセス　――それがいちばん大事なことなんです。共和国の敵を大きなものから小さなものまで重要な順に挙げると、こういうことになるでしょう。まず、仏・英の政策。次に、イタリアとドイツの

（34）一八世紀のイギリスを起源とするとされる博愛主義団体。スペインでは共和主義者にフリーメーソン会員が多かった。反乱派政権と後のフランコ政権はフリーメーソンを危険団体として弾圧した。後出一三七ページのガルセスの発言も参照。

軍事的介入。そして、〔共和国側における〕権力の乱用や無規律、二の次の目標の達成だけを目指すような意向や企て、これらのことが共和国の評判と政府の権威を損なっていること。最後に、反乱派のその勢力です。ほかの三つの事由が、とくに最初の事由が彼らに有利に働いていなかったら、〔一九三六年〕七月の反乱者たちは今はどうなっていたでしょうか？

バルカーラ――われわれにはジュネーヴ〔国際連盟〕は弱き人民の守護者に見えたのですが、共和国が潰えてしまいスペインがまた軍人や司祭どもの専制政治の下に陥ってしまったら、それはジュネーヴのこの茶番のせいだと、そして結局のところ民主主義無能列強のせいだと言わなければならないでしょう。これらの国々が誰も頼もうともしなかった援助をわれわれに与えてくれなかったからというのではなく、これらの国々が、正式に承認されている政府で、これらの国々も公式に友好関係を維持している政府に対して最も明白な権利を行使することをさせなかったからです。何と不公正なことでしょうか！　そのうちに彼らはその代償を払うことになるでしょう。

ガルセス――そんなに恨みっぽくならないでください。私たちはこれほどの難儀な状況に置かれているので、あなたが気にかけているこれらの国の人々がいずれその過ちの報いを受けることになるだろうとしても、私たちは今も、またこれからももっと打撃を受けることになるのではないかと思います。私たちはあまりに弱い立場に置かれているので、こんな不公正がまかり通っているのです。

リュック――国家間の関係が権利と義務の体系なるもので統御されているとなると、これは不公正なことになるでしょうね。しかし、われわれはまだそこまで行っていないのです。強者が弱者の権利を踏み潰してしまうのが不公正なのは、大魚が小魚を飲み込んでしまうようなものなのです。もちろん、われわれの争いは人間の間で起きているもので、人間は道義心と思考力を有しています。われわれは数世紀前から正義の思想を持っています。それで今、権利を語っているのです。ただ、それはまだほの見えているようなもので、頭の中で思い描いただけのことなのです。それ以上のものではないのです。

マロン ――国際連盟は国際的正義を実現するために発足したのですがね。

パスツラーナ ――しかし、諸国家の連盟が形成されたとさえも言えるのでしょうか？　権力の抽象物であり各々の権力の利害物である世界の諸国家が正義の物差しのもとで一種の平等な共和国を形成するというようなことは、〔第一次世界大戦での〕連合国支持派の戦争観に触発された教壇上の幻想だったのです。それは戦争の重苦しさが消えた後に広まった楽観主義のなかで羽ばたいたのですが、あなたもご存知の通り、長くは続かなかったのです。実際には、諸国家の世界的な連盟などはけっして磐石なものではなかったのです。ヨーロッパについて言えば、スカパ・フローでドイツの艦隊が自沈したら、(35) ヨーロッパ大陸に対するイギリスの政策の目標は変わったのです。フランスを優位に立たせないようにするのがよいということになったのです。対抗の政策、均衡の政策に戻ったのです。こうして、われわれはもうあらゆる打撃を受けるようなことになるのです。スペインに対してとっている姿勢もこのようなやり方を適用しているのですから。民主主義列強のほとんど隠そう

(35) 一九一九年六月、スコットランドのイギリス海軍拠点スカパ・フローで、同地に抑留されていたドイツ艦隊が、連合国側による接収を避けるため、ドイツ側指揮官の決断により自沈した。

ともしないその冷淡さと敵意に対してわれわれが強く声を挙げても、それはご時世にうまく合っているとは言えないのです。政治体制が似ているか違うかで国家間の関係が決まるのだとか、あるいはそうなるはずだという風に国家間の関係を見ようとするのはあまりにも愚直なことなのです。ある国の対外的な行動をこのような仕方で導こうとするのは馬鹿げているということでしょう。フランスまたイギリスにとっては、スペインの政府が彼らに友好的であり、彼らにくっついており、彼らに仕えていることが大事なのです。政府の政治的色彩などは副次的なことなのです。それだけではありません。この両国の多くの民主主義者たちは、民主主義というのは自分たちにとっては良いものだが、スペインにとってはふさわしいものではないと信じているのです。スペインはまだあまりに野蛮だというのです……。

モラーレス　──私たちがやっていることを見れば、ときにはそれも否定できないでしょう。

パスツラーナ　──……スペインが民主主義になれば、彼らの友好的振る舞いをもっと期待することができるようになると言う方がいるかもしれません。しかし、それが可能性に留まるかあるいは確実なものとなるかは状況次第なのです。今でもわれわれはその確証を得られなくて困っているのです。つまり、彼らにとっては、われわれが民主主義的になるかどうかは、われわれが仏英の政策から援助とはいかなくともせめて好意くらいは引き出せる資格を持っているかどうかと同程度の関心事にしかなっていないのです。おそらく、立場が逆になれば、われわれの誰にとっても、これと同様な振る舞い方を考慮しておくのがまことに賢明というものではないでしょうか。このことはすでに［第一次世界大戦が始まった］一九一四年に起きたことです。今、われわれはあの時の［スペインの］中立の代価を払いつつあるのではないでしょうか？　一般の人々は何でもその通りに信じ込んでしまうかもしれませんが、われわれは「イデオロギー」というものの罠にかからなように、「イデオロギー」の名で抗議したり非難したりしないようにしなければならないでしょう。平和の時と戦争の時とでは諸国家は異なる目的で互いにくっついたりするのです。私はそれを非難しようというのではありません。一九一四年にパン・ゲルマン主義(36)が勝利していたら、不幸なことになっただろうことには疑いをさしはさめないでしょう。そうはいっても、われわれはあの時ツァーリ［ロシア皇帝］やミカドを自由と諸国民の解放のためのまぎれもない闘士だと見ようとしたのでしょうか？　もしスペインの［第二］共和政がファシスト・イタリアに手を差し伸べ、その体制の仲間入りをしてフランスを追いやって地中海の覇権を勝ちとる構想、とはいえこのような覇権がわれわれの手中に入ることはけっしてないでしょうが、とにかくこの構想に同調していたら、ドゥーチェ［ムッソリーニ］はスペインの共和国はプラトン学派(37)の代表例だと宣言したことでしょう。それは見当違いのことだと言われますか？　そんなことはないのです。見当違いというのは、むしろわれわれがこのようなことをしようとしなかったことではないのですか……労せずして何とかなると思って。

モラーレス ――そんなことを提案するような奴がいたら、それはなんとも情けないことです！

パスツラーナ ――それはそうです。でも、その兆候のようなことがあるのです。対外政策の動機につ

(36) ドイツ帝国またドイツ民族の覇権を唱える主義や主張。
(37) この語は、「無欲な人たち」、あるいは理念的・観念的のような意で用いられているのだろう。

いてのスペインの中や外での悪しき誤解のお手本は、ソ連の援助に対する評価です。ソ連はスペインの紛争で他国が手放した地位を占めるようになったのです。〔仏英などの〕けっこうな冷淡さにむしゃくしゃした人々の感情がソ連のほうに向くようになり、ソ連をわれわれの守護者と見るようになったのは当然のことでしょう。フランスとイギリスの市場でわれわれが武器を購入する権利が遵守されていたなら、ソ連の軍事的・政治的役割はこのスペインの地では零に等しいものになっていたでしょう。ソ連がそれに何か文句を言うというのでしょうか？　注目すべきことに、イタリアとドイツの宣伝、反乱派が彼らの地で捏造している宣伝、坊ちゃん育ちの一部の亡命者たち、あらゆる国の愚かな野次馬たち、この野次馬たちは誰かが率先しているというのでもなくおのずから一緒になっているのですが、それにわれわれ自身の中にもある意見、これらが皆、共産主義を広めているのだとしてソ連の行動を歪めて語っているのです。誰もが欺こうとするので、ほとんどの人がだまされているのです。ほとんどの人がと言ったのは、現実をよく理解しているドイツとイタリアの政治指導者たちはだまされようがないからです。ほかの状況が同じようなものだったら、スペインに共産主義者が一人もいなくても、ソ連は共和国政府に武器を売ったでしょう。フランスのブルジョワはソ連と協定を結んでいますが[38]、それが有用なものになるかどうかはソ連がフランスに供給できる軍事援助にかかっているのです。しかし彼らは、フランスを脅かしているかのあれこれの列強、これらの列強に対してこの協定は向けられているのですが、ほかならぬこれらの列強からわれわれが自らを守れるようにその共産主義の同盟者がわれわれに物資を提供し始めたので、びっくりしているのです。様々な「イデオロギー」が繰り返し言っているようなことはいんちきのようなものです。様々な国家がその利害をめぐって争っているのです。一方の側のあれこれの国家の安全が守れるか、他方の側のあれこれの国家が優位となるかをめぐって争っているのです。もしスペインの共和国が外国勢力の手にかかって滅びてしまったら、イギリスとフランス（とりわけフランス）は将来の戦争で緒戦のうちに敗れてしまうでしょう。

マロン——イギリスとフランスは［この内戦の］勝者と組もうとして、いろいろな方策を採ろうとするでしょう。

バルカーラ——とくに、もし反乱派が勝つことになったら、彼らはイギリスに対して恩知らずのことはできないでしょう。

ガルセス——後に学者たちは、こうやってヨーロッパ政治史の一章を、ほかのどの章とも同じような暗黒の一章を綴ることになるんでしょうな。その重要性がわからないわけではありません。それに、私は私たちの国の悲劇的事件の結着が国境を越えたところで宣言されることも受け入れます。それでも、私の頭にとりついて離れない問題、私を悩ませる難問というのはほかのことなのです。スペインから見る私の視点というのは、はっきりと言わせていただければ、この戦争の結果そのものよりもっと高みのところにあるのです。私たちは勝つのか、負けるのか……。それもよいでしょう。でも、どうして、一方があるいは他方が戦争に勝つのだ、または戦争に負けるのだというようにならなければいけないのですか？　このような狂気の渦中に投ぜられて、スペイン人はどんな目に遭

（38）一九三五年に調印された仏ソ相互援助条約のこと。

うのでしょうか？　右派による政治か左派による政治かどちらかだという風に論じないでいただきたいのです……。それだけでは困るのです。どのような異常な興奮状態が国に対するこのような犯罪の扇動者を、また彼らに追随する人々をつかんでしまっているのでしょうか？　仰天させるようなこと、その最たることは外国の侵入です。イタリア軍とドイツ軍が自らの国に都合のよいように私たちの国の内戦の行方を決めようとして、［イベリア］半島を征服しているのです。皆さん方はヨーロッパの政治で起きている様々な出来事を取り上げて、この事態についていろいろ述べられています。それだけではやはり困るのです。外国の侵入はスペインで起きていることです。それを忘れないようにしましょう。スペインの幾分かの人々が外国の軍隊がスペインに入ってくることを要請し、またそれを受け入れたのです。そうでなければ、外国の侵入などなかったでしょう。これらの人たちはほかの同胞を破滅に追い込もうということで、この半島を征服者に委ねているのです。スペイン以外では、現代の歴史においてこのようなことは起きていません。このことは宗教戦争[39]の時にしばしば外国の侵入があったことを想起させるのですが、あの時期には国民としての意識も愛国心も今日と同程度のものではなかったのです。私たちの国は何と恐ろしい後戻りを経験しているのでしょうか？　後戻りというのでなければ、私たちは自らの国の進歩について思い違いをしてきたのでしょうか？

リベーラ――社会的境界、宗教的境界が彼ら［反乱派］にとっては国の境界よりもっと大事ということですね。

ガルセス――そうすると、国というものは存在しないということになります。

パスツラーナ――国民的な愛国主義はもはやその凝集力を失ったということでしょう。より大きな力をもって迫りくるまた別のインパクトが国境を越えた新たなグループを生じさせているのです。愛国主義は後回しになっているのです。

マロン――ほう、社会主義者がそう言うのですね。

パスツラーナ――社会主義者でも何とでも呼ばれてもかまわないのですが、私はスペイン人であることをけっしてやめたことはありません。この戦争が始まってこのかた、私は徹頭徹尾スペイン人です。しかし、プロレタリアのインターナショナル(40)が、あらゆる動向や勢力のなかでもおそらく最も力の弱いものになっていることはあなたも否定できないでしょう。

モラーレス――私たちの戦争では、様々な利害や階級を共同の旗印のもとに結集しようとしている国民的な愛国主義の主張、それは共和国側のものです。この共和国はブルジョワとプロレタリアによって支えられているのです。他方で、国民派だと称し、また真正スペイン主義を称揚するのだとしている反乱のほうは、国の多数から成る人々を絶滅しようとして国境蹂躙の事態を引き起こし、またそれをうまく利用しているのです。あたかも、ブルジョワ自由主義や労働者の利益擁護を表すあらゆるものもまた国民的であるということはないかのようにです。

バルカーラ――この国のことをわかるのは、なんと難儀なことか！

モラーレス――スペイン社会は、もう一〇〇年以上も前からしっかりとした地歩、しっかりとした基

---

(39) 宗教改革に伴い一六～一七世紀にヨーロッパで起きた諸国家間また諸国内での戦争。
(40) 訳注47参照。

礎を得ようとしているのです。しかし、まだそれを得ていないのです。どうやってそれを築くのかわかっていないのです。この不安定な状態の政治での表れは、わが一九世紀の幾多のクーデタ、反乱宣言、独裁政治、内戦、王政崩壊、王政復活に見られるのです。スペインの中での紛争という点では、現在の戦争はこういった歴史におけるまたしてもの一大波瀾なのです。これが最後ではないでしょう。その短い道のりの中で、［第二］共和政は自らを引き裂いてしまう勢力をつくり出すようなこともあおり立てるようなこともしてきませんでした。長年の間、スペインのとてつもない現実というものは伏せられて見えないように、あるいは表に現れないようにされてきたのです。いずれにしても、わからないもののようにされてきたのです。共和国は虚構を打ち破って、それを白日の下にさらしたのです。しかし、共和国はこういった現実を御することもしっかりととらえることもできなかったので、最初からこういった現実によってさいなまれたのです。望むと望まないとにかかわらず、共和国は中道的な解決であるべきだったのです。共和国は、国民的政体として、どのような極端主義にも基づかないのがよいと言われました。まったくそのとおりです。中間のところでの合意が成らないというのがまずいことなのです。そういうスペインの現実というものは、一方の現実と他方の現実とが相手方をなきものにしようという対立状態にまで陥ってしまうと、共和国がもたらした均衡を崩してしまい、共和国を木っ端微塵にしてしまうことになるのです。ある機会に私は、共和国の後ろ盾となっている人たちが、王政回復体制[41]の後ろ盾たちがしたとされている取り決め[42]のような協定を結ぶべきであると書きました。もちろん、誰も相手にしてくれませんでした。私などが相手にされるはずはなかったということでしょうかね？　私たちは、すでに一九三二年から、共和派の一部の人たちが軍人たちと陰謀を企てているのを見ていたのです。また、(そんなに多くはなかったのですが) 共和派のほかの人たちもとんでもないデマゴギーを吐いてその無駄な個人的野心を露わにするのを見ていたのです。いいですか、何とかして持ちこたえようとする政体には協定方式のようなものに基づいた何らかの方策が必要なのです。旧来の敵たちがしばし慌てるなかで、他方で、しぶしぶながらで、二心的でもあり、また威嚇もするような姿勢で[新政体を]受け入れた人たちがいる状況にあって、生まれたばかりでほとんど政治的準備もなかった共和国はこういった方策をいっそう必要としていたのです。共和国は、スペインでは植えつけなくても芽生えてくる無政府状態と独裁とをうまくかわさなければならなかったのです。現実を知ったとなると、策としての協定が必須だったのです。これはだましとかごまかしとか、そういうことではありません。どう見ても、私たちの風土は政治的賢明さには適していないようです。共和国は左右に大きく揺れながら、この国の険悪な対立の中で粉々になってしまったのです。

パスツラーナ —— 私は歴史の総括というものを、とくにレリダの戦い(43)では負けたはずはないと言おう

(41) 一八六八年以降の「革命の六年間」の後、一八七五年に復活したスペインの王政。王政復古体制とも呼ばれる。一九二三〜三〇年のプリモ・デ・リベーラ独裁で政治体制としては事実上の変容を見ていたが、一九三一年の第二共和政の成立で最終的に崩壊した。

(42) 一八八五年の通称パルド協定。当時の二大政党の保守党と自由党が、政府危機が生じた場合にただちに政権交替をすることで合意した。

(43) ナポレオン軍の侵入に対する一八一〇年のレリダ[カタルーニャ語ではリェイダ]でのスペイン民衆の戦いのことか。

とするようなことになると、そういったものを信用できません。あなたは、実際に起きたことも、あれやこれやの状況のなかで個々の人々が何らかの行動をしたことの意義もよくわかっていないようです。〔闘争や対立の〕現実はそれはもうあからさまなものだったし、また、おそらくもう悲痛といってよいものだったのです。

バルカーラ――何と言っても、もうしようがないのです。今までのことはもうとやかく言わず、新たにまき直しをはかることです。〔反乱派の〕連中がわれわれにこういう事態をもたらしたのです。この機会を幸いに決着に持ち込むのです。

モラーレス――新たにまき直しをはかるですって！　何と無邪気なことを！　私たちの経験をどうしてそんな風にして切り捨ててしまうのですか？　私たちの経験したことは昨日までに実際に起きたことであり、これらすべてを背負って明日があるのです。それとは別のことを考えるなんて、それはばかげた政治綱領というものですよ。

バルカーラ――どうも、どうも。あなたには、戦争と革命が共和国が御せなかったこういったスペインの現実というものを間違いなくかたづけてしまうだろうと言っておきましょう。

モラーレス――あなたは敵を皆、殺そうというのですか？

バルカーラ――私は誰も殺そうとは思いません。しかし、彼らによってわれわれが巻き込まれることになった戦争と革命が彼らを粉砕してしまうでしょう。

マロン――彼らのほうでも、自分たちが支配しているところで、手本を示しながらそういうことを公言していますよ。

モラーレス――こうして、スペインの半分が他の半分を虐殺しようというのですか？

ガルセス――どのような政治だろうと相手側を絶滅させると決めてかかることに拠って立つことはできないのです。それは狂気というものですし、それに第一そんなことは不可能です。私はその不当性のことを言っているのではなく、そんな狂乱状態にあっては誰も倫理の意義など認めないからです。無数の人々が死んでしまうことになるのでしょうが、それでも人々をけしかける感情というものは死なないのです。そういう感情を少しでも持つ人たちが絶滅してしまえばそんな感情も消えてしまう、そんな感情を抱く人はもういなくなるから、とおっしゃるかもしれません。しかし、そういう感情を根絶するというのはほんとうに難しいことなのです。それに、そういう感情を根絶せんとすると、根絶されるべきものの何たるかがわかってくるのです。つまり、犠牲者への同情、怒り、復讐心は純真な魂を汚してしまうのです。残虐な犠牲は、ただ復讐や仕返しとは言えない崇高で高貴な同情的対抗心とも言うべきものを呼び起こすのです。迫害に遭うと、まるで奈落に引き寄せられるように眩惑されてしまうのです。ここに危険が待っているのです。恐怖はいろいろな働きをします。ただ困ったことには、恐怖自身が恐怖を打ち負かす力を生み出しはするのですが、しかしまた恐怖がこの力を抑えてしまうと、恐怖の膨張力はまた増幅してゆくのです。

バルカーラ――権力を掌握したら、それを敵に対して徹底的に利用するのです。

ガルセス――行動に出るときに犯しがちな最も馬鹿げたことは、あたかもしかも未来永劫にわたって全権を手中にしたかのように振る舞うことです。すべてのことは限られたもの、一時的なものであり、人間の度量に応じたものなのです。このことはほかの何にもまして権力に当てはまるのです。

この確信は私の心の奥深いところで隠れた抑制のように働いているもので、私自身もその存在を確認できないのですが、私の行動のすべてを制御しているものです。これは私の前々からの知的・精神的営為に由って来たるもので、私がずっと抱きつづけているものです。人間のやることについては、このような分別によってキリスト教の責務、悔悛、贖いの観念にとって代えることができるのです。これは、セヒスムンド(44)をして、城郭の塔で再び眠りから覚めると、［今度は凶暴な振る舞いをすることがないように］分別を持とうと決意させた精神なのです。

バルカーラ ―― これすべて穏健主義の冷めた思慮判断によるものですね。現実と向き合うことになったら、とても耐えうるものではないでしょう。

ガルセス ―― 思慮判断というのはつまり理性のことなのです。そうでしょう？ 理性というものは冷たくも熱くもありません。それは本質的なことに迫るためにあるのです。あなたが現実と呼んでいるものは、ただ理性を通じてのみそれを知ることができ、それについて考えることができ、何らかの行動をしようというときには、ただ理性によってのみそういう現実というものをより確かにとらえられるのです。あなたは穏健主義のことを言いました。穏健ということがまるで新たなるものの翼をこわごわと切断してしまうたんなる経験主義であるかのように、この言葉をくだらなくてさげすむべきものとしました。そうではありません。私が言う穏健、分別、思慮というのはまったく理性的なものであり、現実の認識つまり確かなものに基づいたものなのです。私は、スペイン人の判断力は確かなものをよくとらえようとしないものだと確信しています。この今の時期のことを観察するなら、それがよくわかります。私たちは理性なき人間のように、判断力なき人間のように行動しているのです。勇猛な雄牛のように動き、そしてムレータ［闘牛士が持つ赤い布］に向かって盲進してゆくのがよいというのでしょうか？　雄牛が分別を持っていたら、闘牛なんて成り立たないのではないでしょうか。

バルカーラ――でも、闘牛士と観客は分別を持っていること、それで闘牛を興行していること、これは間違いないことです。

ガルセス――それは、闘牛士が理性を持っていないもの［雄牛］に勝つことになっているからです。

バルカーラ――時々、理性を持っていないこの雄牛が闘牛士を殺してしまうことがあります。私が何を言いたいのかというと、分別、理性、確かさなどは怒濤のような暴力を前にしては何の役にも立たないということです。

ガルセス――ほかでもないその時こそ、分別、理性、確かさなどが必要とされるのです。暴風雨にあったら、航海士はどうするのでしょうか？　ふらついて我を忘れてしまうのでしょうか。それとも船を救うためにその技量を発揮しようとするのでしょうか？

バルカーラ――そういう比喩は何の役にも立たず、何も明らかにしません。問題となっているのはある社会のただ中での暴風雨であり、海の嵐ではないのです。航海士は、言ってみれば、波の側に回ることも、波を裁くこともできません。それは意思を持たない自然の力です。われわれが遭遇している嵐は一時的な、束の間の、無目的な騒動ではありません。この嵐のなかでは何をどう建設する

---

(44)　カルデロン・デ・ラ・バルカの劇作『人生は夢』の主人公。

か破壊するかが問われているのであり、良質のものであれ悪質のものであれ何らかの目的が宣されているのです。暴力、恐怖政治［テロル］[45]はそのための手段となるのです。恐怖政治は非難されるべきですが、それよりも、正当なのは誰かを知ることがもっと重要なことなのです。ほかのことは副次的なことです。あなたも気づかれたと思うのですが、私はあなたの見方に近づいて来たようです。

ガルセス——全然違います。スペインのどの党派が国を指導する権利をより多く持つのかを明らかにすることが問題だというのではないのです。自らの側が有すると信じている道理を敵対者たちに押しつけるために、さらにはできることなら敵対者たちを絶滅するために、暴力に、恐怖政治に訴えてしまったことに問題があるのです。攻撃された側が、自らの側を守るためにやはり恐怖政治に訴えてしまったことに問題があるのです。何らかの主義主張をかなえようとすることとそれを勝ち取るための手段を切り離してしまうことは倫理なきたわ言であり、政治的には不条理なことです。恐怖政治というのは確固としたものを成し遂げるためには不必要で、それを助けるどころかむしろそれを危うくするものです。恐怖政治はほんとうに難しいことを成し遂げるためには無益なものです。野蛮な行為の力で得たもの、あるいはそれに基づいたものは長続きはしません。それは恒久的なものにはなりませんから、その野蛮な行為が終焉したなら、その忌まわしきもとでつくり上げられたものは火がついたわらのようにたちまちのうちに消えてしまうのです。反乱派の連中はセビーリャ市とセビーリャ県で何千人もの人々を銃殺しました。あの愚か者たちは、うまくいったかどうかをこんな風に考えるのでしょう、「まだほかにも多くのアナーキストがいるんだ」。数千の死がさらに数千の革命派を生んでいることに気づいたなら、連中はすごく驚くことでしょう。どのような党派

について も、以上の見方があてはまるのです。

バルカーラ ――あなたは上空を旋回して［高尚なことばかり言って］、超越者のごとく生者と死者を裁こうとしています。

ガルセス ――私は裁くようなことはしていません。言いたいことがあるなら、私の論に文句を言ってもよろしいし、異議を唱えてもよろしいのですが、言いがかりをつけるようなことはしないでください。

バルカーラ ――現今の状況があなたの考えを受けつけないのです。あなたが考えていることは何にも役に立ちません。誰もあなたの言うことなど聞かないでしょう。あちらの側ではわれわれの側にいるということであなたは嫌われるでしょうし、こちらの側では完全にわれわれの側に立っていないということで相手にされないでしょう。

ガルセス ――それが私が置かれている境遇のつらいところなのです。私はそれをよくわかっています。

バルカーラ ――おそらくあなたは、何があろうと自分は正当だと信じ込み、一人孤高を持して尊大になって自己満足していて、一般の人々と情を共にしようという気はあまりないのでしょう。

ガルセス ――そうではありません。私は政治の道理に審美的な喜びを見出しているのではなく、その有用性を考えているのです。政治の有用性が広まればよいのだがと思っているのです。私が孤高にしていて孤立しているというのもどうかと思います。あなたが思っているよりもずっと多くの人た

(45) ここでの「正当」の語は、「理（理性の意もある）を有する」という言い方から来ている。

ちが私と同じ見方をしているのです。私が行動の人間だったら、すぐにでもそれを証明できようというものです。私は行動の人間ではないので、このような私的な発言をして、それでよいと思っているのです。時が過ぎて、この大騒動と惨害がもはや遠い記憶にならんとするときに、私の意見が知られるようなことがもしあれば、おそらく何人かの知的な人たちが私は正しかったと言うことになるでしょう。その時までにはもう今回の争いが何をもたらしたかはわかっているでしょうし、手の届きそうなところにあったものを得るために私たちがなんと恐ろしい回り道をしたかということも明白になっているでしょう。また、私たちが互いに首を絞め合うようなことをして、愚かにも私たち自身を滅ぼすようなことをしてしまったことも明白になっているでしょう。

バルカーラ ――われわれは自由のために、数百万数千万の人々の生活とパンのために、正義のために、革命のために互いに〔共に〕戦っているのです。

ガルセス ――順序立てて行きましょう。まず、「われわれは……互いに〔互いの間で〕戦っているのです」ということの複数形から私という慎ましき人間とあなたという人間を除きましょう。私たち二人のどちらも互いに戦ってはいないのです。言葉では戦っていますが、それは誰も殺すことはありません。次に、これがいちばん大事なのですが、あなたは、私たちの自由やパンや正義のすべてが、さらにもっと多くのものがその帰趨にかかっているけれど、しかし一時的で束の間の現在の波瀾と、この紛争の長期的結果とを混同してしまっているということを私は言いたいのです。正義、自由、パン！……。これらは疑うべきことではありません。しかし、いつ終わるともわからないこの悲劇の痛ましさというのは、この悲劇が終わると見えたときに私たちが以前よりもっと正義を、もっと自由を、もっとパンを持っているとは言えないだろうということにあるのです。

バルカーラ ―― そうなると、論を通すとなると、軍人たちが反乱を起こしたとき、われわれは彼らの暴虐行為に従うべきだったということになります。

ガルセス ―― あなたが私を侮辱しようとしているとは思いません。私たちが彼らに従うですって？　そんなことはまったくありません。法、正義、秩序は私たちの側にあったのです。私が話してきたことのすべては、私からすれば、これらの語が持つ意味や意義のことを述べようとしたものなのです。抵抗し、打ち勝たなければならなかったのです。しかし、それが必要だったこと、そうしなければならなかったこと、そのこと自体がこの攻撃の恐ろしさに匹敵するほどのどうしようもない不幸なことだったのです。反乱という犯罪の最も重大なことは、どうしようにも好ましい解決の手立てがなく、どう見ても国の利益にはならない、もつれにもつれた紛糾状態をつくり出してしまったことです。現在の波瀾とその結末の長期的意味を混同しないようにとあなたに言ったとき、私はこういうことを考えていたのです。現在、間違いなく数百万数千万の人々の運命が決せられようとしています。反乱派が勝つようなことになれば、彼らが今までに銃殺した数千人数万人に加えてさらに多くの銃殺者が出ることになるでしょう。ここにいる私たちのまず誰もが死を免れないでしょう。〔共和国〕政府が勝っても、民衆による破壊行為はどうにも統制できないほど恐ろしいものになるでしょう。死体の山が築かれて、もう焼いてしまう人も殺す人もいなくなってしまったときには、もし私たちが勝利したとしても、もっと自由であることも、より良き正義を持つことも、もっと富を持つこともできないでしょう。むしろ、これらすべてのことは、かなりひどい状態に、もっと悪い状態になってしまうでしょう。反乱派が勝つようになった場合のことは言わなくてもよいでしょう！　彼らが以前よりもっと威信を得ることができ、もっと敬意を持たれ、もっと秩序を保てるようなこともないでしょう。私がおろおろと悲しんでしまうのをどうか許していただきたいものです。

バルカーラ――しかし、あなたは革命のことを忘れているようです。革命は、われわれの疑いなき勝利が不毛なものにならないようにするために、あなたが描いたような状況になってあるいは不毛なことになってしまうことがないようにするためにあるのです。人民は勝利が実を結ぶようにするでしょう。人民は反乱派を倒すために戦っているだけでなく、革命をもっと進めるためにも戦っているのです。

ガルセス――あなたの気分を害したくはないので、あなたが革命の名のもとで理解している意味の内容、思想、様々な事実については立ち入って論じないようにします。共和派の政府は、抵抗を呼びかけるにあたって、共和国、その法、その合法性などのことを守るように呼びかけたことを私としては想起してほしいだけです。私たちのすべてがこの呼びかけを受け入れることができたのです。あなたが革命と呼んでいる一連の事態は、秩序が大いに乱れたことによって生じてきたものです。現在、あなたや多くの人々はこの革命の事業を守らなければならないと宣言しています。それは非公式のスローガンではあれ、公式の事実ではありませんし、またそのほうがよいのです。というのは、それが公式なものとされたなら、破滅的な状態を生み出してしまうだろうからです。それを、確かな証拠をもって示すことができます。私たちは、共和国の合法性を否認し、それをないがしろにしたということで反乱派を糾弾することができ、このことに基づいて彼らを裁くことができます。

しかし、誰かが起こしそして成就させたというわけでもなく、何人も正当だとしておらず承認もしていない革命に従わないということで彼らを糾弾するということはどうにも理屈に合わないことになるでしょう。私たちが反乱派に抗して正当な共和国を守ろうとする限り、すべての過ちは彼らの側にあると言えるでしょう。私たちが彼らに抗して何とかして持ちこたえ、今度は彼らに革命を受け入れさせようと言い張ることになれば、もともとの彼らの罪、これは彼らが挑発した革命的事態の勃発によって重大なものとなったのですが、この罪は依然として残るでしょうが、彼らは革命を否認し革命には仕えない権利を持つことになるのではないでしょうか。彼らが和平を請うことを余儀なくされることになったら、彼らは裁判に付されなければならなくなるでしょうが、彼らを裁く裁判が公正であるためには、それは革命の名によってではなく共和国の法の名によってなされなければならないでしょう。幸いなことに、彼らは合法性がとって代えられるかもしれないことをうまく利用しようとするほど賢くはないのですが、スペインの外では、反乱派支持ではない方々がこの点を重視しており、私たちが正当にも自らの合法性を引き合いに出すなら、これらの方々は私たちはどのような合法性に立っているのかと私たちに問いかけうるでしょうし、おそらく問うてくるでしょう。このことによる打撃は計り知れないものです。

マロン ――スペインにおける何らかの社会変革は不可避だったたし、それはある程度の範囲の中では有益なものであったし、正当でもありました。共和国は自らの方策でそれに取りかかろうとしたのです。このような試みと共産主義の脅威というばかげた風説が軍事反乱の口実やお題目となったのです。反乱が起こると、もう一方の側［共和国側］でのその反響はそれはもうすごいものとなりました。

軍人たちが規律を無視したので、それが他方［共和国側］での無規律に拍車をかけることになりました。両方の淵で川が氾濫してしまったのです。共和国はまだこの流れの真ん中に浮いているのです。何としてもこの流れを乗り越えようとしたなら、間違いなく遭難してしまっていたでしょう。そして、合法的なものであろうと革命的なものであろうと、すべてを失ってしまったでしょう。実際に何らかの革命が起きていることを、あなたも認めないということではないでしょう。私も、革命を秩序立ったものにしなければならないこと、革命をしっかりしたものにしなければならないことを否定しません。しかし、革命をいいことにして、権力の乱用や犯罪が繰り返されているのです。革命ではいつもこういうことが起きますが。

ガルセス――たしかに革命ではいつもこういうことが起きますが、それは犯罪についてだけでなく、革命の過程の全体またその結末においてもそうなのです。革命において重要なことは、その政治的意味、その思想、その権威、その組織能力、それに、革命を起こさせるに至った目的に照らしてのその有効性です。以上のすべての項目において、あなた方が革命と呼んでいるものの資産は零になるでしょう。使い込みによる欠損がまだ見られないとしたらの話ですが。犯された犯罪を革命の負債のほうに算入しようとしても、それは革命にとってよいことにはなりません。というのは、その資産にほかのことはほとんどないからです。本当のところをよく見て、それらの犯罪は革命のなせる業ではなく、潜在的な犯罪志向のなせる業だと宣するほうがよいでしょう。それが復讐、羨望、憎悪、お咎めなし、それにただただ血に飢えているということによって解き放たれてしまったのです。革命においては犯罪がつきものだと言うのはばかげたことです。犯罪はつきものでしょうが、それはかならず憎悪によるものです。私は、革命について、失敗に終わったか道に迷ってしまった革命についてですが、革命についてはあなた方より寛大なのです。それで、犯罪は革命の会計帳簿から除くことにしているのです。果てることなき憎悪がスペイン人を襲っているのです。それを階級的憎悪だと呼ぶのは間違っています。それぞれの階級において憎悪が惨害をもたらしているのです。だから、互いに勇んで殺し合いをやる労働組合組織があり、反乱派のブルジョワが人民戦線派のブルジョワを束にして銃殺するのです。反乱派は権威の原理を回復するなどと言っていますが、それは盲目的服従と表現の自由の抑圧とに基づいています。このように解された権威の原理というのは血に飢えたものです。このような権威は、自らが被服従者の生殺与奪の権限を有していると主張するのです。反乱派の連中は、こんな風に考えているかのように振る舞っています。つまり、もっと多くの人々を殺せば、われわれの権威はもっと高まるのだと。憎悪の動機は政治目的なるものや偉大な事業というもので覆い隠されているのです。私たちの側について言うと、憎悪の恐ろしさはどうにも通じない言い訳によって言い繕われてきたと思います。つまり、すべて革命には犯罪は起こるものだと。今日、犯罪が起きているのはわれわれは革命の中にいるからだ、と言うようなものです。あるいはもっとすごいことも聞かれます。犯罪のおかげで革命があるのだと。

バルカーラ ―― 流血というのはわれわれの誰にとっても嫌なものです。あなたはこういった嫌悪に惑わされて、われわれが今、経験している革命的時機のことをわかっていないのです。

ガルセス ―― おそらくそうでしょう。革命的時機であれそうでない時期であれ、私ほどある時期の状況に左右されない人はいないでしょう。私は、自分でできる限りのことについては、状況にそのまま従ってしまうということがないようにしているからです。こう言ってよければ、私は誰よりも「束の間に生きる」人間ではないのです。私は、このような限界や制約から離れて、もっと遠くから、過去からも未来からも見ることが絶対に必要だと思っているのです。そうしないなら、私たちには何が起こるのでしょうか？　当惑、稚拙、不慣れによるへま、挫折ということになるのではないでしょうか。

マロン――つまり、わが友がお怒りにならないなら私はあえて言おうと思いますが、あなたは政治的擬古主義の人ですね。あなたは一九世紀の自由主義的感傷主義に囚われているようですが、それはわれらが鉄の時代にはもう時代遅れです。

ガルセス――まさにそういうことを反乱派の連中が私たちの中の一部の人々について言っていて、彼らのように近代的になってはいないとして、私たちをばかにしようとするのです。何らかの政治的見解や判断の有効性というものは、それが古いか新しいかにかかっているのではないのです。たとえば、力の一撃でもって支配権を握るということほど古くからよく起こることがほかにあるでしょうか！　あなたには古めかしく見えても、私を一九世紀の人にするようなことはしないでください。私の思想の根源は紀元前四世紀にまでさかのぼるのですから……。つまり、私はそれより二十三世紀も古いのです！　一九世紀にどっぷりとつかっているのはあなた方のほうです。あなた方の立ち位置からする主要な関心事項がそうですし、同様に、滑稽な趣きの様々な出来事の類もそうです。共和国の政治的・社会的目標はこの世紀のものだったのです。共和国は、経済統制と国家の関与を加味しながら、(46)フランスの革命のようなことをやろうとしたのです……。

マロン —— われわれの政治的後進性からして、それは避けられないことだったのです。スペインでは自由主義革命が完遂されなかったのです。

ガルセス —— 私も、それは違うとは言いません。そのとおりだと言っておきます。インターナショナル(47)やあなた方のマルクス主義のすべてもどのくらいの年を経ているのですか？ アナーキズム、そのスペインにおける意義をほめそやすのを意外にも共和派の一政治家の口から聞いたばかりなのですが、このアナーキズムも同じ時期からのものです。古くからのスペインの地域主義意識が近代的な趣意を備えたものである［スペイン国内の］ナショナリズムも［フランスの］革命から来ているのです。この戦争は国際的ファシズムに対するものだとのどうにも無茶なスローガンは、伝説的な一七九二年の「諸国の王に対する戦争(48)」の時を経た真似に見えます。とにかくも国家の戦争、国家の規律を組織することがなかなかできないでいることは、人民の主権についての恐るべき理解から生じているのです。最近、共和国大統領が、［共和国の軍が］デマゴギー的な軍隊［になってしまう危険］について語りましたが(49)、こういったことが専制的政治に向かうようなことにはまだなってはいません。勝利

(46) 訳注69参照。
(47) 第一インターナショナル（国際労働者協会。一八六四年結成、一八七六年解散）、第二インターナショナル（一八八九年発足、一九二〇年事実上消滅）、第三インターナショナル（コミンテルン。一九一九年結成、一九四三年解散）、社会主義労働者インターナショナル（一九二三年結成、第二次世界大戦中に事実上消滅）など。
(48) フランス革命時の対外戦争。対オーストリア戦争に始まり、その後は対仏大同盟に対する戦争となった。
(49) 一九三七年一月のバレンシアでの共和国大統領（本書の著者アサーニャ）の演説。「解説にかえて」の「一」も参照。

を得ようとするような、あるいは勝利を体現するような軍の領袖が私たちには今はいないからです。しかし、そのようになって、事態がうまく進んだということになると、それは一つの現状打開策になるのかもしれません。そうなっても事態がうまくは進まず、そして戦争に負けたということになると、バルセローナなりバレンシアなり何がしかのところでコミューン(50)のようなものができることになるかもしれません。つまり、こういうことです。私たちはまったく一九世紀的な混乱状態の渦中にあるのです(51)。政治面での一九世紀は暦の上での一九世紀にはぴったりとは当てはまりません。それは一七八九年［フランス革命の始まり］に始まって、一九一四年［第一次世界大戦開始］に終わったのです。しかし、私たちはなお最後のもう少しの難関と格闘しなければならないのです。あなたが言われるように、それは私たちの政治的後進性によるのでしょう。

バルカーラ——これはまた何というご講演でしょう！　一九世紀であろうと、二五世紀であろうと、スペインは新たな文明を生み出しているのです。これは偉大なことなのです。

ガルセス——それは、難産なのに産科医がいないようなものです。助産婦さんとお節介なお隣のご婦人たちは余るほどいるのですが。

バルカーラ——あなたは人民の創造力を信じていないのです。

ガルセス——それは一八四八年(52)のようなものですよ！　おやおや、何ということを言われるのでしょう。人民は大砲の発射をうまくやることも、飛行機をつくることも、協定を結ぶために交渉することも知らないのです。

バルカーラ——その論からすれば、あなたはＦＡＩよりもっとアナーキストですね。破壊分子で、敗北主義者です。

ガルセス――私を反乱分子と呼ばないなら、私は何でもかまいません。私は怒りません。私があなたに〔革命の〕会計の算定をして、その総計があなたをびっくりさせるものだったとしても、私が何か罪なことをしたというのですか？　あなたは加数のいくらかでも修正できますか？　おそらく、そうではないでしょう。

バルカーラ――そうなると、あらゆることが狂気、愚劣なこと、犯罪となってしまいます。あなたにとっては、われわれの大義に尊いことは何もないのですか？

ガルセス――え、そんなことはありません！　尊いことは二つあります。気取った言葉を使おうとするなら、聖なることと言ってもよいのでしょう。一つは共和国の大義そのもの、その正当な権利です。もう一つは死に立ち向かい、献身的にも死を受け入れんとしている戦士たちの犠牲です。そのほかのことは人によって意見の分かれるところでしょう。それについて私は争うつもりはありません。ほかの誰とも同じように、私も僭越ながら意見を述べているだけです。

(50)　一八七一年三月にパリに成立した革命的政権であるパリ・コミューンを指している。訳注93も参照。

(51)　以上のガルセスの発言は、フランス革命からコミューンの時期に至るフランス政治史の展開を念頭に置いて、それと重ね合わせて当時のスペインの事態を観察したものであろう。

(52)　パリでの二月革命に始まり、ドイツやオーストリアの三月革命へと波及・発展した一八四八年のヨーロッパでの諸革命のこと。同時に、当時のハプスブルク帝国支配下の諸民族や分割下のポーランドでの独立・自治要求運動も起きた。いずれの革命や運動もほぼ挫折するに終わった。

バルカーラ――しかし、あなたの意見には何かしら辛らつさと敵意を感ずるのです。友人としての意見とは思えません。

ガルセス――それなら、私は黙っていましょう。今までの議論で、私がスペインの将来について落胆していることを告白することになってしまいました。私は共和国の失敗とその結末を嘆いているのです。この悲嘆は私の言葉の端々にまとわりついており、それで惑わすような感のある言葉を私が吐くことになったのです。なごやかに私の話を終えたいので、以上のことを、スペインの状況についてのあるたとえ話にしてみました。聞いていただけますか？　こういうものです。あなた方もマドリード近くの小村シエンポスエーロスを、少なくともその名くらいはご存知だと思います。この村に二つの精神病院があります、あるいは、ありました。マドリードへの攻撃が始まると、シエンポスエーロスは二つの戦線に挟まれてしまいました。一方の側もこの村を維持することができず、また他方の側もこの村を占領できませんでした。この村はどちらのものにもならなかったのです。今も同じ状態なのかどうか知りません。この近くに派遣されていた私の知り合いが一人でシエンポスエーロスにうまく入ることができました。住民はすべて逃げ出していました。この村はもぬけの殻となっていたのですが、精神障害者たちは違っていました。彼らを閉じ込めていた敷地の門扉は破られて、彼らは自由に行動していたのです。彼らしかいなかったのです。今スペインが抱えているこういった悩ましき問題とはどんなことなのかをあなた方にいちいちこと細かく説明する必要はないと思います。この話を想像を交えてさらに続けてよいのなら、両派がシエンポスエーロスのこの件にどう対処するか見てみようと思います。強権派つまり反乱派の連中がこの村に入ったなら、彼らは精神障害者たちの半分以上、これは自由について不遜な言葉を発することをやめない人たちですが、これらの人たちを銃殺し、残りを強制的に監禁してしまうでしょう。［共和国］政府派がこの村に入ったなら、精神障害者たちを召集し、人民戦線の代表が演説をして、閉じ込められたままでいるようにと彼らを説き伏せようとするでしょう。しかし、彼らはそうしないでしょう。そこで、混成委員会が組織され、そこに精神障害者たちの代表が選ばれることになるでしょう。この委員会で折り合いがついて、精神障害者たちの二五％を監禁すると決めることになるでしょう。そのほかの精神障害者たちはそのまま解放され、その保証として、彼らは新たな村議会に二つの議席を得るでしょう。村長を選ぶ段になると、皆が争い合うでしょう。そうすると精神障害者たちは毅然として混成委員会それに村議会から引き揚げてしまうでしょう。これで終わりです。

マロン ―― これはまた辛らつな戯画ですね。

ガルセス ―― そうでしょうね。辛らつな戯画というのは多くのことを表して見せますからね。あなた［バルカーラ］は、あなたにぴったりのこういった戯画をご覧になって、それをどう受けとめたのかご自身でよく確かめようとされましたか？

バルカーラ ―― わが友人が語ったことでいちばん危なっかしいところは、革命運動が退けようとしている［旧来の］思考や行動のある種の規範の意義なり価値というものを、革命の暴力に対置していることです。革命そのものがこのような規範を再生し、それらを取り込み、また新たな内容を導入して自らがこれらの規範の一部となるようにすることだってできるのです。これは革命が勝利した場合のことです。ただ、革命が勝利しないうちは、その歩みは騒々しく、破滅的に見えるのです。

リベーラ――あなたがおっしゃったことからすると、革命はまだ勝利していないということですね。まだ打ち負かされてもいないし挫折もしていないということは、革命は前進中ということですね。こういう状態では革命なるものは何かに対抗し、何かのために戦っているということです。［共和国］政府が革命を率いているということですか？

バルカーラ――まったく違います。

リベーラ――革命は政府に対抗しているのですか？

バルカーラ――もちろんのこと、そうではありません。

リベーラ――何に対して戦っているのですか？

バルカーラ――ブルジョワ階級と資本主義体制に対してです。

リベーラ――しかし、この階級とこの体制は誰によって代表されているのですか？　責任ある政府が革命によって攻撃されている者を守ってもいず、また革命の直接の攻撃も受けていないとすれば、攻撃あるいは防御は誰に対するものですか？

バルカーラ――革命はブルジョワジーの諸制度、ブルジョワの連中、その財産に対する直接行動によって進んで行くのです。

リベーラ――それはすべてのブルジョワについてですか？　革命の側にいるブルジョワも多くいますし、またおとなしくブルジョワ的生活を送っているほかのブルジョワもいますが。

バルカーラ――とりわけファシストのブルジョワに対してです。その経済的権力を奪い取るためです。

ガルセス――社会革命にこういった限定条件がつくというのは、私には驚きです。ファシストに対する革命だと言うのですね！　実際には、あなたもご承知のように、かならずしも、いやほとんどの場合にけっしてそうはなっていないのです。肝心なところに行きましょう。軍人たちの反乱を撃退するのに、政府には強権的な手段がなかったので、プロレタリアの決起ということが起きましたが、それは政府自身に向けられたものではありませんでした。こういう事態のなかで、財産が接収され、人々が拉致され、多くの人たちがどのような裁判にかけられることもなく死に追いやられ、経営者や不信の目で見られた技術者は追放されたり殺されたりするということが起きました。労働組合、政治組織の細胞［単位組織］、アナーキストのグループ、それにいくつかの政党までもが建造物、商工業施設、新聞社、預金、有価証券などを奪取しました。これらのすべてを革命と呼びましょう。暴動としておくには、ことはあまりに広範囲で重大だからです。さて、革命というものは、支配権力を奪取し、政府に本拠を構え、自らの目標にもとづいて国を導かなければなりません。そういうことは起こっていません。どうしてでしょうか？　そのための力、政治プラン、権威を持つ人物が欠けているからでしょうか？　［共和国政府の］権力に奇襲をかけると、それがうまくいっても、［反乱派への］抵抗を壊滅させてしまい、すべてを敵に回してしまい、そして戦争に負けてしまうことになるかもしれないことを予知しているからでしょうか？　あるいは、力ずくで、責任もなんら省みず、無防備の政府に隠れて秘密裏のうちに既成事実をつくってしまい、この状態をずっと維持しつつ、国家の麻痺状態からさあ抜け出す時だというときに国家を支配してしまうことをねらっているのでしょうか？　いずれもありうるでしょう。革命の事業は共和派の政府のもとで始まったのですが、政府は革命を支援しようとしませんでしたし、支援することもできませんでした。［革命の］

越権行為が茫然自失した閣僚たちの目にも明らかになり始めました。革命側の目標に対して、政府のほうの目標は革命を受け入れるか、それを抑えるかしかありえませんでした。しかし、革命を受け入れることはまずできなかったし、それ以上に、革命を抑えることもとてもできることではなかったのです。政府がそのための力を擁していたかどうか疑問です。まず間違いなくそんな力は持っていませんでした。その力を持っていたとしても、それに訴えたとなると、もう一つの内戦の火をつけてしまうことになったでしょう。〔反乱派との戦いの〕戦線が放棄されてしまうかもしれないという恐れが広い範囲で抱かれるようになり、それが憂慮されたのです。〔革命的〕決起が始まってまだ終わってはいず、それがあらゆる法を踏みにじりながらも、政府にとって代わろうとするために政府をまだ打倒していない状態、他方で、このような事態をどうにも困ったものだと見ていて、それを非難はしているが、それを抑えることも阻止することもできない政府をいただいている状態、こういった状態を何と呼ぶべきでしょうか？　無規律、無政府状態、無秩序と呼べるでしょう。旧来の体制や秩序が別の、つまり革命的な体制や秩序にとって代わられるということもありえたのです。しかし、こういうことは起きませんでした。かくして、無能と騒動だけの状態となったのです。共和派の政府は退きました。プロレタリアートが、その最穏健派さえもこの政府を支持しなかったからです。プロレタリアート、いくつかの政党また労働組合組織から成り[53]、それに共和派も加わった政府ならもっと権威を持てるだろうと思われました。しかし、新政府の革命に対する姿勢もそれ以前と変わるものではなかったのです。この政府に入閣した何人かは革命運動をある程度、是認したり推進していた人たちでした。しかし彼らも、その政策は共和派の政府と同じように戦争に勝利するためのものであると言わなければならなくなったのです。革命を受け入れることもできず、革命が疲弊するかあるいは革命の不評が高じてついにそれが潰えるのを待つがごとく、革命に耐えているか、それにおもねるか、じっとこらえるかするままでいるしかなかったのです。〔共和国政府〕首相は、ほんとうに多くの〔革命の〕試みや予行がなされてきたが、それらは革命の不評また革命の疲弊の現実を確信させるに足るものだったと語っています。CNTとアナーキストも入って〔一九三六年〕一一月に成立した政府[54]、この政府が成立した容易ならざる状況についてはいまだよく知らされていないのですが、この政府でさえも革命をそのまま受け入れることはできませんでした。以前から共産党は、スペインでは議会制民主主義共和国が存続すべきだと言い続けてきました。それはスターリンの指示だったから、本気でそう主張したのだと思います。政府内のCNTとアナーキストの閣僚はほかの閣僚と同じようなことしかしていません。CNTは社会のいろいろな分野で攻勢を続けています。しかし、CNTの閣僚たちはこの攻勢を抑えることもそのかすこともしていません。事これに関しては、政府における彼らの存在は何の意味も有していないのです。それどころかCNTの閣僚たちは、労働組合の戦術やその害多きにわかづくりのやり方には賛成できないと

(53) 一九三六年九月に成立した社会党左派の領袖ラルゴ・カバリェーロが首相の政府(第一次ラルゴ・カバリェーロ政府)。社会党を中心として、ほかに共和派政党、共産党、カタルーニャとバスクの政党から成った。ラルゴ・カバリェーロをはじめ社会党閣僚の半数はUGT(労働者総同盟。当時、社会党左派の指導下にあった)の推薦によった。

(54) 第二次ラルゴ・カバリェーロ政府。CNT(あるいはCNT-FAI)から四名が入閣。また、第一次ラルゴ・カバリェーロ政府に加わった諸政党からも入閣。

演説したり、そういう内容の論評をしています。それもほとんど効果を挙げていません。自制的になったこれらの閣僚は不信の目で見られ、かつての同志たちは口笛を吹いて彼らをけなし、彼らに背を向けているのです。政府は、その権威を受け入れさせる手段をほとんど持っておらず、それを発動しようとの意思もほとんど持っていないので、戦争に関わるものであれそうでないものであれ公的な事業をやろうとすると労働組合が出しゃばってきて、滑液の溢出のように事業を妨げてしまうということを身をもって知っているのです。これがこれまでの革命の成果なのです。つまり、めちゃくちゃな状態、時間とエネルギーと資源の無駄遣い、それに機能不全の政府です。戦争の遂行のためには、これは破滅的なことです。

バルカーラ——戦争との関係においても革命運動は役に立ったのです。プロレタリアートの階級的利益と戦争を結びつけて、プロレタリアートの行動を強化したからです。

ガルセス——私の見るところでは、戦争においては、戦争に関わっているある人たちの利益あるいはその意向にだけ沿うような二の次の目標、一部の人たちだけの目的、そういうものは重大な損害を与えずしてはありえないのです。戦争の目的は軍人独裁と専制を拒否し、スペインにおける自由を、すべてのスペイン人の自由を、国民全体の自由を維持することなのです。プロレタリアートも含めてすべての人々が一致できるようにするには、それでもう十分なのです。どうしてもということなら言っておきますが、反乱派の計画からして、このことは自由主義的ブルジョワにとってよりもプロレタリアートにとってもっと重要なことなのです。戦争のいちばん大事な目的に、あるグループにとってのみ重要な、たかるような目的が付加されるなら、彼らの戦争への貢献は少なくなってしまいます。それは、このグループが戦争から引き出せそうだとみなす利益如何に左右されてしまうからです。革命の頭領たちの意図に、戦争は、たとえば、労働組合運動が力を得るのによい機会となるというものがあれば、そういう行動は反乱派に勝つために必要不可欠の軍事的問題をほんとうに解決することにはならないでしょう。戦争がカタルーニャ・ナショナリズムの土壌を肥やし大きな収穫を得ようとするために利用されるなら、戦争への関与はナショナリズムの利害に従属してしまうでしょう。こういう二の次の目的というのは誤った思惑に基づいているのです。戦争遂行の努力がばらばらで抵抗が弱くなってしまうならば、戦争に負けてしまい、表には出さずとも心中では及び腰で戦争に協力しているグループも、彼らが今、保持しているもの、これから獲得できると思っているもの、それに、これまで保持していたものも失ってしまうことになるからです。このように見ることに誰も異論はないと思います。とはいえ、いろいろな意向の奥に潜んでいるこういった思惑をくじけば、それでもうよいというのではないのです。どういうことになっているかといえば、軍事的状況が危急なものであればすぐにでも戦争に馳せ参ずるのだということを忘れてしまって、平和になったときには自らが最も有力となってほかの人たちあるいは国家に対して優位に立てるような地歩を今ともかく得ておこうとすることが各自の関心事となっているからです。このような振る舞い方が裏切りに見えないように、こういう人たちは、誰よりも早く、勝利は確実なのだから、自分たちがどのように振る舞ってもよいのが大前提だと勝手に言ってはばかりません。彼らは「戦争には勝てるでしょう」と言います。どのようにすれば勝てるというのでしょうか？　何ともわかりません。彼らがやっていることはそのまま彼らの前提を突き崩すものだからです。かくして、戦争にとっては、革命が妨げの役割を果たしていることはいまいちど明らかなのです。

パスツラーナ ―― 私もあなたに賛成です。われわれの場合に特殊なことは、革命と戦争が同時に起きているということではなく、戦争の真っただ中で革命の企てが続いているということです。革命は完全に勝利することはできず、またそれを望まず、無秩序のごとく続いていて、政府を束縛しているのです。政府は革命を代表せず、それに加担もせず、それを従わせてもいません。戦争と革命の結合というのは新しいことではありません。勝利に向かっていた革命運動が戦争を引き起こした場合であれ、戦争それ自身が革命をもたらした場合であれ、革命的熱狂の真っただ中で戦争に勝利した国というのは今までも多く見られました。それはいつも、みなぎるほどの革命の活力があり、革命の権威が確立しており、鉄の規律があり、革命がいやおうなしにでもあらゆる人々の労を結集していて、犠牲をいとわないほどになるまであらゆる人々を引きつけているということがあったからでした。つまり、戦争に直面した革命というのは、崩れない束のようにならなければならないのです。しかし、ここではそれぞれの小権力が勝手なことをやっているのです。それで、私もあなたのように、うまくいかなくなった革命というのはまったくの無秩序であり、もしこういうことをやる連中の思いどおりになるようなら、戦争に負けたら、それはそういう革命のせいだと言ってもよいのではないかと思うのです。

バルカーラ ―― カタルーニャ政府は革命を受け入れ、それを宣言し、そして革命を組織立てようとしているのです。

ガルセス ―― カタルーニャ政府というのは勝手にやっているさらに別の小権力ですが、その中でも小さいほうのものではないのです。カタルーニャの場合はややこしいのですが、安心して見ていられるとはとても言えないのです。カタルーニャ政府とこの戦争との関係は、全スペインのこの戦争との関係と同じものなのです〔全スペインと同じように、カタルーニャ政府もこの戦争に巻き込まれている〕。カタルーニャ政府のその被統治者に対する影響力は、共和国政府がその統治下の諸地方に有している影響力のように大きなものではないのです。しかしまた同時に、カタルーニャ政府は、その弱体さと、戦争にかこつけて彼らがうまく成し遂げようとしている二の次の目標によって、私たちの軍事行動の最も強力な妨げとなっています。ジェネラリダーは、〔共和国〕政府に対して反乱を起こしているような役割を果たしています。公式でないところでは、カタルーニャ主義の問題は二次的なことになった、いまや誰もカタルーニャ主義をもっと進めようとは考えていないと言っていますが、ジェネラリダーは国家の事業を奪い取り、国家の機能を乗っ取って、事実上の分離の道を歩んでいるのです。権限がない分野で法を定めたり、自らの管轄ではないところにも行政権を及ぼしているのです。彼らは、国家の事業を奪い取ろうとするときに、多くの場合、ＦＡＩを楯に取っています。ＦＡＩがスペイン銀行を乗っ取らないようにするために、スペイン銀行を自らのものにするのだと。(55) こうして、税関、国境警備隊、カタルーニャにおける戦争指導などをわがものにしています。彼ら

(55) スペイン銀行はスペインの中央銀行。一九三六年八月、カタルーニャ政府はカタルーニャ地域内のスペイン銀行支店の事業への監察権を要求、これはそれを認めない共和国政府との間の紛糾を引き起こした。他方で、ＦＡＩはスペイン銀行本店(同年一一月まで在マドリード)の金準備のバルセローナへの移送を要求、これが拒否されると、ＦＡＩはスペイン銀行本店の襲撃を企図した(未遂)。

は、国家の事業を奪い取ろうとするために、労働組合組織の越権行為を阻むためだなどというつまらない口実でもって言いつくろっていますが、自らは国家の援助がないといって嘆いていて、また彼ら自身が労働組合組織の人質になっているのです。カタルーニャ政府とは名前だけの存在なのです。カタルーニャ政府における労働組合の代表はほとんど、あるいはまったく役割を果たしていません。彼らの同志たちは彼らに従っていませんし、［カタルーニャ政府］閣僚会議でやっとのことでなされた合意を遵守してそれを履行するようなこともしません。商工業集産化令(56)が承認されましたが、それは、それと引き換えに労働組合が動員令また民兵の軍編入令を受け入れるという取引の一部だったのです。しかし、最初のほうの政令は実施されましたが、ほかの政令は実行に移されませんでした。ジェネラリダーの政府が一気に五八の政令を出したとき、そのいずれもが違法のものだったのですが、それらはどれも遵守されることはなかったのです。労働組合の気に入るものではなかったからです。このようにして、ジェネラリダーは権限を有しないことに出しゃばりをするし、またこの無政府状態のような不服従はびこるしという二重の成果を私たちは享受しているのです。このことの戦争への影響がもう見えてきています。カタルーニャは、豊かで、人口も多く、勤労意欲も旺盛で、工業力を持つ国なのに、軍事行動のためには不可譲渡財産化されているような状態にあるのです。ほかの地では、人々は戦い、死んでいるのに、カタルーニャは政治を事としているのです。その戦線にはほとんど誰もいません。反乱派がカタルーニャの戦線を打破しようとしていないことも気になることです。反乱派は、そうしようと思えば、レリダまで行けただろうと思います。共和国政府がカタルーニャで兵力を組織したり、それを指揮することには反対だと言ってきたのに、戦争が始まってから八か月になるのに、カタルーニャでは有効な兵力が組織されていないのです。一つの軍をとあらゆる人々が叫び始めた今になると、動員名簿を焼却してしまったり、軍の装備や馬具でたき火をしたり、FAIが兵舎を奪取したり徴募兵を逃亡させるにまかせてしまった利を彼らは得ることになるでしょう。いろいろな新聞が、またジェネラリダーの人たちでさえも、毎日、革命や戦争勝利について語るようになりました。彼らは、カタルーニャは一地方としてではなく一国として戦争に関わるのだと言っています。中立国として何がしかのことを監視しようというのです。彼らはイベリアの戦争について語っています。イベリア？ それは何でしょうか？ コーカサスの古い国のことでしょうか……。戦争がイベリアで起きているので、それはじっくりと見ていることができるというのです。この調子でいくと、もし私たちが勝っても、［スペインの］国家はカタルーニャに借りがあるのだというようなことだって起こるでしょう。［第二］共和政の時期に、カタルーニャの［自治の］問題はほかの何よりも共和政に対する軍人たちの敵意をかきたてたものなのです。(57) 戦争の時期になって、カタルーニャから無政府状態のペストがはやり始めたのです。カタルーニャは、反乱派に対する抵抗と共和国の闘争力から莫大な力を抜き取ってしまっているのです。

リュック――しかし、カタルーニャの事態を導いて行くのは一体誰になるのでしょうか？ それがわ

---

(56) 一九三六年一〇月にカタルーニャ政府が出した政令。集産化は、一般に生産手段の所有や商工業また農業の経営・管理の集団化のこと。スペイン内戦中では、とくに労働組合組織の関与するところが大きかった。四八ページのパキータの発言も参照。

(57) 訳注68参照。

かるのはこれからでしょう。まともなカタルーニャの人々は彼らと一緒ではないでしょうから。

パスツラーナ――様々な意向、意見の違い、敵対意識、紛争、無規律が人民戦線の動きを鈍くさせていたのですが、戦争中にそれらが一時中断されるどころか、百倍にも増えてしまいました。すべての人々が、戦争のおかげで、通常は政府から得られないものが直接的行動によって得られるようになると思い込んでしまったのです。割れ目が際立ったまさにその場所で、榴弾が千のかけらに炸裂したのです。全般的に見るなら、カタルーニャの場合はそういったものの一つなのです。かくして、軍の反乱は、国家が無力となってしまうなかで、今までここで話されてきた決起と無秩序の状態を生じさせることになったのです。これらのことは容易に予測できたことで、実際に予測もまた警告もなされていたのです。もし軍の反乱が八日間で終わっていたなら、その挫折の結末はほとんど政治の範囲内のものだっただろうし、共和国は強固なものになっていたでしょう。どう見ても遂行しなければならなかった社会的な諸事業は国家がおこなっていたでしょう。反乱がまたいつもの内戦という形態をとることになって、プロレタリアの激発に好機を与え、それを刺激することになったのです。あらゆる形をとった激発には正当なものやもっともなものもありますが、またどうかと思われるものや害多きものもあります。似かよった現象が共和国陣営の中のいくつかの地域ですでに明らかに見られるのですが、それらはいずれも同じ社会の力学の原理によっているのです。つまり、［共和国］政府に逆らっているジェネラリダーには労働組合組織が逆らっていて、この労働組合組織はジェネラリダーをおとしめたうえにジェネラリダーを従わせているのです。周辺では反発が起きています。治安勢力の間で労働組合に対する反乱が起きるかもしれないのです。今回は穏和な人々の多くがそれを支持するのではないかと思います。

バルカーラ　──多くの過ちが犯されており、それについて私は言い訳をしませんが、それでも、この戦争はすべてのスペイン人の利益が共通していることをあらためて示しましたし、また国民としての連帯感を強めることになるでしょう。

ガルセス　──国民としての連帯などどこにあるのですか？　そんなものはどこにも見られません。家［集合住宅］の屋根から出火し始めたというのに、住人全員が火を消すために駆けつけるのではなく、互いに奪い合うことばかり、めいめいが可能な限りのものを持ち出すことばかりやっているのです。これらの事態のなかでも最も情けないことの一つは、総じて社会の分裂ということが起きていることであり、国家からの奪取があり、また戦利品の奪い合いが起きていることです。階級と階級が対抗し、党派と党派が対抗し、地域と地域が対抗し、地域と国家が対抗しているのです。ヒスパノ族(58)の種族的部族主義が軍の反乱そのものよりも強力な勢いで暴発したのです。この部族主義は非常に強力で、もう数か月の間、ヒスパノ族は反乱派を恐れることよりも、抑圧されていた欲望を満たすことにふけっているのです。利己的な強欲の本能のようなものが反乱を起こし、経済的にでも政治的にでも何らかの価値ありと思われたものを、あるいは単に見せびらかしたり派手に騒ぐために、とにかくすぐ手近にあるものをつかみ取ろうとしたのです。ピーソ［集合住宅内の各住居］に押し入り調度品を持ち出すパトロール隊も、経営者を拉致する輩、劇場や映画館を接収する輩、国家の機能

---

(58)　古代ローマ時代のイベリア半島の呼称であるヒスパニアの人々の意。つまり、スペイン人全般を指している。

を侵害する輩と違うところのないたちの悪いものです。この強欲さには、ときに、自分たちは知識もよく有し経験もよく積んできたのだとか、あるいはこれまでにない手柄を立ててきたのだとうぬぼれる腹立たしいほどの傲慢さもくっついているのです。各々が、敵のキツネがくわえているチーズ、あのチーズをできるだけ多く手に入れようとしたのです[59]。戦争が始まったとき、それぞれの市や町が、それぞれの地方が独自に戦争をしようとしました。バルセローナはバレアレス諸島とアラゴンを征服せんとしました。こうして、まるで外国の地で作戦を展開しているかのように、征服の栄光をもとにして、大カタルーニャを建設しようとしたのです。バスクはナバーラを征服しようとしました。オビエドはレオンをです。マラガとアルメリーアはグラナダを征服しようとしました。バレンシアはテルエルを、カルタヘーナはコルドバをです。ほかでもそうなのです。国会議員たちは自らの地区［選挙区］に飛行機を配備するよう請願するために、陸軍省に馳せ参じました。「自分たちの地区はほとんど見捨てられてしまっております」と言ってのことですが、これは以前は、郵便局を、学校をと請願していたのと同じようなものです。それに、こういった請願はときどきかなえられたのです！　根底には、ばかげた愛郷主義、無知、スペイン人の精神や知性の軽薄さがあるのです。いくつかの場合には、偽善、貪欲さ、背信行為、無能な国家を前にしての卑劣な高慢さ、無思慮、裏切りを入れないわけにはいかないでしょう。ジェネラリダーはあらゆるものを持っていってしまいました。急造のバスク政府は国際政治にも手を出しています。バレンシアでは、よく知られた人たちによる野合と結託によって小政府ができてしまいました。アラゴンでも別のものができ、サンタンデールでは外相もいたりして何でもありです……[60]。まったくのことに、これは軍でもそうなのです！　誰も軍を再建しようとしなかったのです。そう主張した人たちはいたのですが、それは聞き入れられなかったのです。各々の党派、各々の地方、各々の労働組合組織が自らの軍を持とうとしたのです。戦闘部隊の中では、あるグループの大隊が他のグループの大隊とうまく行かず、互いに害を受けることになったり、糧食、弾薬の奪い合いも起きてしまいました……。彼らは軍についての知識や理解力をほとんど持ち合わせていなかったので、軍の再編の話が持ち上がると、それを拒否したのです。「反革命の軍隊」になるからというのです。とらぬタヌキの皮がもう分配されてしまったのです！　何というひどい風の吹き回しでしょう、こういう人たちが今は一つの軍隊をと叫んでいるのです。めいめいが共同の事業のことを顧みるのではなく、自分たちが救われることのみを考えてしまっているのです。政治的また心情的なことが優先されてオビエドに資力が注がれたために、マドリードの資力は減じてしまいました。生兵法しか知らない人たちの思い上がりによって、オビエドは四八時間のうちに陥落してしまうだろうと喧伝され、またおそらくそう信じられたのです。バレンシアでは、すべての町が武装して大きな警備隊を組織しました。彼らは通行を妨害し、パエーリャを食べ尽くしてしまいましたが、前線が五〇〇キロメートル先にあった時には銃を持った人々は前線には行こうとしませんでした。彼らの地を守るための力を残しておくため

(59)　イソップ寓話の「カラスとキツネ」のもじり。
(60)　カタルーニャ自治政府のほかに、一九三六年一〇月の共和国国会でバスク自治法が承認され、ただちにバスク自治政府が成立した。バレンシアではレバンテ人民執行委員会が、アラゴン、サンタンデール（またアストゥリアス）ではそれぞれの評議会が各地域の諸政治勢力を反映して設立された。

でした。アラゴンでカタルーニャの人たちは破壊的なことをおこないました[61]。アラゴンからは、当地からカタルーニャの部隊を連れ出してほしいとの要請が〔共和国〕政府に来ています。応急に結成されたアラゴン代表団の一人が、アラゴンが「戦争の餌食」になるのを容認する気はないと言うのを聞いたことがあります。〔共和国〕海軍の強制的措置〔海相の命令〕でマジョルカ島へのむちゃくちゃな企ては放棄されることになったのですが、それはいくら命令しても、いくら説得してもこのような企てを放棄させることができなかったからです[62]。工場では、軍需工場においてでさえも労働組合の意気が旺盛です。プリエートは、マドリードでは戦闘機がないというのに、ロス・アルカサレス〔ムルシア県東部の町〕の〔飛行機〕修理工場の労働者たちは労働時間を延長することも日曜日に働くことも拒否していると公けに言ったことがあります。カルタヘーナでは、爆撃があった後に、危険な目に遭わないようにと労働者が早々と仕事を放棄して町から去ってしまいました。エリサルデへの砲撃[63]の後、バルセローナでは労働者たちが夜間に働こうとしません。バレンシアでは、政府がマドリードから去ったときに[64]、銃撃で政府を出迎えようかというような状況でした。爆撃目標になるかもしれないことが心配で、政府がバレンシアに来ることを嫌がったのです。それまでバレンシアでは戦争が感じられることはなかったのです。彼らは食糧が減ってしまうからと言って、避難民もあまり受け入れようとはしません。彼らはマドリードのおかげでやっていけるのだということを考えもしません。つまり、共同の目標のための戦いから生ずるはずのすべての人々の団結の絆が確立できてはいないのです。

マロン　——あなた方はひどい虚脱状態にあって、もうろうとしているようにも見受けられます。勝利も共和国の将来も確信できないのに、戦争に勝つことを、共和国を統治することを望んでおられるのですね？　あなた方は世俗主義者なので、どこかの修道院に隠遁することを勧めるわけにはいきません。それに、今は修道院なんてありません。どうにも確信を得られないと言って、引きこもって泣いておられてもよいのです。あなたがたが分析し解明されたことはすべてたいへん的確でしょうし、あなた方が言われるとおり、状況は非常に悪くなるでしょう。それでも、戦争には勝てるのです。スペインは世界に手本と模範を見せることができるのです。

リベーラ――あなたの信念は別にするとしても、いったいどんな根拠に基づいてあなたはそう言われるのですか？

マロン――あなた方は神の摂理を信じておられないので、歴史の論理に基づいているとでも言っておきましょう。たしかに、私たちのやることはすべてうまくいっていません。戦争にしても、政治にしても、宣伝にしても……です。私たちは気が狂ったようになっていて、無知で、野蛮で、子ども

(61)　アラゴン評議会の設立またアラゴン地域でのときに強権的な集産化においては、カタルーニャから来たＣＮＴ・ＦＡＩの部隊が大きな役割を果たした。

(62)　一九三六年八月、共和国政府が承認しなかったにもかかわらず、カタルーニャの諸政治勢力の民兵が、バルセローナ海軍基地の軍艦にも支援されて、反乱軍が制していたマジョルカ島への上陸作戦を決行した。イタリア軍機による爆撃と反乱派軍支援部隊との激しい戦闘の後、同年九月、ラルゴ・カバリェーロ政府の海相となったプリエートが撤退命令を出して、この作戦は終了した。

(63)　一九三七年二月、イタリア軍艦はバルセローナのエリサルデの軍需部品工場などを夜間に砲撃した。

(64)　一九三六年一一月、共和国政府はマドリードからバレンシアに移転した。「解説にかえて」の「一」も参照。

のようです……。それでも、私たちは困難を切り抜けられるでしょう。どのようにして切り抜けられるかですか？　それはわかりません。マドリードの戦闘には勝てるでしょう。ほかの戦闘にも勝てるでしょう。それは私たちを負かすこともできるでしょう。国際連盟は私たちを守っていないと言うのですね？　このことは国際連盟にとってもまずいことになるでしょう。連盟の恥となるでしょう。たしかに、フランスはおじけづいており、イギリスは私たちの首をやわらかくも締めつけています。とはいえ、両国ともいずれはその優柔不断でずる賢い逃げの姿勢から抜け出ることになるだろうからです。その時、私たちの権利は太陽のように輝くのです。私たちは外国の侵入を撃退してしまっているだろうからです。外国の侵入が露骨になってきたときから、私はかつてなく勝利を信じているのです。歴史の論理というのは必然という性格を有しています。人民に服従したいという気がなければ、人民のすべてを力でもって服従させるのは不可能なのです。そんなことはできません。私が言いたいことは以上です。ことスペインに関しては、通常では見られないこと、思いもかけないこと、驚くべきことが起こることをいつも考慮しておいてよいのです。

リベーラ――つまり、非論理的なことを当てにしてよいということですか。あなたのおっしゃっていることはそうとう非論理的ですが。

マロン――そういうことではありません。表面的な事実だけに頼っていたり、問題の根源を忘れているならば、非論理的に見えるかもしれません。スペインの人民は成長しているのです。反乱派の連中はその成長を妨げる枷をスペイン人民に押しつけようとしたのです。人民は猛烈な勢いで急成長を遂げて、この枷を打ち破ったのです。人民はここまで重大かつ容易ならざるものとなった難局を乗り切るでしょう。以上のことは、わが国の歴史の論理的な道筋に沿っていることなのです。

リベーラ――そうすると、今回の反乱も神のなせる業ということになるのですか？

マロン――それは当然でしょう？

リベーラ――神の道は暗いと言います。現在この道はまったくの闇の中にあるということでは私たちは一致するのではないかと思います。神がスペインの人民を成長させるために味方をしようとされたのなら、もっと犠牲が少なくてもっと難のないほかの業もあったのではないかと思いますが。

マロン――超自然的な手が人間の行動を促進したり逸らせたりするという考え方を私が持っているとは見ないでください。私にとっては、神意というものはそんなにぞんざいでも子どもじみたものでもない意味を秘めているものです。私は、神の摂理によって今回の反乱が引き起こされたとは言っていません。私は、人間の自由な行動が正義感をかなえる機会をもたらすと言っているのです。これは私たちの魂の中での神的なひらめきなのです。この反乱は邪道であり、積み重なった邪道が炎症しているということなのです。他方で、スペインで起きているそのほかの事々は正義の擁護の要求なのです。

ガルセス――同じことを反乱派の連中も言っています。違うのはただ、彼らにとっては、邪道は私たちのほうであり、彼らが正義なのです。

マロン――彼らが何と言おうと、また私たちがどう言うとしても、そういうことはほんとうにどうでもよいことなのです。実際に起きていることが私たちがいろいろな考えや意見を言うことよりもっと大きな存在としてあるのです。それが私たちのすべてを支配しているのです。あなた方が言ったり考えたりしていることの結論は明らかでしょう。人間はまだ、私たちはまだ、こういう事態に対応できるような高みには達していないということです。私はそれを認め、それを嘆いていますが、でもぞっとしているのではありません。私たちは傑人ではないのです。私たちは傑人たらんとすることもできただろうと言えるのでしょうか？　傑人ではないといって誰かを非難することは正当なことですか？　戦争に勝てたときに、おそらく、私たちは傑人だったと思うようになるかもしれません。今のうちはそうは思わないようにしましょう。個々の人間というのはささいなものでしかない、才知もたいしたものではないのだということで私は気楽にも自らを慰めているのです。私たちがどんなにうまくやっても、それがすぐに救済につながるということはないからです。

ガルセス――秀でた閣僚たち、優れた将軍たち、良質な行政官たち……こういう人たちを擁しているというのに、私たちがどうしてうまくやれないことになるというのかわからないのです。

マロン――私たちがうまくやれないことというのは何もないでしょう。こういう人たちがいなくても、私たちはやはり勝てるでしょう。あなた方は、戦争が政府に対してなされており、政府が存続するか政府がうまくやれるかどうかにすべてがかかっているかのように、また戦争が正規軍に対してなされており、正規軍が負けて、それでこの戦争には負けたかのように論じています。そう見るのは間違っています。このことをよく認識できないとなると、それは私たちの凡庸さを証明するようなものです。戦争は政府に対してではなく、国家に対してでもなく、人民全体に対して向けられたものなのです。政府は、現在の政府にしてもほかの政府にしても、自らが統御もできない状況の上に立っているだけでそれでよいという役を果たしているに過ぎないのです。戦争の開始以来、私たちは敗北に次ぐ敗北だけを味わってきました。これは最良の職業的軍隊の士気をくじき、それを壊してしまうのに十分なことでした。それでも、どうです、こんなことになったのです。つまり、私たちはその後もそんなに慌てることなく悠然と対応して、反乱派がある地方をまた次の地方を手中に収めても、彼らは結着をつけるまでには前進できなかったのです。

ガルセス ――私が恐れていることは、反乱派が各地方を丸ごと手中に収めていって、次から次へとすべての地方を私たちから奪ってしまうと、私たちは月まで行って自らを守らなければならなくなることです。

マロン ――彼らが私たちからすべての地方を奪ってしまうことはないでしょう。

ガルセス ――そうならよいのですが。それではしばらくは議論を続けることができますね。あなたは、反乱という邪道が正義の擁護の要求(65)の大きな動きを引き起こしたと言われました。私にとっては、この要求は反乱者たちを負かし、犯罪者たちを罰する以外にはありえませんでした。私は、共和国を守るために人民が決起したことを受け入れ、それを称賛し、それに感謝するものです。しかし、あなたはこういった決起の中でおそるべき乱暴狼藉が起きていることを知らないわけではないでしょう。残酷な行為や復讐というものは恐怖また臆病さから生ずるものですが、それらは私には見るに耐えないものなのです。

マロン ――反乱派はもっと残虐な行為をやっています。

---

(65) ここでの「正義の擁護の要求」の語法は、他方で「復讐」の意味も持つ。ガルセスは、ここで意識的に両義的な言い方をしていると見てよい。

ガルセス ―― それはみんな知っています。野蛮な行為も乱暴な行為も誰かだけがやっているというのではありません。それに、反乱派がやっている殺戮は数の点でももっとずっと多かったし、それは現在でもそうです。また、その殺戮のやり方も残忍です。あなた方が前に言っていたように、［反乱派支配地域で］無数の人々の処刑が政治的計画の下に上官の命令で執行されているということ、それは小さいことだなどとはとても言えません。でも、それで私たちのほうがまだよいというのではありません。彼らのほうは法を無きものにし、私たちのほうには政府があり、合法性があり、共和国があります。ほかでもなくまさに正義を貫き通すという高潔な行動をとっていたならば、私たちの主義主張の権威はもっと高まっていたでしょう。私は［一九三六年］八月のあの恐ろしい夜にマドリードにいたのです。この夜、監獄が襲われ、怒り狂った群衆によってよく知られた何人かの人々が殺されたのです[66]。あの夜、私も死んでもいいと思い、また私を殺してくれてもいいと思いました。でも絶望しても、私が狂ってしまったわけではなかったのです……。精神力とは何とうっとうしいものなのでしょうか！　首相も恐怖のあまり泣いていました。でも首相も理性を失うことはなかったのです。このような所業、これは後に極端なところまで行ってしまうのですが、このような所業も神意の一部を成すというのでしょうか？　これも正義の神的なひらめきの火というのでしょうか？

マロン ―― あれやこれやの野蛮な行為を話しに出して、私を追い詰めようとなさらないでください。革命全般について、その良いと思えるところ（良いと思えるところは多いと私は見ているのですが）、良くないと思えるところ、忌まわしいと思えるところ、ばかげたと思えるところ、これらのことについて私はああだこうだと言える者ではありません。私は革命を推進してきたのでもありませんし、革命を支援してもいませんし、革命がやっているいろいろなことに乗っかってもいません。革命とその行き過ぎた行為について責任や釈明を求めるべき相手は反乱派の陣営です。反乱が起こっていなかったら、八月のあの日にマドリードの監獄で殺された人々やそのほかの多くの人々は、各自の家で、各自の部署で、コルテス〔スペインの国会〕で、裁判所や事務所で、連隊で平穏にしていられただろうと思います。共和国に反対する算段や計画をしながら、また、殺されるのはあなた方となるような反乱をどのようにしたらうまく起こせるかを計りながらですが。〔反乱開始の翌日の一九三六年〕七月一九日をお忘れにならないでください。もし反乱派がマドリードを制圧していたなら（彼らのへまでそれは制圧できなかったのですが……。これも神意でしょうか）、あなた方のすべては、共和国大統領から共和主義者また社会主義者のそれぞれのほんのちょっとしたセンターの守衛の最後の一人まで、山のように積み重ねられて銃殺されていたでしょう。犠牲者があなた方だったら、その後八月に亡くなることになる人々の誰もあなた方を救うために何ひとつしなかったでしょう。まさにこういったのるかそるかの賭けごとに彼らは彼ら自身の思惑で入り込んで行ったのです。人民はそれを感じ取っていました。人民の怒り、残虐な行為、決起、これらはそれぞれのやり方で起こったのですが、これらがほかのことにも及んだのです。私はこれらのことを正当化しよ

（66）　一九三六年八月二二～二三日、マドリードのモデーロ監獄で、同監獄に収監されていた政治囚のうち右派と目された約七〇人の政治家や軍人が民兵によって殺害された。「解説にかえて」の「三」も参照。

うとしているのではまったくありません。ただ説明しているだけです。あなたも私もこのようなことをすることも、勧めることも、認めることもできないでしょう。しかし、反乱の失敗、可能なところではどこでも実行された彼らの殺戮計画、復讐心、こうしてたぎることになった憤り、それ報復だということで煽り立てられた血に飢えたような残虐行為、これらのことはその一部分でも取り除くことが不可能な動と反動の作用の体系と言ってよいものを成していることに注意していただきたいのです。某氏が、だれそれが、何がしかが殺された……と言います。それは悲しいことです。しかし、これも歴史の論理の中にあることなのです。

リベーラ ―― これも歴史の論理なのですか？

マロン ―― それ以外にありえません。先ほどの犠牲者たちのなかのよく知られた人たちは、二年前にあちらでもこちらでも犯罪を犯した政治を支持した人たちでした。つまり、アストゥリアス(67)でどんどん銃殺はするは、囚人は苦しめるは、裁判所では最上級の所でも無茶苦茶なことを言うは、共和主義者と社会主義者を抹殺するために卑劣な誹謗中傷をでっち上げるは、警察の力を借りてだれそれを暗殺する陰謀をたくらむは、といったことをやった人たちだったのです……。自分たちがおこなった行為の犠牲となって、こんなにも早く彼らが死ぬのを見ることになると、私は自分に言い聞かせるのです。これが歴史の論理なのだと。

ガルセス ―― それはむなしい説明です。こういった説明の仕方では、私たちの国の歴史は犯罪が現れては消え現れては消えというものになってしまうでしょう。反乱派の連中が殺戮をしようというときには、彼らも言うことになるでしょう。これが歴史の論理なのだと。私はこんな定式は受け入れられないのです。犯罪に対しては、私は法によって自らを守るようにします。あるいは自身でできる限りのことをします。しかし、犯罪で応ずることはしません。先ほどの人たちが危険な状態にあるということを知っていたなら、私は彼らを私の自宅にかくまったでしょう。私には、一人ならずの生命をこっそりと救うこと、少なくとも暗殺から救うことができたということがあるのです。彼らは共和国の敵で、また、彼らがほかの時に私を暗殺しようとしたという関係がなければ、私と個人的関係はなかったにもかかわらずです。

マロン ——それはへまをやりましたね。

ガルセス ——あなたの口からそういうことを聞くというのは驚きです。あなたがこれほどまで現状に順応するようになってしまったのがまだどうもわかりません。保守派で、法の人間で、権利を守るために弁護する生涯を送ってきたあなたは、いまや法とではなく、人間の慈悲とでもなく、生命の尊重とでもなく、いとも簡単にものすごい犯罪行為とも妥協するようになってしまったのですよ！あなたのこれまでの保守主義はどう見たらよいのでしょう。あれは何だったのですか？社会を生き抜いていくための処世術のようなものだったのですか？あなたがこれが人間社会において大事なことだと説いていたことなどは何の意味もなかったということですか？それとも、あなたやほかの方々に恐ろしき革命家と見えていたのは私のほうだったのでしょうか？生きる権利のことを

(67) 一九三四年一〇月に、アストゥリアス地方の炭鉱労働者を中心とする労働者が起こした武装蜂起のこと。二週間にわたる戦闘の後、鎮圧された。その後の弾圧も激しかった。

真面目にも考え込んで、法的には正当なものであれ死刑判決が執行されなければならなくなると思うと苦悩してしまったときに思い違いをしていたのは私のほうだったのでしょうか？　法が遵守されなくなると、そうすると何が残るというのでしょうか？　もう何もないと言うのですか？　法というものは深遠な人道的精神を、有効に機能する不断の権利を守るためにつくられたものではないのですか？　こういったことをあなたは指で弾いて失墜させてしまうので、そこに無責任な暴力が居ついてしまうのです。これは愚行というものです。私は、今日の事態のなかでおかしくなってしまった多くの人々を見てきました。これらの人たちの倫理また政治思想とみなされてもよかったものはトランプの城のように崩れ去ってしまったのです。私は、著名な「左翼主義者」たちが［闘牛が通路に出てしまうように］頭から路地に飛び出して行って、後に現れた時にはこんなことを言うのを目にしました。「われわれは間違っていた。この国はまだ民主主義のために熟していない。この国は棍棒でもって統治しなきゃならない」。一年半前にはまだ自分が左派に含められるのを怒っていた穏健主義者たちが、自らを熱烈な革命派だと称するのも見ました。また、カタルーニャ憲章[68]に賛成しようとしなかった人たちが、無政府主義的な連邦主義者となって、スペインの（あるいはイベリアの）諸民族の「自己決定」の権利を掲げるようになったのも見たのです……。ずるがしこい連中のことは別にしても、私は、多くの嘆かわしい事々を見てしまったのです。それぞれが、恐怖に、好都合なことに、野心に自らを譲ってしまったのです。私の立場は最も具合が悪いものになりました。私の倫理的人格を成していたもろもろの価値のいずれもが崩れることはなかったのです。以前から私に公正だと思われたことは、現在でも私には公正に思えるのです。嫌悪すべきこと、このことについても同様です。私は仮面をかぶったのでも、仮面をはずしたのでもありません。仮面など持っていないからです。平和の精神でもって戦争に耐え、私の全理性でもって狂気の突風に耐えているのです。これが私の大なる苦しみの原因なのです。私はあらゆる麻酔を拒否するからです。私は私であることをやめたくありませんし、やめることもできません。ほかの方たちも同じようにしてほしいものです。

マロン　――私の主義主張が変わってしまったとあなたが見ているなら、それは私の感情を害するというものです。私が全体として革命を受け入れていないことはあなたにも語ってきたことです。私は保守派です。私の政治的気質について言うとき、あなたはこの言葉の意味をわかっていないのです。保守主義という立場から私は無法なことに反対しますが、それは単に街頭での騒乱や暴動にはとくに反対するというのではけっしてなく、権利を踏みにじる無法なことにも反対するのです。私が保守派であり、反乱派が有産階級いわゆる保守的階級の利害を代表するというので、私が反乱派の側に走ったというのですか？　そんなことはまったくありません。反乱を支持する人々また反乱派自身が平和的手段、これは〔第二〕共和政がもたらしたものですが、こういう平和的手段によってスペイン社会が進むべき道のために尋常なやり方で働きかける権利、彼らも保持していたこの権利と縁を切ってしまったのです。彼らは法を踏みにじって、それを彼らの傍若無人の恣意と取りかえて

---

(68)　第二共和政時の一九三二年八月に住民投票で「カタルーニャ自治憲章案」が承認され、翌九月のコルテス（国会）でカタルーニャ自治法が制定された。これによって、カタルーニャ地域（四県）は外交・軍事と重大事の治安を除いて自治権を得た。

しまったのです。これはあらゆることのなかで最も無法なことです。最も無政府的なことです。これを受け入れるわけにはいきません。私はこれに反対です。私の保守主義は富裕層を擁護するということでもないのです。その反対です。私は社会的公正の思想を広めて、こうして平和に貢献し、また秩序の維持に貢献しようと考えてきました。今、私たちが社会の崩壊状態に見舞われているなかにあって、私は共和国とともにあります。共和国はもともとから合法性と権利を代表しているうえに、共和国の背後にはほとんどすべての人民がいるからです。旧来の法の源泉が途絶えてしまったので、人民の中にその新たな源泉を見出さなければならないからです。大衆は未来の法的正当性をつくりあげることができるし、またつくりあげるべきなのです。今は人間の生活のあり方についての相異なる二つの様式が争っているのです。新たな文明が創生されているのです。私は人民の創造力を確信しているのです。

モラーレス ―― 革命と［軍の］反乱が争っていると見ることにするなら、富の分配についての相異なる二つの様式が争っていることになります。しかし、共和国つまり国家の関与と農地改革を伴った自由主義的民主主義[69]、それとスペインの旧来からの伝統の絶対主義者たちが争っているということになれば、けっしてそうとはなりません。またここから、人間の生活のあり方についての二つの異なる様式ということを語るまでには、まだまだ長い道のりがあるのです。人間の生き方というのは所有の制度よりもっと広範囲のものを含むもので、ある国民の自分たちの生き方に対する特有の態度というものは、その国民の習慣や倫理に含み入れられた長年の酵母に、その国民のもって生まれた性格や属性に拠っているものなのです。こういったものは、いくつかの地方で牧草地を社会化[70]したとか、銀行家の理事会に代わって労働者の委員会が鉄道を管理したからということで変わるものではないのです。新たな文明を創生するというのですか？　笑わせないでください！　私たちは現在の文明をまだ完全に自らのものにし切れていないというのに、新たな文明をつくろうというのですか！　まさに私はいつも、スペインが退行してゆく、後戻りする危険があるのではないかとの恐れを抱いてきたのです。そういう時期を私たちは過ごしてきたのです。スペイン人の魂の中には、非常に遅れたところでも、文明化の鉱脈が見られること、これは確かです。それは人情に厚いとか、親切だとか、良識を持っていることにとくによく見られます。田舎の卑俗さがこれらのことをどんなに堕落させていてものことですが。これは二〇世紀間に及ぶ古代ローマの文化とキリスト教によるのです。言語、法、宗教が西洋文明と呼ばれるものに私たちを組み込んだのです。わずかしかローマ化あるいはキリスト教化されなかったスペインの諸地域ではこのような西洋文明の影響がほとんど見られないことはほんとうにはっきりしています。しかし、これらすべての下には原石がまだ残っていて、それはどんなに厳しい気候に遭っても壊れることはなかったのです。私にはいつも、

(69)　第二共和政初期のアサーニャ政権（「改革の二年間」と呼ばれる。「解説にかえて」の「一」を参照）では、軍隊改革、信教の自由などの宗教上の改革（世俗化）、教育改革、国内での自治の承認（カタルーニャで実現。訳注68参照）、農地改革（訳注123参照）が実行された。また、労働法制の改革、金融改革、税制改革などの一連の改革（「国家の関与」とはこれらのことを言っているのだろう）もおこなわれた。

(70)　ここでの「社会化」は「共同化」のような意味。スペインでは、牧草地などは長く農村の共同地であることが多かったが、一八三〇年代以降の諸政府はこれらの共同地の私有化を進めた。第二共和政の農地改革法（訳注123参照）は、これらの共同地を住民が「回復」できることを規定していた。

後戻りがすぐにでも起こるように見えました。この石に当たって、私たちの政治・社会機構のすべてとともに、私たちが粉々になってしまうような状況にあるように見えました。大都市の外では、私たちの文明というのはしっかりとできているというのではないのです。［マドリードの］カステリャーナ大通りのアスファルト舗装道路を二キロメートル離れると、九世紀が再び現れるのです。大都市の中でさえ重要な野蛮な地帯があるのです。もっとまずいことには、そこには、外から入り込もうとするあらゆるものに抵抗する時代錯誤的に文明化した人たちの一帯もあるのです。今回の戦争という出来事は、その起源、その様々な思惑、それに付随する様々な現象において、後戻り、退行の巨大な実例なのです。人まねのつまらない知ったかぶりによって取り入れたうわべだけの近代的な標語を振り回していてもです。二〇年［くらい］前に、スペイン社会がどんどん後ろに引っ張られていくことについてつらつらと考えて、私は気晴らしに、スペインにおける新たなアラブの侵入というような話を書きました。そこで私は、イスラーム教徒に負けるカラバンチェールの大きな戦闘について語りました。私はこれがこんなに的中してしまうことになるとは思いもしませんでした。[71] こんな風に世紀を遡ってゆくと、私は、バスク人がアウグストゥスに対してまた反乱を起こした[72]というニュースをそのうちに受け取ることがあるかもしれないと思うようになりました。あそこでは今バスク人たちが、スペインのためというのではなく、自分たちだけで振る舞うために、現在のオクタウィアヌス［後のアウグストゥス］たらんとしているムッソリーニに対して戦っているのです。[73] このような状態にある国民が、あたかも象形文字をうまく解読していくかのように、何らかの文明をつくれるとでも言うのですか？　あなたの言うことを信じるならば、私たちは、熟考する知性の深遠な働きによって、あるいは新たな倫理的危機に突き動かされて、自らの理想と強靭な創造性に満たされることになるのでしょう。そうして、これらのすべてから、私たちは、スペインまたスペインと同系統のほかの国民のために有用な規範を引き出せるということになるのでしょう。というのは、あなたの期待はイベリア半島に限られないのでしょうから。いや、まずそんなことはまったくないのでしょうから。でも、そうではありません。私たちは謙虚になりましょう。文明のことはひとまず措いておくことにしませんか。こういう表題でいくのは時間的、時代的に見てあまりに広過ぎますし、私たちの頭にはあまりに高尚なことです。文明でいくのではなく、それを、私たち風に〔反乱派側での〕小将軍たちや〔共和国側での〕様々な〔革命〕委員会といった今回の戦争〔に表れたもの〕に置き換えて考えてみませんか。私たちが何らかの文明をつくり上げようといっても、それは私には空虚に聞こえるのです。それは反乱派の連中が西洋でキリスト教文明を救おうと触れ回っているのと同じようなことです。

マロン　――そうすると結局、問題はどういうことになるのですか？

（71）　アサーニャが一九二一年に発表した幻想的で風刺的な小品「アラブ人が勝者になったら」では、「カラバンチェールの大平原」でキリスト教徒とイスラーム教徒が相戦う。スペイン内戦中の一九三六年一一月、マドリード市南西部にあるカラバンチェールの地はモロッコ人兵を含んだ反乱軍の攻撃の前線地帯となり、激戦の場となった。

（72）　紀元前一世紀、イベリア半島北部を支配しようとしたアウグストゥス（古代ローマの初代皇帝）の軍勢に対して、バスク人を含む住民が抵抗した。

（73）　一九三七年三月に開始された反乱派軍のバスク地方占領作戦にはイタリア軍部隊が加わった。同年八月のバスク軍の降伏の際には、イタリア軍部隊と休戦協定が結ばれた。

モラーレス――自由の問題、理性の問題、人間の尊厳の問題になるのです。もっと知的でもっと現代の社会的倫理に即した国家に表される度量の大きい寛容な政体を樹立するということなのです。この国家は、それぞれの人間の価値をよりよく生かし、自由に見解を表明する権利を尊重するでしょう。これが大事なところなのです。私は、この騒動が終わったなら、意見の自由が復活することを信じています。今は二つのスペインのどちらにも意見の自由がないのです。私たちの側では、意見の自由の断念や放棄はそんなに強制されていないように見えますが、それでもこれは非常に広範に見られることです。おそらく脅えていることによるのです。それなのに、今の正統派の当局者たちは、乱暴なやり方で意見の統制をしようとしています。今後はどのような正統派というものもなくなるようにと切に願うものです。貨幣を、所有を、家族を……これらを廃絶しようというなら、そうしたらよいのです(74)。でも、私の見るところも言わせてほしいものです。たいていは基礎的な知識も持たないのに、異なる見解を持つ人をやっつけようと襲いかかる多くの若者が見られるのです。あたかも、異端審問所(75)も思いもよらなかったような理由を見つけたかのようにです。彼らは思い違いをしているのです。しかし、私たちがこんなにも大きな災難を耐え忍ばなければならないということになると、歴史の論理からして私たちは粗暴化してゆくということを素直に認めなければならないでしょう。私はそんなことには耐えられません。そんな状態なら、平和になったとしても、私はスペインを去るでしょう。私たちはいまだにトレント宗教会議(76)での異端排斥を振り払っていないので、CNTによる異端排斥やほかの似たような集団による異端排斥を受け入れるようなことになっているのです。

マロン――あなたは現在の事態の意義や、その結末はどうあれそれがもたらすことの意義をあまりに限定的に見ています。こんなに強烈な衝撃が不毛なことになろうはずがありません。恐ろしい経験から新たな活力が生まれるでしょう。私たちは、別の地平を見ることができるようになるのです。

モラーレス――悲惨、飢餓、退廃を見ることになるのです。

パスツラーナ――われわれはすでに人生の盛りにあるのですが、ただ辛酸だけをなめています。われわれはすでに自らの選好や生活形態や志すところを定めたり、それらの方向づけをしています。これらがすべてひっくり返されて、途上で放り出されてしまったので、われわれはどうしてよいかわからなくなったのです。多くの人たちが突っぱね合っているのですが、これらの人々の心の奥底では利己主義から来る怨恨と少なからずの脅えがぴりぴりとしているのです。

マロン――叙事詩というものは、近きから、それが現実に展開しているなかで、観察者の批判的精神をもって鑑賞するものではないのです。そうではなくて、その結果がすでに人間の経験の一部となったときに歴史のなかで読まれるために、あるいは詩情が叙事詩の様相を変えてしまったり偉大な

(74) スペイン内戦中、一部のアナーキストがこのような主張をした。実際にいくつかの地域で貨幣を廃する試みがなされ、独自の交換手段（引換証）や配給制度が導入された。三〇～三一ページのリュックの発言を参照。

(75) 一三世紀以降、カトリック教会で異端者の摘発と処罰のために設けられた。スペインでは一五世紀末に導入され、国王直轄の裁判制度に再編された。後にプロテスタント諸国でも採用された。スペインで最終的に廃止されたのは一八三四年である。

(76) 一六世紀中葉に現在のイタリア北東部のトレントで開かれた。宗教改革の危機を克服するため、カトリック教会側の改革と教義の強化が図られた。

ものにしてしまったりしておもしろく魅力あるものとして読まれるためにあるのです。トロイアの攻囲者たち[77]は「手に負えない連中」だったでしょう。それでも、この事件が美的に仕立て上げられてゆくなかで、事件そのものの本来の意味に即さなくなっていって、これはヨーロッパ文化の礎石の一つになりました。今回の激動から、この偉業から、いつの日かスペイン人の精神がどのようなかの手本を、どのようなかの国民的な鼓舞を引き出すことになるか誰か知らんというものです！私たちの八世紀間の内戦、一般に「レコンキスタ」と呼ばれているもの[78]は詩と政治にとっての一大宝庫でした。今でもそれが尽きてしまったようには見えません。モーロ人たちが今〔イベリア半島に〕来ていることがそれを示していますし、反乱派がモーロ人の支援を当然だと言っているのを耳にしたり、私たちがそれを非難しているのを見れば、それはなおさらのことです。同様に、現在、スペインからまたユダヤ人を追放しようとの動きがありますが[79]、これも古くからの興行の演目です。この興行はもっと後には、〔イベリア〕半島に居残ってその数も増えそうなモーロ人の追放にまでやはりまたゆくことになるのでしょう。これらは、あなた方が言ったような逆戻りのまた別の事例です。先ほど言ったことですが、私たちは現在進行している叙事詩から詩的で政治的な不朽の名作のようなものをつくり上げることができないものでしょうか？

リベーラ —— こういう作品においては、われわれ共和主義者と社会主義者は伝説として残るような不名誉を背負わされることになるかもしれません。

パスツラーナ —— 最終的な結果が結局はわれわれがしたことの評定をすることになるのでしょう。われわれが負けたなら、われわれの後の世代のあらゆる人々に、われわれがしたことは犯罪的で、分別を欠く愚かなことだったと信じさせようとする宣伝がずっとなされることでしょう。われわれが反乱の責任を負っており、またおそらく、反乱を始めたのはわれわれであり、われわれはスペインと人間のくずだと言われるのでしょう。われわれが勝ったなら、起こったことのすべては栄光の、きらめきの、英雄主義の礎ということになるでしょう。それはもはや一般にそう言われるからというようなものではなく、われわれのそれぞれがそのように思うようになるでしょう。疑念、悲しみ、恐怖、幻滅といったことはわれわれが思い出せるような思いや感情ではなくなり、消え去ってしまうでしょう。われわれがしたことは、知的に構想され、気概によって支えられた立派な道程だったとわれわれ自身が思うようになり、また、われわれは勝利を打ち立てるためにただただ奮闘したということになるでしょう。

ガルセス――私が見るところでは、そのようにはけっしてならないでしょう。

リベーラ――どうしてそのようなことを言われるのですか？

ガルセス――事態がどのようになろうと、現在までに明々白々なことは共和国が沈没してしまったということです。共和国は［一九三六年］七月の最後の数週間に滅びてしまったのです。それは、反乱

(77) 古代ギリシア伝説において、ギリシアの英雄たちがトロイアを攻略した時、兵を中に潜ませた巨大な木馬をトロイアに送り込んで、うまくトロイアを陥れたという勇士たちのこと。

(78) 八世紀初頭に始まり、その後、約八〇〇年にわたって展開された、イベリア半島からムスリム（イスラーム教徒。「モーロ人」と呼ばれた）を駆逐しようとした運動や戦闘。後出一七二～一七六ページのモラーレスの発言も参照。

(79) 訳注121、また後出一三七ページのガルセスの発言も参照。

を数日のうちに鎮圧することができず、軍人たちの専横から共和国をまた私たちを救うために、人民の無秩序なままの勢いに押されて水門を開き、あるいは水門を破られるままにして、まさにこのようにして共和国が自らの無能を認めたときなのです。共和国を鼓舞し、支えていた水流は脇へそれて行ってしまったか濁流になってしまったのです。私は今、気がついたのですが、軽薄さによるかあるいは順応しておくのがよいというようなことによるほかには、この水流の中にいた人たちはほんとうに少なかったのです。この水流のことを想起したりそれを引き合いに出す人たちはまだいくらかはいますが、そういう人たちはますます少なくなっており、公式にはまだこの水流は見放されてはいないのですが、こんなよそよそしさのなかでのずる賢い見せかけに気づいていないのは愚か者だけでしょう。愚か者たちもそのうちに見放すことになるでしょう。私は、多くの人たちが思っているかもしれないような、よく言われる政治的・社会的「氾濫」のことを言っているのではないのです。不寛容の人たちの国において法の力によって導入された宗教的寛容、良心や信教の自由は、一方の側では神父たちの殺戮、教会の焼き討ち、大聖堂を倉庫にしてしまうといったなかで、また他方の側では、フリーメーソン、プロテスタントそれに無神論者の銃殺というなかで溺死してしまったのです。共和国がただちに取り組もうとしたほかのいろいろな問題でもこうだったのです。でも、私が言いたいことはこういったことではありません。私が思い描いているのは、精神が落ち着いて存することができる地のことなのです。そこは神秘主義や政治的狂信主義がなじまないところであり、そこでは絶対的なことへのあらゆる志向が排除されているのです。この地では理性と経験が知恵を育んでいるのですが、私はこの地に自分が思い描く共和国を設定していたのです。この共和国では、国の存立のために国家の目的のために各々のスペイン人の魂のすべてをものにしなければならないということはもちろんなく、その魂の大半でもいいからものにしようということすらありませんでした。その反対でした。この共和国は、不当にも身動きできないようにされていた知的・倫理的生活の多くの部分を解放しなければなりませんでしたし、党派の連中がしつこく要求していたそのほかの同類の桎梏にも反対しなければなりませんでした。六年の間[80]、この確信は、共和国の将来について私が判断する際にいつも心の内に抱いていたものなのです。しかし、すべての人がこういうことを理解していたというのではありませんでした。私が以上のように考えていたのは、文明の唯一の、真の基礎である精神生活の豊かさの名においてでした。共和国がスペインで文明を進めるためにやって来なかったというのなら、私たちは何のために共和国を望んだのでしょうか？このことから私の思想の第二段があるのです。つまり、知的また倫理的な点において価値あるものに光を当て、それらを第一義とするということです。共和国は反ブルボン[81]主義、反教権主義、反中央集権主義のためだと信じ込んでいたか、そう信じているように装っていた人たちというのは、一部の愚かな人たちか、一部のならず者たちです。かつては国家あるいは教会が人間の魂のすべてをものにしていたのです。こういう形態［で人々を支配し掌握しようと］のやり方は様々な標章のもとで今日の世界でも再び現れています。これらの標章は互いに争っているのですが、実際には見かけよ

(80) 第二共和政が成立した一九三一年四月から内戦が始まった一九三六年七月までの約六年間を指すのだろう。
(81) ブルボン朝は、一九三一年までスペイン王政を担った王家。

りもそんなに違ってはいないのです。今、デマゴギーの皇帝たち、治安を掲げる皇帝たちが登場していますが、これらは旧世界の没落期の大剣と虐殺の皇帝たちの物まねなのです(82)。スペインでも私たちは同じ現象に見舞われています。それは私たちの国の状況に特有の個人的で局地的な規模のものに留まっていますが。剣の秩序が支配的になってしまったら、スペインでは一人の皇帝ではなくて、よその国の皇帝たちの一人の軍団長がいることになるでしょう(83)。これに対抗して、いずれかの動向や潮流が、いずれかの名の下で地歩や勢いを得てくるようになるかもしれません。しかし、私が説明したような根本まで踏まえた思想に鼓舞された共和国がそうなるようなことはないでしょう。[このような]共和国が崩壊してしまったので、私という人はほかのどのような事業にも役立つことができないのです。今、私には公的な生活でなすべきことが何もありません。これは幻滅というのではありません。私が幻滅すべきことは何もなかったのです。私は今の時代には相いれない人間であることを自認しています。私のような人たちというのはあまりに早くかあまりに遅く来すぎたのです。私たちが役に立たないのはいつものことで、またどんな場合でもだということでなければのことですが。これから先スペインで起こるであろうあらゆることは私の満足するところをないがしろにするものであり、私の意向や私の好むところと合致するものにはならないでしょう。何を言いたいかというと、つまり、私の善意にもかかわらず、私という人は助けになるというより迷惑な存在になるでしょう。自由主義の精神によって私が狂ってしまったと思わないでください。大なる政治的野心には無数の事例がありますが、私はペリクレス(84)とトラヤヌス(85)を筆頭とする比類なき二つのなかなかの一群を挙げたいと思います。両群それぞれの次やその次などに続くところにはお気に入りの人物を据えてみてください。両群の中間には、ただおしゃべりや血に飢えた者や狂人たち……がいるだけです。現代の政治や社会などの状況においては、［ペリクレスらによる］アテネの奇跡が繰り返されるようなことはないでしょう。［他方で］トラヤヌスの役を演ずるには、よろいを身につけローマ時代のアンダルシーア人の剣を握っているだけでは足りません。誰かすごい人物はいないかというところでしょう……。しかし、ヒスパリスの周辺にそれを求めても無駄でしょう。(86) もしそういう人物がいるということになれば、この人物の声明を私たちスペイン人が書くところのこの崩れたラテン語の文［スペイン語文のこと］にするために、私はこの人物の秘書になってもよいと言うでしょう。天才的な真似だがしかし時代をたがえるものはしばしばこっけいなことになるし、確実に惨めなことになります。最近の時代のあらゆる真似のなかで最も傑出したものはカール大帝(87)の真似です。つまり、ボナパルト［ナポレオン］は百の戦闘に勝利しましたが、それでも、その狂気と栄光で

(82) 第一次世界大戦後から本書執筆の頃までに現れた、ヒトラーやムッソリーニなどヨーロッパの独裁者たちを指しているのだろう。
(83) この「軍団長」は、ドイツ（ヒトラー）とイタリア（ムッソリーニ）の強力な援助を得て、スペイン内戦中に「新国家」（反乱派政権）の国家主席となったフランコを指しているのだろう。
(84) 前五世紀の古代アテネ民主政の指導者。
(85) イベリア半島出身の古代ローマ皇帝（在位一～二世紀）。五賢帝の一人。
(86) ヒスパリスは古代ローマ時代のセビーリャの名称。トラヤヌスはヒスパリス近郊の生まれ。この部分の発言は、内戦の初期からセビーリャでの反乱派支配を確立したケイポ・デ・リャーノ将軍を皮肉っているとも解しうる。
(87) 八～九世紀のフランク王、西ローマ皇帝。

もって前例のない壊滅的な打撃を自らの国にもたらしてしまいました。皆さん方はせめてマレンゴの戦闘(88)くらいに勝利したような人物を誰かスペインでご存知ですか？

モラーレス　――あなたが悲嘆にくれるのも当然だと私も思います。しかし、倫理的には意気消沈しないことがかつてなく絶対に必要なのです。今は、思わしくない状況を見ているので、私たちはわかりきったような結論を出そうとするし、諦めや悲観などに至ってしまうような説をつくり上げてしまうということになるのでしょう。現在の逆境がそうさせているのだと言わない人はいないでしょう。そのとおりでしょう。しかし、そうだからといって、こういった結論や説にはあまり意味がないとか、いやけっこうな意味があるとかということでもないのです。他方で、勝利者たちというのはたいへんうまくいったとの感触をその心中に得るのでしょうし、そして、これでやっていけるなどの確信を大声で宣したりと、いろいろなことをするのでしょう。それが勝利に由って来たるものだということは誰でも理解できることでしょう。私たちが突出した不幸の最初の事例ではないでしょうし、勝利者たちも勝ちを誇る犯罪的な厚かましさの最初の事例ではないでしょう。現在のこの悲劇の役者となっている人々がしていることについて私たちが今もなおおこなっている倫理的な意味づけというものは、すぐに、おそらくこれらの人々自身がいなくなってしまう前に消えてしまうでしょう。このものすごい事件もその結末も歴史となってしまうでしょう。私たちの幻滅の反省というものからも勝利者の確信からも、人間の行為を評価したり政治的悲劇の深奥な理由を解き明かしたりするのに有効な説を導いてゆくことは誰もできません。勝者と敗者、侮辱される人と侮辱する人はいつもいたのです。結局すべての人は死んでしまうので、誰もこういったことを気にかけなくなるし、よくても誰もこういった人々の悲しみや喜びを思い描くことはないのです。これが歴史の動悸というものなのですが、私たちがこんなにも激しいやり方でこの動悸を経験し、それを耐え忍ぶことになったので、私たちにはそれが無限の深さと意味合いを持ったものに見えてくるのです。それを信じないでいただきたいものです。私たちは新たなことを何も教示していないし、新たなことを何も学んではいないのです。古くからのことについても何も教示していないし、何も学んでいないと思います。つまり、何も学んでいないのです。私たちが学んだと思っていることは教訓とはなっていませんし、日々行動するための役に立ってはいないのです。

リベーラ —— われわれは、われらが人民についていろんな恐ろしいことを学んだのです。

モラーレス —— スペイン人民について軽率な判断はしないほうがよいでしょう。そうでないと、スペイン人民の名誉を傷つけることになるでしょう。戦争と混乱の七、八か月の間に得られた観察に基づいて古き人民の倫理はどのようなものであったかについて裁定を言い渡すのは許されざることです。今回の動乱がスペイン人民の魂の奥底を暴いているのだと言う人がいるのかもしれません。でも、どうしてほんとうに奥底だと言えるのでしょうか？　あなたがどのくらいのまたどのような観察をして、こういう事があるなどとしたのか知りたいものです。あなたがスペイン人民について挙げるのは忌まわしい事々、それだけです。いくら何でも賞賛されるべき事々についてくらいは考え

(88)　一八〇〇年にナポレオン指揮下のフランス軍とオーストリア軍とが戦ったジェノヴァ北方マレンゴでの戦闘。オーストリア軍の降伏をもって終わった。

たことがあるのでしょうか？　献身、英雄的行為、慈悲、苦悩への共感、恵まれない人々への援助、いつ何時でも惜しみなく示されたこれらの手本について考えたことがあるのでしょうか？　戦闘員の総数は数十万にも達しているのです。政党員や労働組合員の数はどのくらいになるでしょうか？　百万人、あるいは二百万人になるでしょうか？　これらの人々はすべて意欲的に加わっているのであって、ただ動員されているだけではないと見てよいでしょう。そのほかのスペイン人について言うと、その多くは心の内では戦争と革命に加わっているのです。でも、これらのすべての人々は戦争と革命をただただ耐えているという点では同じなのです。二千万あるいは二千二百万の無防備のスペイン人が、彼らの背後で兵士たちが殺し合いをしようとも、あるいはもしかして兵士たちが彼らを殺すことになろうとも、それに耐えているのです。私が推定した数字を低く見積もったとしても、この事実の意味は変わりません。このような状況では、少数の人々が通常の時よりなおさらのことすべての人民を代表しているのです。これらの少数の人々の間では、傲慢な人、貪欲な人あるいは犯罪者もまた少ないのです。とすれば、国のすべてがこういった連中から成っていると言ってよいものでしょうか？　戦場は勇気ある行動で溢れています。しかしまた、そうだからといって、スペインは英雄的な人民の国だと言ってもよいというのでしょうか？　そうではないでしょう。スペインは犯罪的で堕落した人民の国ではないかということも認めなければならないのではないでしょうか？

マロン――私はそういう見方を受け入れることはできません。私たちは今、憎悪の暴発、残虐行為の暴発にさいなまれています。しかし、あなたが挙げた人たちよりもっと多くの人たちがこのような暴発の事態に嬉嬉としているのです。どうなってもしようがないと思っていたり、煮え切らない姿勢や脅えから、あるいはそうする条件にないことから戦争や革命に距離を置いている人々も心の内では戦争と革命に加わっている、このようにあなたは言いました。でも、今の時期には、恐怖によってかあるいは期待をこめてか、「どうか何とかならんことを」と何度も何度もため息をつくことがなかったようなスペイン人男性やスペイン人女性は一人もいません。これらの人たちはどこに、誰にお願いをしているというのでしょうか? それぞれの人のお願い先がどこか、誰かについては、あなたなりのやり方で考えてみてください。この国の圧倒的多数の人々は少数の人々の尽力に頼っているのであり、彼らの望みが実現するかどうかを、常に黙ってというのでもなく、これらの少数の人々にかけているのです。これが実際に起きていることなのです。これらの消極的な支持者とも言える人々は最も悲惨なのです。というのは、悪行をはたらく危険を冒すということもなかったし、自身で悪行をはたらかなければならないものならおそらく身をすくませてしまうであろう嫌悪や恐怖に打ち勝つという必要もなかったのに、今は、自らのものではない悪を味わわされているからです。

ガルセス ――今のあなたのお話で、そういうことがよくわかりました! しかし、あなたはスペイン人がその政治的な激情をこのような絶滅戦争を互いにやるまでもっていきかねないとは思わなかったのですか?

マロン ――そう思ったか思わなかったかはどうあれ、私はこのようなスペイン人の性向があなたを当惑させまた悲しませていることが分かったように思います。とはいえ、あなたはわが人民の最も恐ろしい欠点をときに美徳として称賛してはばかることがありません。

ガルセス——私はわが人民についてほかのヨーロッパ人より良いとか悪いとかというようなことは言っていません。紀元後このかた、私たちは皆ほとんど同じことをやってきて、同じ過ちや罪を犯し、苦労を重ねて何らかの美徳を明らかにしてきたのです。ほかでもないスペイン人に対しても、私は教理が命ずるところの皆キリスト信者の隣人として愛せよというような大いなる愛徳を感じているのではありません。この点についてあるいはすべてにおいてこの教理は、同国民間にある、また外国人の間にもある差異からして、不適当なものなのです。キリスト教を離れて、スペイン人を人間の資質の点から考えると、すべての国民のなかでも嘆かわしいことに、スペイン人がそれ自身のほんとうに独自のもので寄与するということはまったくないのです。残虐、高慢、卑怯、欲深がこの類に属する人々の証しなのです。文明というものは、トラクターを製造するのではなく、情愛を育み、獰猛な衝動をしつけることにあり、そうやって人間が生まれつき持っている衝動に私たちがついてゆくことがないようにさせようとするものなのです。しかし、世界の倫理教育を互いに競ってきて現在も競っている偉大な定式的諸体系も私たちの気質を変えることができたのではなく、何がしかの証人の手本でもってこの気質の規範となっているものを承認し、かくして、これらの諸体系はその権威、強制や慣習によって普及し、人々に押しつけられ、その地位を保っているのです。文明の新たな題目というものは混乱のなかから自然に芽吹いてくるものではないのです。それは誰か並外れた人物の知的な頂きにおいて凝縮され、宣されるもので、そこから天水や光のごとくふり注ぐものなのです。そして、可能なところならどこへでもしみ渡ってゆくものなのです。海の表面は輝いて見えるのですが、その底は暗く、物音もしないのです。もっと言いましょうか。どのような文明化の定式的体系も、その不十分さや妥協によって、ぞっとするようなまた残忍な規範や習俗、あるいは競合するほかの体系ないし普遍的な道理からそのようにみなされるもの、これらのものを自らの行動様式に取り入れていくことをやめなかったのです。普遍的な道理といっても、やはり私はそれも信じないのですが。というのは、それも常道を踏み外さないというものではなく、それ自身の経験の寄せ集めの域を出るものではありえないからです。諸体系は互いに競い合っています。しかし、当初のその高貴な感化力にもかかわらず、人間はこれらの体系を死の術《すべ》に変えてしまっています。イエス・キリストが父なる神から生まれようと無から創られようと、主が聖体秘蹟(89)に現れようと現れまいと、それでどれほどの地方が壊滅することがなく、それで何百万の生命が犠牲にならなかったというのでしょうか？　生活のために有用な発明というものは、火打ち用石斧から飛行機まで、人間の人間に対する損傷力を高めてしまったのです。それどころか、まったくのところ人間の倫理の進歩の傑作たるものもそのために用いられてきたのです。食肉獣のような人間がその獰猛な行為を自ら主張する主義の名で正当化しようと思い立つなんて、何ていまいましいことでしょう！　こういう反省、これは誰にでも当てはまることだと思うのです。スペイン人の名を放棄してしまうようになったり、スペイン人であることを恥ずかしく思うようになってしまうなんて、まったく愚かなことだからです。もうかなり残酷になっている内戦のさなかで、今も残忍な行為が繰り返されているのです。私たちは人間であることをやめようとでもいうのでしょうか？　むなしい言

(89)　カトリック教会で、神の恩恵を信者に授ける儀式。

い方ですが、私たちは人間であるほかないのですから。

リベーラ——［南仏の］トゥールーズから汽車で来たとき、スペインの出来事について私と話していたフランス人が言ったのです。あなた方は小さな野蛮人ですね、と。私は赤面してしまいました。このフランス人の言うとおりだったからです。

モラーレス——今度は私たちが尋ねる番ですね。あなたはこのフランス人にジャクリー[90]はどうだったのでしょうか、フランス革命中、ショフュール[91]あるいは九月の大虐殺に関わった人たち[92]は何をしたのでしょうか、と尋ねることもできたでしょう。この時期、フランスは世界で最も文明化された国だったのです。あるいはもっと近い時期のことでは、絶望的となったコミューン派はパリで何をしたのでしょうか、ヴェルサイユ［の政府］派はコミューン派に対して何をしたのでしょうか[93]、と尋ねることもできたでしょう。旅行者がロシア人、ドイツ人、イタリア人だったら、あなたが尋ねることができたこととといえば……。いちばんよいのは何も聞かないことでしょうね。しかし、私たちの国に暴力と野蛮という評判が立てられているときに、他の国だってひけをとらないと応ずることは愚かなことです。さる哲学者、さる政治家あるいはトゥールーズからの旅行者はそれをさっさと私たちのせいにしていますが。どの時代でもスペイン人の感性は他の文明的諸国民の感性にけっして劣ることがなかったのです。今は文明の先頭を走っているいくつかの国民の感性より明らかに秀でていたのです。動乱勃発という恐るべき事態によって今スペインは引き裂かれていますが、この動乱やその残虐さの数々の見本というものは外部からの伝染の所産なのです。一九一四年の戦争［第一次世界大戦］以来、野蛮な行為や暴力の波がヨーロッパを水浸しにしているのです。この戦争それ自体がもう残虐さの一大表明だったのです。ある大陸に出血を引き起こして、この大陸を荒廃させるということは、洗練された文明、穏やかな感情の徴《しるし》とは思えません。国民の誇り、国家の偉大さ、商業の自由、諸国民の自治、これらの名においてこういうあらゆる残虐なことをやり、またそういう残虐なことを耐え忍ぶのだというのもこういう徴をより良く見せるものにはなりません。というのは、何がしかの意図や目的でもって全般的な破壊を十分に正当化できるということになると、そのほかの目的、そのほかの意図も同様の正当化の権能を有すること、あるいは自らそう主張するのを否定することは難しいことになってしまうだろうからです。愛国の熱狂が賛美するものは宗教的熱狂あるいは社会的熱狂の名でも正当化できることになると言えないでしょうか？　一九一四年にスペイン人は、まどろみ、打ちひしがれ、意気を持てず、悲惨な出来事や流血にうんざりしていたように思います。スペイン人がモロッコでの戦争(94)に反対し、大戦での中立を強く望んだことを想

(90)　一四世紀にフランスで起きた農民また都市民の反乱。領主制の象徴であった貴族の城砦を攻撃したが、貴族軍によって徹底的に弾圧された。

(91)　フランス革命中の無法者・犯罪者集団。

(92)　フランス革命中の一七九二年九月に、いくつかの監獄を襲撃し、収監中の王党派を殺戮した革命派の民衆のこと。

(93)　一八七一年五月、パリで、コミューン派とヴェルサイユに脱出した政府軍との間で凄惨な市街戦が展開され、コミューン派が鎮圧された。戦闘の中で、コミューン派はパリのいくつかの街に火を放った。戦闘終了後のコミューン派への弾圧も激しかった。

(94)　スペインの侵入に抵抗するモロッコ北部地域の住民とスペイン軍との戦争。一九〇九年以降、激しく展開された。一九一二年にスペインはモロッコ北部を保護領としたが、モロッコでの戦争はその後も一九二七年まで続いた。

起してください。この国民はそのけんかっ早い気質を矯正したように見えました。私たちの国内での反目は、言葉でのやり合いのほかは暴力に至ることはまずなかったのです。一九〇九年のバルセローナの革命[95]は大衆的なものでした。〔モロッコ〕戦争反対のためだったからです。一九一四年以後に荒れ狂った暴力がヨーロッパ人の倫理的感覚を錯乱させてしまったのです。もう正義も法もなくなってしまったのです。直接行動だ、機関銃で対応するのがよいということになったのです。この災厄はすべての国の人々を襲い、その多くで勝利を収めたので、もうこりごりだと思っていた人々でさえこの災厄から免れるのは難しかったのです。スペインでも、ドイツ、イタリア、ロシア、オーストリアでの勝利の手本[96]に学べとの宣伝がすごかったのです。プリモ・デ・リベーラの独裁は勝利した不法の見本、脅しの見本となりましたが、それが退廃を招いたのです。知性が蔑視され、研鑽と勤勉が忘却され、暴力や個々人の傲慢さが培養されるなかで一世代が生み出されたのです。様々な政治的企ては暴力的衝突を予想して目論まれるようになりました。陰謀を企てている将軍たちをある夜になぜ暗殺しなかったのかと共和派の人々を非難する人もいるのです。ドイツでナチス体制反対派に対してなされたようにです。他方で、将軍たちは、共和派の人々をやっつけるためにこのような作戦を実行に移すことを前から決めていたのです。つまり私たちは、ここ一五年〔ほど〕になされようとされ教え込まれてきた野蛮な諸事業を今つくづくと眺めるということになったのです。私たちはヨーロッパの大部分の人たちの倫理的水準に達したのです。私たちがこんなにきっかりと流行に追いついたことは今まで一度もありませんでした。

ガルセス――残念ながら、怒って自殺的になるという気性では私たちはほかのどの国民をも凌駕しています。野心的かあるいは半野蛮のほかの国民ならその怒りを外国に対して向けるのです。スペインは自らの針で自分を刺してしまう唯一の国なのです。おそらくスペイン人の敵はいつもほかのスペイン人なのです。敵を失明させるためなら、自らの目を引っこ抜いたっていいんです。反乱派の連中が外国人にぺこぺこしているということは、私たちが外国人嫌いでないことを示しています。ところが、フリーメーソンとユダヤ人を撲滅せよとの宣伝（ユダヤ人を撲滅せよ、われらの地がやつらの血で溢れてしまうのだ！）は、これらの人たちが国民的意識を共有していないことを口実にしているのです。これは異種の野蛮なるものの愚かな翻案であり、幽霊撲滅キャンペーンですが、たいしたことではないように見えました。しかし、この宣伝は銃撃の準備をさせ、数千数万もの無防備の人々を殺戮するのに利用されるまでになったのです。一部のスペイン人がほかのスペイン人を殺すために雇ったと思っている外国人の部隊はもっとよく国民的意識を共有するようになるとでもいうのでしょうか？　というのも、実際には、雇われたのは外国の軍隊ではなく、彼らを連れてきたそのスペイン人自身だからです。彼らは言ったのです。「われわれには手が足りないのです。

(95)　一九〇九年七月に、モロッコ戦争への兵士動員に反対して、バルセローナを中心にカタルーニャ地域で起きた労働者のゼネスト。戒厳令のもとでの軍の弾圧により一週間にわたる暴動に発展、このなかで修道院の焼き討ちも起きた。

(96)　第一次世界大戦終期以後の、ドイツでの革命と反革命の時期を経てのナチス政権の成立、イタリアでのファシズム運動と労働運動の興隆からファシスト政権の成立、ロシアでの革命また革命派と反革命派との内戦からソヴィエト政権の樹立、オーストリアでのドルフース体制の成立とそれに対する労働者の武装闘争またオーストリア・ナチスの蜂起（ドルフース殺害）、などを指しているのだろう。

殺さなければならないスペイン人がたくさんいるのです！　こちらに来て、彼らを殺すのを助けてください」。これらの外国人たちが爆撃し、火を放ち、銃撃して私たちの同胞が大量に命を落としている時、雇われ者たちは祖国の名でそれに拍手喝采を送るのです。数十年にわたって私たちの国は、国際政策においてはこの一隅(97)における平民の役割を果たしてきました。ほかの道をとるのがよいなどと語ることはこの国にはけっしてできることではありませんでした。積極的な対外政策というものは、私たちにとってはほとんど関心のない戦争にスペインを巻き込むことになるかもしれなかったのです。この国は危険の中に生きることに恐れを抱いていたのです。何よりも平和がよいのだと……。ほかの国の人たちが互いに角で突っつき合おうとするなら、そうすればよい、ということです。ヨーロッパ戦争［第一次世界大戦］の恐怖とこの戦争にスペインが中立でいたことの数々の明々白々な利益が共通の確信を強固なものにしたのです。突然のことに、愛国の教理となっていたこの賢明さやこの平和は、スペイン人の中のある人たちが数世紀このかたの最も不幸な災難を自らの人民に引き起こすことを妨げなかったのです。戦争に関わらなかったおかげで蓄えられてきた生活の糧、今それを私たちは限りない規模で自らを破壊するのに浪費しているのです。中立の立場をとっていれば守りまた保ち続けることができると考えていた町々、蓄積された富、労働の成果、これらは今、散り散りに消え去っています。私たちは［ほとんど］二〇年もの間、フェリーペ二世(98)もうらやむだろうほどの国庫をしっかりと護ってきたのです。それを国の状態を良くするために利用しようと思っていないのです。私たちは今、この狂乱にあおられて国庫を灰燼に帰してしまうという腕前を発揮しているのですから……。これは、例を見ないことではないでしょうか？

モラーレス――私の見解は正しかったということですね。つまり、スペインはその住人によって台無しにされてしまうという偉大な国なのだということです。

リベーラ――その住民がまだ気性を変えていないとなると、スペインはいつ〔また〕偉大な国になるのでしょうか？

モラーレス――私は、スペインというのは、ただかつては偉大な国だったと言っているのではありません。いつも偉大な国なのです。今でもそうです。というのは、スペイン人というのは一方の手で作ったものを他方の手で壊し、またそれを壊すために両足の助けも借りるのです。スペイン人は自らの作品、文明の中での自らの存在を示す精彩あふれる名品、国の存在とその名を残すあらゆるもの、これらを踏みにじってしまうのです。今、最も素晴らしい数々の地方が廃墟だらけの状態になっていますが、これはほとんど私たちがやったことなのです。廃墟になって消えてしまった地がどこかは私は言わないことにしますが。憂鬱な才能ですね。一般的に言って、スペイン人はほとんど信じないか、何も信じないのです。しかし、信じ込んだとなると、それを絶対だと思ってしまうのです。

ガルセス――私たちは、スペインのことについて軽率な判断はしないと決めたはずです。いずれにせよ、今後そういう判断がなされることでしょう。戦争が終わったならば、私たちはそういった分析

(97) 西地中海地域あるいは南欧地域のことを言っているのだろう。
(98) 一六世紀のスペイン王。イベリア半島、ヨーロッパ諸地域、アメリカ植民地の統治者となった。広大な領土維持のための戦費の膨張などにより、三度、国庫破産宣言をした。

の矢面に立たされるでしょうし、私たちの気質の何たるかを究めんとする評論がわんさと現れるでしょう。こういったことは、［一八］九八年[99]の後にも起きたことです。熟考のおかげで、このとき二つの重大なことがわかったのです。スペインにはアーリアの血が少ないこと、それに雨があまり降らないことです[100]。私はもう観念して、こういうことは考えないで、別のことを考えることにしますかな。

マロン ――今日スペイン人の好戦的気性が一年前よりもっと激しくなったとか、危険な政治へのこの国の反感がもっと弱くなったとかいうようには見えません。戦争と破壊の恐ろしい樹木がこんなに成長してしまって、皆が驚いているのです。この樹木の胚芽がこんなにもなってしまうとは思えなかったのです。反乱派の側では、戦争は外国人によって支えられています。私たちの陣営では、戦闘員たち自身にも戦争のことをもっと真剣に考えなくてはいけないとわからせるのにどのくらい苦労したか、どのくらい災難に遭ったか知らない人はいません。一方では、どうして戦わなければならないかということがよく理解されなければならなかったし、他方では、どのように戦争を遂行するかということにも精力を注がなければならなかったのです。戦争はしなければならないということになり、それに耐えなければならないことになったのです。しかし、私たちの間では戦争を好む人はわずかなのです。今日、この戦争は軍の反乱を惹起することになった諸問題よりもっともっと根本的で複雑な諸問題を含んできており、またそれらを解決しようとしているのです。これらの諸問題というのは、おそらく反乱を始めた者たちにとっても予期できなかったもので、反乱という出来事そのものに、また反乱［が生じさせた事態］がどうにも容易ならざるものでいまだに続いていることに発しているのです。少しずつこの途方もなく大きくもつれたかたまりがつくられていったのです。私たちは戦争に引き込まれることになってしまい、また、予期されたよりもっともっと深く戦争にかかずらうことになったことをわかったのです。この点に関しては、共和国に忠実な人たちと反乱派の連中との間に違いはほとんどないのです。現在のこういう状況のなかで、スペイン人が、自分たちが最も大事にしてきた様々な便宜や利益、その快適な生活、その財産を危険にさらすようになっていることを理解するのに、鋭い分析も歴史哲学の奥義の探求も必要ないのです。どの国民も、わが国民も例外ではなく、これらのものを保持していたいと願うものです。同様の状況に置かれたなら、ほかの国の人々もやはり同じように願うことでしょう。大いに価値あるものは、大いなる労を要するものなのです。現在スペイン人が守ろうとしているものは、それに愛着を持っているなら、それだけまた大きな価値を有するはずのものなのです。

モラーレス――それについては、私には疑問が、というより率直に言うと、反論があります。まず、それぞれの人が各自で大事にしていることという個々人に属する領域であれ、公的な事柄や大衆的運動の領域であれ、あることに強い愛着を持つということはそのものの価値や利点に関して何も証

---

(99) 一八九八年、アメリカ合州国との戦争（米西戦争）で、スペインはキューバ、フィリピンなど一六世紀以来の植民地を失った。これによって植民地帝国としての列強の地位をほぼ喪失した。

(100) スペインの社会学者サーレス・イ・フェレの著『一般社会学』（一九一二年刊。著者は一九一〇年に死亡）にこのような意味のことが書かれている。「雨があまり降らない」ことのスペイン人気質との関連やその環境的意味については、二〇世紀初頭から、ほかにもいくつかの論評や指摘がなされた。

明するものではないのです。あることをかなえるためにどこまで犠牲を払うのが当然かということは、それを願う人の気力によって計られるべきではありません。その人が英雄的にそれを獲得しようとしたり、それを求めたとしてもです。その人が英雄的にそれを求めたり獲得しようとしたとしても、ととくに言うのは、英雄的、称賛されるべき、あるいは有益な気力というものも判断力があってこそのものだからです。ある種の資産、それを精神的資産と呼びましょうか、こういう資産は直接の等価を欠いており、物的資産あるいは有用資産と呼ばれる資産では評価できないこともまた明らかです。共和国にはどのくらいの価値があるのか、王政にはどのくらいの価値があるのか？と問うのはばかげたことでしょう。つまり、共和国あるいは王政を擁護するのにどんな犠牲、どのような意義が正当なものとして認められうるのか？ということです。こうなってくると、問題はもう存在しないのです。何の厳格さもなくなるからです。それはそれぞれの支持者の個々の評価に譲らなければならないでしょう。この評価はその人の関心のあり方次第で変わるのです。しかし、目的とそれを達成するための犠牲の正確な比を究明しなければなりません。こういう値を求めることはわれらが友人によればたやすくできてしまうのです。つまり、「大いに価値あるものは、大いなる労を要する」というものですが、それは価値を評価するのに、その目的がかき立てる愛着というどうにももろい論拠に依っているのです。これでその比が究明されるのだといっても、運命に対する個々の人々の無力を見ると、それは私たちの心に悲しみを付け加えること以外のことにはならないでしょう。それを予め言っておきます。とはいえ、真実には立ち向かわなければならないのです。後になって、理性の判断するところに従って、私たちがしたことをやり直したり繕うことはできないことなのですが。これが私たちが置かれているどうにもつらく苦しい状況なのです。

リベーラ――あなたの言いたいことがわかってきたような気がします。

モラーレス――あなたの疑念を取り払いましょう。私の論の帰結から始めることにします。王政も共和国も、私たちの政治世界のこれらの両極の間であなたが思い描けるどのような中間的地帯も領域も、今、労を要しているような価値はないのです。これは共和国派あるいは王政派にとってということではなく、スペインにとってということです。つまり、（私たち共和国派の見地からして）こういうことになるのです。共和国は現在の災厄に報いるのに十分な利益をもたらすことはできないというということです。王政でもこの後一〇〇年のうちにこんな不幸な事態、それに耐えるよりは、今回のような鞭のこらしめであろうと受入れようとするほど不幸な事態はもたらさないでしょう。反乱派陣営のどのような思慮ある人物も、私が共和国と言ったところを王政に置きかえ、王政と言ったところを共和国に置きかえれば、私と同じような言い方をしうるのではないでしょうか。結論を言いましょう。大いなる労を要するものに大いなる価値はないのです。私たちは正当な価額以上のものを支払ってしまっているのであり、それはそれ相応なものにはなっていないのです。それは国にのしかかるまったくの負担となっているのです。

リベーラ――あなたは、本当は共和主義者ではないのですね。

モラーレス――そうかもしれません。でも、私の身の処し方には非の打ちどころがなかったことも認めていただきたいものです。あなた［マロン］は王政の時に政府の省の長を務め、また保守党の国会議員でもありました（それも、ずっと前のことではないのですよ！）。この間、私はフリーの文筆屋としてやってきて、共和主義の思想の普及に努めていたのです。私は見境もなく王政支持に歩み寄って行ったこともなく、王朝を民主主義化することができるといったあの安易な見方に賛成したこともけっしてありません。自分は一線級の知識人なんだと言ってほかの方々がしたような、政治的品位の至極当然な規範も蹂躙するような放縦な態度をとったこともありません。私はスペインの文明化の術《すべ》として共和国を待ち望んでいたのであり、それはどこからか湧いてきた信念によってというようなものではありませんでした。とはいえ、共和国の準備時の一九三〇年か一九三一年に、もしその到来が私の判断如何にかかっているものであり、その到来がスペインを恐ろしい戦争に陥れることになるかもしれないということであったなら、私は共和国をもう一生涯見なくてもよいと諦めたことでしょう。

マロン――そうやってあなたは殺し屋どもに道をならしてやっているのです。乱暴な連中にとっては、おかまいなく害を与えてやるからなという脅し、あるいはそうするかもしれないぞと言うだけで十分なのです。こうして彼らは、私たちがもっと正当なことをやろうとするのを諦めさせようとするのです。どのような破壊的分子にとってもこれが非常にうまいやり方なのです。あなたは、実際には、悪に対しては抵抗しないというおかしなことを言っているだけです。

モラーレス――悪に対して抵抗しないということは、悪をやりたい放題にさせてしまうという責任問題の顕著な事例です。現在、私たちは反乱、軍人独裁に反対して、悪に抵抗しているのです。これは私たちの義務です。

マロン――この義務を遂行する力をあなたはどこから引き出そうというのですか？　というよりむし

ろ、どんな理由によってそのような義務としてそれを受け入れるのですか？　あなたは抵抗に協力し、それに加わり、それを認めている。そうして戦争を引き延ばし、損害をまた大きくし、それによって、あなたによれば王政の価値にも共和国の価値にも相応しないほどまで価額をつり上げることに貢献しているのです。

モラーレス――あなた方が私を責め立てるなら、私は黙っていることにしましょう……。でも、聞いてあきれるなどとはどうか言わないで、こういった告白も聞いてください。私たちはここで遠慮なく話しているのですから。ほんとうに忌憚のないご意見を聞いて、私も自分の意見をここでさらけ出してみようと思います。意見にもなっていないような意見だと言って非難なさる方はいらっしゃらないでしょうから。私の意見というのは、打ち勝ちがたい煩悶にかられたことによるものなのです。ともかく、どうか私に腹を立てるようなことはなさらないでください。バレンシアでのある夜のことですが、反乱派の軍機がプラド美術館を焼いてしまったことを新聞で知ったのです(101)。わが生涯でこんなに強い衝撃を受け、これほどの苦痛を味わったことは身に覚えがありません。これは何ということだ？　もう救われない、破滅だとの感を覚えたのです。こういうニュースは聞かなかったことにしよう、それについて話すことも考えることもやめようと思いました。恐怖の奥底で、なんとか抗議の声を発しようとの衝動が生じたのです。その嘆きの声というのは、今ならこんな風な言葉で表せるでしょう。「これはやり過ぎだ。こんな報いはもうご免だ」。幸いなことに、このニュ

(101)　一九三六年一一月、反乱派軍を支援するドイツとイタリアの軍機がマドリード市に大規模な空爆をおこなった。プラド美術館、国立図書館などの文化施設や学校、病院なども爆撃された。

ースはおおよそのところ虚報でした。軍機はむごたらしくもプラド美術館を爆撃したのですが、絵画は無事だったのです。自身が動転してしまったので、私は恐怖の残虐行為がこんな効き目をもたらすことを一時でも思い知らされたのです。これはドイツの警告だったということです。この日、私の戦争への意欲は失われてしまい、それ以後それから立ち直ることはありませんでした。私が戦争指導の任にあったなら、何らかのことを提案したことでしょう……。何と言ったらいいのか……美術品や歴史的遺産を攻撃してはならない、というようなことです。「お望みというなら、殺し合いをしてもよいのです。しかし、私たちの文明的作品は一緒に守りましょう」と。わが身のとてつもない興奮に身もだえして、私は前に言った答えに達したのです。つまり、共和国も王政も、スペインにとっては今、労を要しているような価値はない、と。あなた方はそんなことを言うのは承服できないと言われますか？　でも、せめて、ほんとうに途方もない破滅となるかもしれないということ、それで私の主張するところを言うことになったのですが、それは認めてくださると思うのです。つまり、これは、まずどう見ても、そういう一線を越えてしまうかどうかの問題なのです。私の判断では、私たちはそれをもう越えてしまったのです。あなた方はそうは思っていないようです。でも、こういう一線が存在することはあなた方も否定できないでしょう。あなた方の見方では、私たちはいつこの一線に達し、それを越えてしまうことになるのでしょうか？

バルカーラ――そんなことはけっしてありません！　スペインの大義のためには、人民の大義のためには、あらゆる犠牲を伴ってもよいのです。

リュック――主義は生き延びよ、しかし国は亡びよ。そういうことですね？

モラーレス――もっと悲惨なことは、両方のいずれもが成らずに中間のところで結着を迎えるかもしれないことでしょう。つまり、主義は生き延びることができず、国は亡ばない、しかし国は生きながら死んでいる。これはもっと困ったことです。

バルカーラ――ベラスケス(102)の絵を焼けば共和国の勝利が確実のものとなるというなら、私自身がこれらの絵に火を放つでしょう。

モラーレス――それなら、どうしてあなたは、プラド美術館に火を放ったということで反乱派を野蛮だとした論説を当時、書いたのですか？　あなたがしてもよいとしたのと同じことを連中は自分たちの勝利を得んとしてやったのですよ。

バルカーラ――われわれの大義は正当なもので、彼らのものはそうではないのです。われわれと彼らを比べられたのでは平静にしてはいられません。

モラーレス――それはおっしゃるとおりです。私は両者を比べているのではありません。もっと正確に言えば、両者を同等に扱っているのではありません。両者の主義主張の価値や意義を比較対照しようとしているのでもありません。私は品行の問題を取り上げているのです。これは、一方の陣営あるいは他方の陣営で戦っている人たちのすべてに等しく当てはめることができるものなのです。私は自分が感じたことの言い訳をしようとしているのではありません。この戦争がもたらすであろう利のいかなるものかをよく見積もる必要性をわかってほしいのです。この見積もりを越えないこ

(102)　一七世紀のスペインの画家。プラド美術館にはいくつかのベラスケスの作品が所蔵・展示されている。

とがどうしても必要なのです。そういう限度を私たち［の側だけ］で決めるようなことはどうにもできないというなら、少なくとも、私たちがもうそれを越えてしまったこと、そして、それはなぜなのかということをわかることがどうしても必要なのです。国の利益そのものがそれを要求しているのです。私たちは国の利益の名で戦争をしているのですから。あなた方は無駄に教養人でいるのではないと思います。あなた方はあまりに怯えてしまって、私が提起している問題に目をつぶり、それについて考えることも拒否しているのです。まるで、私がプラド美術館が焼かれたというニュースを知らされた時のようにです。もうどうしようもないというところまで来ているのです。あなた方は、勝利を得るためには二千万のスペイン人が死んでもよいというのでしょうか？　おそらくそうではないでしょう。あなたはベラスケスの絵に火を放つことだってすると言いましたが、血に飢えた神が共和国の勝利はこれにかかっているという啓示を与えるなら、二千万の同胞を殺戮してもよい、あるいはそういう命令を出してもよいというのですか？　やはりそうではないでしょう。反乱派の連中がこんなことを考えようとするのかどうかはわかりません。現在の彼らの様子や姿勢からすると、彼らは多くの人々をひとまとめにした前例のない責め苦も辞さない方向に限りなく向かっていますが、彼らのお偉い指導者の一人は三十万人を殺せばスペインはうまくいくようになると言いました……。ただの三十万人ということでしょうか。ほかの指導者は一五歳以下の未成年者の銃殺を禁じました。おわかりですか、彼らも一線を認めているのです。この一線を越えたとしても、彼らはそれを明らかにしないでしょうが。あなた方は、勝利のために必要だというなら、スペインのすべての工場や作業場が消えてなくなり、すべての森林が燃えてしまい、土地は荒れてしまい、すべての金属製の工具は失われてしまって、こうして磨製石器の時代に戻ってしまうことも認めようというのですか？　そうなると、ことによっては、その破壊の数々というのはもっと重大なものになるでしょう。それに、もちろんそれは、私が前に挙げた二つのお手本〔上に引かれた、殺戮に関する二人の反乱派指導者の言明のことか〕よりいまやもっと実際にも起きそうなこと、誰かがやってしまいそうなことなのです。共和国を確固なものとするためなら、私たちは、スペインはいまやプラド美術館だけでなくあらゆる美術館を失ってもよしとしよう、反乱派も王政を樹立するためならそうなってもよしとするだろう、それでよいのですか？　スペインのいくつかの大聖堂が崩れ、気品あるスペインの町々が瓦礫になってしまってもよいというのですか？　トレード、ブルゴス、グラナダ、サラマンカ、サンティアーゴ・デ・コンポステーラ……、そのほかの多くの町々もです。スペインには彫像も、宮殿も、アーチも、書物もなくなってしまってよいというのですか？　三色旗〔共和国旗〕あるいはほかの旗〔反乱派の二色旗〕が灰の山の頂きにはためくようにするためには、それでもよいのだというのですか……？　以上のようなところにこそ、私たちの正真正銘の世界が存するのですよ。それらは、その成果の一つ一つにおいてはたいへん脆いものですが、それらが存続することにおいて私たちの精神は支えられており、それらがあって私たちの精神は立ち直れるのです……。それはどうしてか、それを説明しないといけないでしょうか？

バルカーラ　——これはとてつもない仮説ですよ。あなたは何に基づいてこんなことを言うのですか？　現実がこんな仮説を否定していますよ。

モラーレス　——そんなことはありません。メリダ、トレード、マドリード……を見られたらよいのです[103]。この道程はもう始まっているのです。立論をするために、仮説はあってもよいのです。ある仮説の有効性はそれでうまく説明ができるかどうかにあります。いろいろな事態を見ていると、私はこう言いたいのです。つまり、事態はあたかも、敵となっている自らの兄弟が勝利するくらいなら自らの国を破壊してもよいとスペイン人が思っているように動いている。私がとくに問題にしていることについて言うなら、あたかも、どのような政治的抗争をも超えたものであるはずの自分たちの精神的財産を荒廃させてもかまわないとスペイン人が思っているように動いている。どういうことのためなら、そうなってもかまわないと思っているかというと……。

パスツラーナ ――ちょっと待ってください！　荒廃させてもかまわないと誰が言ったというのですか？　あなたは言葉の手品をやっています。破壊や荒廃に皆が悲しんでいるのです。個人的にはそういうことを感じようのない人も、文化が有する威信という点からは悲しい思いをしているのです。あなたはマドリードで、反乱派の坊ちゃんどもによって爆撃されたリリア宮[104]のコレクションを見なかったのですか？　これらのコレクションは共産党の労働者たちによって保護され管理されていたのです。彼らのすべてあるいは大部分は自分たちが守っているものの価値がわかるということはなかったのですが。こういう惨害はまったく心痛むことです。しかし、どうしたらいいというのでしょうか！

モラーレス ――あなたはスペインが失われた文明となってもしようがない、何らかの外国の学術機関の学者たちが砂塵と灰の山の中からその文明の痕跡を見つけようとやって来るようになってもしようがないというのですか？

パスツラーナ ―― しようがないなどとは思っていません。しようがないなどとは思っていないので、私は自分ができることなら何でもして、戦争勝利のために貢献しようとしているのです。これが惨害を抑えられる唯一の方法なのです。スペインの文明が失われることはないでしょう。その成果が危機にあったり損なわれたというなら、それは私たちの責任ではありません。

モラーレス ―― 私は責任を詮索しているのではありません。それはもう明らかです。今はこういう分かりきったことは持ち出さないでください。それは今は関係のないことです。

パスツラーナ ―― そんなことはけっしてありません！　それが重要なことなのです。あなたが提起したような問題はわかるのですが、大惨事が戻りようもなく進んでしまっている中にあっても、われわれはその責任が誰にあるかをなおもはっきりとさせなければならないでしょう。こうすることによって、あなたやまたほかの誰かがわれわれ、つまりスペインの一部を成しているわれわれになすりつけようとしている汚名を削ぐことができますし、またスペイン人としての感情の燃え上がりそのものも浮かばれるのです。これがたいへん重要なことなのです。われわれの文明の記念碑を失うというのは胸が引き裂かれるような思いでしょうが、それはそれらのものが歴史的なものであるからというのではなく、現在にあってわれわれの精神に生きているからなのです。経験からするとあなたが抱いた熱にうかされたような仮説はまちがいなく当てはまるのですが、苦難の真っただ中に

(103)　一九三六年八月～一一月にこれらの都市では反乱派軍の攻撃により激しい戦闘が展開され、とくにトレードとマドリードでは多大な破壊や被害をもたらした。

(104)　スペインの名門貴族アルバ公爵の邸宅。

いるわれわれとしては、元来われわれが有している気力を保持しつづけることがもっと大事である、そして、以前のものを取り戻そうというより、新たな創造物でもってそれにとって代えるほうがもっと大事だと考えようではありませんか。私もあなたのように、われわれの過去の傑作の中でくつろぐことが好きです。これらの傑作が破壊されてしまって、私もそれらに見とれることやそれらに自らの存在の意味を見出すことができなくなるのなら、見とれるよりもむしろ創造的精神を新たに見出すなり探り出すことによって、われわれはそれらの傑作を生んだ才知と自らとをなおも結びつけることができようというものです。

モラーレス――あなたが論理立ててしゃべるより熱弁をふるうなら、私は参ってしまいます。

パスツラーナ――芸術家肌の人の感傷的感覚ですね。私もそういう感覚を理解できるところがあるので、それはわかります。でも、それが最も重要なことだというのではありません。世間にはほかのこともっとあるのです。

モラーレス――専門職の芸術家に限らなくても、芸術家の資質を有していれば、真に優れた価値体系を見分けることができます。こういう価値体系によってある国民の生き方や志というものが評されることになるのです。この価値体系というのは、思考のなせる業であって、政界や新聞がわめき立てることによるものではないのです。価値体系の競合と検証の中にあらねばならない国というものもまた、それを構成する諸個人とは異なるものであると考えねばなりません。それは数百万数千万の国民の算術的総和ではないのです。国民的精神というのは町や地域の精神や気質がn乗化されたというものではないのです。国民という繋がりや結びつきには独自のルーツがあることを認めなければなりません。人は、ほかの集団、これは家族、労働組合、政党、信徒集団〔など〕ですが、そういうところにいると思うとしないだろうことを、あるいはしないではいられないだろうことを、国民という集団にいると思うとすることにしたり、あるいはしないようにするのです。このようなものとみなされた国の存在を、ある特定の時期にその一員となる諸個人の存在と比べると、その存在の長さの違いは明らかです。国というものは期限もなくよどみなく続いていきます。諸個人は亡びますが、国は変わらないのです。ある人たちがほかの人たちに何のこともなくとって代わられていくということは、一人ひとりとしての個々の人々の存在は総体の出来や価値にとってはどんなに意味のないことかということを示しています。さて、人間一般に共通するものから個々の人間の存在のあり方に移っていくとなると、ある人間をほかの人間と分ける、あるいはある人間をほかの人間に近づけるのは、まずは国民的精神です。以上のようにみなされた存在、つまり、明らかに別の生態を有し、また、こういった言い方が許されるなら、その国民の生活・生存を超えたところに存する国については、次のように言ってよいでしょう。国はそれ自身の目的と権限を有している、国は様々な難局や紛争に直面する、あるいは、国はその成員のものとは反するとは言わないまでもそれと異なる倫理また方策や手段を要する。そのような目的、このような倫理をもってすると、あらためて言えることは次のようなことです。スペインに起こっているすべてのことはある人々にとっては好都合で満足のいくことである（そして、その分だけほかの人々にとっては破滅的で悲惨なことである）、しかし、国という存在にとっては有害で致命的なことである。もう少し辛抱していただけるなら、このことについてもっと説明しようと思います。私は、私たちの国という視点から考えてみようと思います。今回の争いを考えるのにふさわしいほかの視点がないからです。少なくとも理論の上では国という規準は乗り越えられうるもので、実際にそれを乗り越えることが目指されました。しかしまだ十分な成果を得ていません。いずれにしても、国という規準を乗り越えることは私たちの争いに当てはまることではありません。国というものがあらゆる事象や行動に対するのに有効な規準とはならないことを私がわかっていないわけでもありません。いくつかの事象や行動について言うなら、国というものはそれらを台無しにし、無視し、踏みにじってしまうからです。国という存在はまた利己主義という病を患ってもいます。そのほかの事象や行動についても、国という存在は共有できるほどの度量を欠くがゆえに、有効に機能せず、そこで受け入れられようがないのです。つまり、国というのは、獰猛なる国家の滋養高き果肉というものでもないのです。私が今も自由主義者であること、皆さんはそれはおわかりになったでしょう。国民的精神をほとんど動物学的徳性のようなものに貶め、大地と死者の声でそれを規定してかかろうとする人たち(105)の中に私がいるなどということもまったくありません。こういうたわ言を適当に脚色して受け入れてきたスペイン人がいましたし、今もいるのです。大地からは、それが麗しいものであったり、あるいは私が与えようとするものを大地が受け入れてもよいという時には、美的な感興を引き出せます。美的な感興と倫理的なことを混同しないように私は非常に気をつけています。死者は語りません。死者が誰かに何かを言ったことはありません。死者はどこにいるのでしょうか？　死者は塵になってしまったのです。私たちが死者から学んだすべてのことは、彼らの生存中に、死という容赦ない権力者が彼らのところにやって来る以前に、つまり、彼らが私たちと同じようにか、あるいはもっと質《たち》が悪かった時に、彼らが私たちに教え示したことなのです。死者たちの人間性を思い描くとなると、破廉恥さ、愚かさ、悲惨さ、邪悪、その他のものの程度は、今日生きている人々の間でよりかつて生きていた人々の間でのほうが低かったとは言えそうにもないからです。今日生きている人々のもっと難しい役割は、新たなものをつくり上げるということより、むしろ過去の人々が犯したそういう過ちや残虐行為をどのように償うかということにあるのです。同様に私たちとしても、[私たちの]過ちをどうあらためるかという名演目を私たちを継ぐ人々に託すことにしましょう。こういう多くの留保、さらに今は言わないことにしますが、その他の留保をも付しながら、私の見るところを再び述べておきたいと思います。どちらかが勝とうとどちらかが負けようと、そうして共和国になろうと王政になろうと、国はもう失われかけている。それぞれが望むところの政治形態をつくろうとして、法外で取り返しがつかない代償を払っている。恨みも悔しさも込めずに私はこのように言いたいのです。私の言い方が冷静さにやや欠けるとすれば、それは苦渋のせいなのです。あなた方もやはりこの苦渋を味わっていると信じて疑いません。

ガルセス――あなたが考えているところの国というのは、私たちが通常、国というものの中に見ている生き生きとした人間の存在とは切り離されたものとなっており、持続して存在するほかのものから離れた独自の存在として国を見ようとしているために、国をずっと続くものと見ていませんし、

(105) 以下、「大地と死者の声」についての論及は、フランスの作家・思想家モーリス・バレスの論や主張、またスペインの詩人ミゲル・エルナンデスの当時の作品（さらに、以上のそれぞれの論や主張、思潮に同調する人たち）を念頭に置いての揶揄・論評と見てよい。このことについては、「解説にかえて」の「三」参照。

国に精神的な意味を与えていません。国を空虚な形式のようなものにしてしまっています。このようなものからは何も引き出すことはできないでしょう。あなたがまず引き出したものをそれに戻すことなしにはです。学問をする際の格言を忘れないようにしてください。つまり、必要なき存在は増やすべからず、です。あなたは、不必要であるだけでなく、使いものにならないものをつくり上げてしまっています。スペインとは何でしょうか？　それは四〇万平方キロメートルの領域を有しているものであり、そうして、二千万有余の人々がこの領域に住んでいるのです。いいですか、生きていくうえで起こるもうあらゆるつらい思いや恐ろしい思いをしながら、あるいは楽しいことや素晴らしいことに接する機会も得ながらここに暮らしているのです。スペインの名はスペインというこの標章に含まれる幾分かの人間の存在が要約された表現なのです。スペイン人の総和から離れたスペインという存在はないのです。国の不幸あるいは国の慶福などと言うときには、それに耐えているあるいはそれを享受している無数の存在のことを言っているのです。私たちはよくこんな風に言ったものです。ロシアにおける飢餓であって、ロシアの飢餓ではないと。これぞまさしく上流夫人だという方やまたもちろんのこと国そのものが飢餓で死んだのではなくて、飢餓で死んだのはツァーリのニコライ[106]あるいはツァーリのスターリンの臣下の数百万の人々だからです。フランスはマルヌの戦い[107]で勝ちました。フランスとは誰でしょうか？　数十万のフランス人がフランスのため、つまり数千万の同胞のためにこの戦いに勝ったのです。国というのは生きている事象であって、住民大衆がいるということと不離のものです。大衆という名をあなたが卑しいものだと考えないようにしていただきたいと思います。国民であるということは、結局のところ、一つの存在様式なのです。それは、時が来て、相変わらぬものとしてまた現れるそのいくつかの様相がその特有の持続性を示すとき、自らを認識し、自らを名乗り、ほかの存在様式と対立するものとなるのです。すべては大衆の行動の仕方に発するものであり、大衆はその姿を現したとなると、国民という範疇で考えてよいものなのです。大衆そのものが国民となるのです。大衆は自らの進むべき道を切り開き、それに耐えてゆくのです。あなたが決定的な規範を探そうとして拠っているお見事な国民的精神というものは、甘美な香料が燃えたことによる炎ではないのです。むかつくような物質もまた燃えるのです。同様に、各々の個人の存在に国民となる独自のルーツがあるというあなたの考え方も私は受け入れられません（ここでは、私たちは意見を述べるだけということにしているのでしょうが、世の中にはいろいろな意見があり、また世の中というものはいろいろな意見をもとにしてやってゆくものなので）。一介の個人から国民となるという直接的移行はありません。一介の個人というものは、世捨て人であったり、野蛮人であったり、ゴリラの血を分けたいとこであったりします。国民という共同体は、あなたが言うところのこの共同体の形成を妨げるほかの集団やいろいろな状況を措いてではなく、まさにそれらを通じて形作られるのです。つまり、家族、宗教、職業、政党、労働組合……、労働組合ももちろんそうでしょう？　これらを通じてです。あなたはのっけから、国というものを、そこからあらゆる内容を含むもの、これはまだ証明もされていない（国の利益という）xの価を表すものなのでしょうが、そういうものを一時的にでも抽出できる形式のようなもの

(106) 一九世紀のロシア皇帝ニコライ一世、あるいは一九世紀末〜二〇世紀初期の最後のロシア皇帝ニコライ二世のこと。

(107) 第一次世界大戦の緒戦の転機となったパリ東方マルヌ河畔での戦闘。

とみなしていますが、国の概念というものは、その権威が個々人の利害の衝突を払いのけたりそれらを解決してくれる公平無私の理性を思い起こさせて、まるで空のカプセルのように各々のスペイン人の首からぶら下がっているものではありません。私は、私たちの国の紛争を解決するのに国の利益というものは無力だと、これは明らかですが、こういうことを言おうとしているのではなく、どうして無力なのかをわかろうとしてこう言っているのです。紛争そのものが国というものの価値や意義を感じ取り、理解しようとの機能が萎えてしまったことによって生まれるのです。もしくは、国というものの価値や意義の評価がどうしようもなく分かれてしまったことによって生まれるのです。国というものはその構成員と不可分だからです。こういうことに論の拠りどころを求めてしまうのは、先決問題要求の虚偽(108)というものですが。こうなると、スペインという国が、少なくとも一時的には存在しなくなってしまったという極論が可能となります。私も、それが表す様相に応じて、国民的精神と呼ばれたり、あるいは国の利益と呼ばれたりするものの価値や意義なるものを認めます。これを認めない人はいないでしょう！　このような価値や意義は主に二つの方法で機能します。それはまず、様々な習慣、選好、感情の発露の仕方、自己保身の仕方において表れます。これらは、非常に特徴的な深く根付いた自然な振る舞いによって気づかれることなくなされたり、または、真似をしようとか、あるいは知ったかぶりをもってする使い尽くされた様々な体裁のよい形態とかで故意になされたりするのです。あなたにとってはもう一つの方法のほうがもっと重要だということなので、それについて私の見解を述べます。この方法は、積み重ねられた多くの経験から演繹して、わずかで簡単な規範を持つ一種の簡略な規則集をつくり上げたことから成っています。これらの規範については国のすべてが一致でき、またそれらを国のすべてが奉ずるだろうとみなされているものです。国に対する背信者とならずには誰もこれらの規範を犯そうとはしないものです。こういう規則集が存在するのは非常に好都合なことでしょう。しかし、その存在、その効力は、全員一致のとはいかなくても、一般の同意を得ているかどうかにかかっています。少なくとも非常に広い範囲で強力な同意を得ており、どのような不同意も取るに足らぬ変人の行為の域を出ていない、ということです。同意が得られていないとなると、こういう規則集を維持していくにあたってそれを是認していると仮定された人々自身がこの規則集を台無しにしてしまうことになるので、あなたも私も何とかしてそれをあらためて立ち上げようとするのに時間を浪費することになるのです。国民的精神の規範としての徳性は、それが勧めたりあるいは倫理として強いるところにすべての人々が同意しなくなるやいなや失われます（国家はこの倫理的義務に従うことを強制しますが）。国民の間に存するそれぞれに異なる志向のもっと上部にある唯一の価値から引き出されたこの規範の本質的なことは、統合を、統一を生み出すことにあるからです。何らかの案件を前にして国民が統一した行動をとることもこれと別のことではありません。国の利益というものが、愚かな感傷的言動の爆発によって、あるいはずる賢いことにも、かならずしも不当ではないとしてもある特定の利益を覆い隠してしまう言辞によって、出まかせに引き合いに出されることを私たちはよく知っています。どのような業界も国の利益の名で国家による特権付与を要求するものです。果実輸出業者も機械輸入

(108) 論理学の用語。証明されるべきことと同じ意味の命題を、証明なしに前提としている虚偽。

業者も、その商品が十分な儲けを生まないときに、国の利益の名でスペインの外交政策の変更をとせがむのです。しかし、賢明な人は誰もこんなことにはだまされないでしょう。場合によっては、このような混同はもっと安易におこなわれており、それで、もっと気をつけなければいけないことになるのです。政党は国の利益に訴えて、それを綱領に言い表そうとします。同様なことはいくつかの宗教団体もしているのですが、それは教理上のことではなく、信徒を獲得するためなのです。どうにも理由がつかないのにこういうことをやろうとする人たちもいるでしょう。誰もがそうなってしまうことだってありうるのです。理由がつかない、と言ったのは、真の国の利益というものはこんな風に争ったり競ったりすることとは関わりを持たないもので、また、その結果がどうなろうとその影響も受けないはずのものですから。この手のことが問題となると、どうなっているかよくわからないこと、面倒なことばかりなのですが、何らかの時には、何らかの事案を前にしては、あらゆるいさかいはやめるべきで、旗を降ろすべきだと皆が認めるものなのです。あたかも、論争の喧騒の中で突如として自明の真理が現れて、それを前にしては皆が降参してしまわなければならないかのごとくにです。こんな力を有する真理というのはほとんどないでしょう。たとえば、平和の問題を取り上げてみましょうか。平和は国の利益と合致するものでしょうか？　平和の名で国民が再びその統合を強め、統一した行動をとるようになることはあるのでしょうか？　一般論としては、平和が国の利益に反するとは誰も言わないでしょう。しかし、攻撃する者があるいは攻撃された者が戦争を遂行するために国の利益を持ち出したことがなく、また国の多数の人々がそれを受け入れなかったとか、それを信じなかったとかいう戦争はただの一つもなかったのです。国内の平和だとか、物質的なあるいは精神的な財産を守るのだというような場合はどうでしょうか？　こういう場合には、国の利益ということは、これはもうもっとはっきりしているでしょう。ところが、国の内部が引き裂かれてしまい、三つあるいは四つの政府[109]がうそではまったくなく実際にスペインに存在していて、それぞれがその信奉者たちの喝采を浴びながら国の利益に訴えているという事態がここにあるのです。このことが示すことは、これが私の意見にとって重要なことなのですが、外見上は共同の利益の輝ける公準であるように見える国内の平和を維持するなどということでさえも、国民を律することも、この目的の周りに国民を結集できるということもけっしてないということなのです。それでは、あらゆる人々の同意を得るに十分な国の利益の命ずるところとは何なのでしょうか？　独立でしょうか？　独立がそうでないとなると、ほかには何もありません。国が自らを主張するのに特有な様態というのは外国に立ち向かうということです。外国人を前にしては、国に対してほとんどそっぽを向いてしまったようなその成員でさえも再び組み入れられて、元のところに戻って来るはずであるように思えるのです。さて、ところがです。現在、それぞれの国の勝手な目的を果たすためにやって来たよそ者の軍隊がこのスペインの中を行きかっているのですが、彼らはわが国民的精神の一致した拒絶に遭わなかっただけでなく、彼らを招き入れ、彼らに仕える有力な一派を見出してもいるのです。こういうことは初めてのことではなく、二度目でも三度目でもないのです……[110]。

(109)　共和国政府、カタルーニャ政府、バスク政府、それに反乱派政権のこと。

(110)　一七〇一～一四年のスペイン継承戦争におけるヨーロッパ諸国軍のスペインでの展開、一八〇八～一四年のナポレオン軍の侵入、一八二〇年の立憲革命を潰した一八二三年のフランス軍の侵入などのことを言おうとしているのだろう。

過去を振り返って見てください。スペイン人は外国人を前にしても自らの中での反目を捨て去ることがないのです。それどころか、外国人を呼び入れ、呼ばれなくても彼らがやって来た時には彼らの存在から利を得ようとし、敵であるほかのスペイン人を根絶やしにしてしまうために彼らを利用しようとするのです。こういうことになると、わが友の意見とは反対に、国民的精神の規範としての徳性はスペインではユートピア的なものであると言ってよいと思うのです。私たちは、それに則すれば国内の反目によって損なわれた国民的統合を取り戻せるようなはっきりとした、自明の原理を一つとして見出すことも知らなかったし、受け入れようともしないのです。

リベーラ——この国は内部で、相容れない二つの派に分かれてしまっているのですね。

ガルセス——まさにそのとおりです。私はそれを言おうとしているのです。というより、それを忘れないようにと思っているのです。入り組んだ線からなる国内の境界が、政治上の領域の境界が国の全体をほかの国の人々から分けているよりもっと徹底してスペインのある人々をほかのスペイン人たちから分けてしまっているのです。こういった分離によって国民的精神を表象する熱情も二つに裂けてしまっているなら、私は、少なくとも現時点では、国は存在していないという結論に至ると思うのです。

リベーラ——憎悪によって線が引かれた境界ですね。

モラーレス——それは間違いのないことです。でも、どうしてそこまで憎み合うのでしょうか？　スペイン人はどんなことを互いにしでかして、そんなに憎み合ってしまっているのでしょうか？

リベーラ——容赦のない刺し殺し合いをしているのです。

モラーレス――戦争が続いているからですか。でも、どうして互いに刺し殺すようなことをするのでしょうか？　どうして殺戮するまでして憎み合ってしまったのでしょうか？

マロン――憎悪というのは恐怖から生まれる、出来損ないの産物なのです。一方の側のスペイン［人］が他方の側のスペイン［人］をパニック状態になるほどにも恐れてしまったのです。絶え間ない脅迫と残忍な仕返しが恐怖を憎悪に変えてしまい、復讐心をけしかけたのです。憎悪というのは正当化できるようなものではありません。恐怖は最悪の助言者です。脅威を誇張してしまったからです。ある旅行者が、スペイン人が怒ると虎のようなエネルギーを発揮すると言っています。自分が猛獣のようになってしまっていると思う怒りほど強い怒りはありません。実は脅威は差し迫ったものではなかったのです。貧者また富者の暴力的攻勢が生ずるためには、金持ち階級あるいはその庇護者たちが反乱を起こすという無謀をやらかすことが必要だったのです。彼ら自身の見方からしても、これは無茶苦茶に無謀なことだったのです。この事件は、新聞のよくある見出しのように、「犯罪的事件、失敗」と報道されてもよいようなものだったのです。これらの反乱者たちは、あなた方によってあっちだこっちだと引っ張り回されている国の利益のような状況に置かれているのです。つまり彼らは、差し迫ってもいなかった脅威を免れようとして、いまや、この脅威が実際のものとなって引き起こしたかもしれないどんなものよりもっと多くの取り返しがつかない損害をこうむっているのです。彼らに賢明さがあったなら、国家が機能するところにおいて、つまり国家をうがつのではなく、国家をちゃんと立たせるようにして、この恐怖から免れようと考えたことでしょう。しかし、脅かされていると思った連中は、共和国が自らの恐怖の源《みなもと》を体現しているとみなして、共和国の国家をことさら憎悪の対象としたのです。ほかの人たちも、共和国を条件付きで支持してはいたのですが、実際にはそれで共和国への軽蔑をずるがしくも隠そうとしたのです。アグラマンテ王のこの陣営では、［思慮深い］ソブリーノ王の役を演じようとした人あるいは人たちがさんざんな目に遭うことになるのです(111)。

モラーレス――あなた［ガルセス］の見解の帰結するところについて思慮するに、次のようになると思います。あらゆる人々に真の共同利益を明らかにし、またこの利益のもとに人々の結びつきを取り戻すことにおいて国民的精神が無力であることからして、国というものは存在しない。こういう見解は受け入れられません。スペインは現在、今までになかったような猛烈な速さの動きの中にあります。とはいえ、その人々の特性、その人々の独特の態度や構え方、その人々の一般的な性格なりが変わってしまったということはありえません。このように見るなら、国民的精神が示されることはもうないのだと言うのはばかげていると思います。現在の争いに関して言うと、国民的精神はどのように表れているのでしょうか？　あなたは、ある特定の時点においていちばん大事で議論の余地のない事案、それに対してはほかの二義的な事案は脇に置かれてしまうような事案についてあらゆる人々の同意を勝ち取れる機能を果たすのがこの国民的精神だとしています。このような強権を発揮できそうな事案の簡単な一覧も作成してくれました。平和、国民的財産の保持、独立……です。これらのいずれもが［国内での］反目の推進力より優位に立てなかったことから、国民的精神はその最も特質的で固有の目的において失敗している、かくして、国というものは存在しない。こういうことですね？　私はそれに同意できないのです。あなたのご考察には足りないところがいっぱいあるのです。それは恣意的にも、学校でやるようないくつかの主題に限られてしまっているのです。ほかにはないというのですか？　別の状況においてならその意義を発揮するはずのさっき挙げた諸事由が、現在の状況においてはより威勢のよいほかの力を前にして軽んじられてしまっていると思うのですが。それは心理的な領域に求められなければならないでしょう。あなた方の話では、スペイン人の敵はほかのスペイン人だということです。そのとおりだと思います。それはどうしてでしょうか？　我慢しなければならない、折り合わなければならない、その考えを尊重しなければならないというもう耐えられない苦痛を受けるのが、通常はほかのスペイン人からだからです。大体において、スペインでは外国のことは気にしないのです。平均的なスペイン人、ましてやもっと下層のスペイン人は、［ほかには］笑うべき国民と恐るべき国民がいるのを自分たちはわかっていると思っています。しかし、こういう人たちとはけっして張り合うことはないと安堵しています。ただ本当は、どうでもよいと思っているだけなのです。いらいらし、怒り、また敵意を感じる標的はほかのスペイン人なのです。ほかのスペイン人というのはおのれをいら立たせてでも従わせようとする奴で、こういう奴に仕返しをしようと思うのです。どんな侮辱をして仕返しをしようとするのでしょうか？　お前とは考え方が反対だという侮辱です。スペイン人は極端な判断や見方をするのです。相容れない前提からものを考えることを仕込まれているのです。ペドロは背が高い、いや低いのだ、その壁は白い、いや黒いのだ、フアンは犯罪者だ、いや聖人だ、のようにです。スペイン人は、矛

（111）　以上は、一六世紀にフェッラーラ（現イタリア）で刊行されたアリオストの叙事詩『狂えるオルランド』中に登場する人物。

盾律[112]の明らかな侵犯を無限のかなたにうまくやり過ごしてしまうとか、それはヨシャファトの谷で解決しよう[113]とか、こちらのほうがより心地よいでしょうね、そういうことをわかろうとしないのです。中名辞[114]、あいまいな表情、ニュアンスの漸次的変化、こういうものは私たちの倫理、私たちの政治、私たちの美学ではないのです。表か裏か、死か生か、出し抜けに跳ね上がるのだ、砂粒から花崗岩になろう、このような具合なのです。それは、孤高の帝国あるいは荒野の帝国を打ち建てるためなのです。断固とした暴力か、おじけづいて諦めるか、どちらかなのです。そうやって、威張り屋さんになってしまったり、同時にまた権力者の地位に失望した隠遁者になってしまうのです。スペイン人というのは暴力的で、有無を言わせない質《たち》を持ち合わせているのです。怠惰で、不精で、軽蔑好きなのですが、それらの下では横暴なかんしゃく持ちがまどろんでいるのです。私たちは不寛容なのです。ほかの国民よりもっと不寛容なのかあるいはそうでないのかはわかりません。私たちの国で異端者や魔女を火刑に処していた時に、ヨーロッパのどこでもそういうことをしていたのですから。異端の意味するところは様々でしたが。いまやどこでもこういうことはやりません。理性主義がはやり、伝統的な定めややり方というものが緩やかになったおかげで、寛容になったのです。しかし、ヨーロッパ戦争〔第一次世界大戦〕とその諸結果が、哀れみ、慈悲というものを追いやってしまいました。自由を蹂躙する信条が幅をきかせているのです。ナチスの信条あるいはファシスト党の信条と対比してみると、トレント宗教会議の諸決議はテレームの僧院[115]で作成されたように見えるのです。学識を誇ったあのドイツ、ゲーテの祖国が今はこうなのです。たしかにドイツは、もっと大衆的で、もっとナショナリストの色合いを持ち、もっと熱狂的だったルターの祖国でもあります。ルターはインク壺を投げつけて、悪魔の出現を払いのけたのです。そして秀麗で名高きかのイタリア、イタリアはどうなってしまったというのでしょうか？　どこでも抑圧、不寛容が復活しているのです。私たちにもこの大波は突然の驚きではありませんでした。それは私たちの根っこにもあったものなのです。私たちの中のある人々は、今、教師たちを銃殺し、別の人々は神父たちを銃殺しているのです。教会を焼き払う人たちもいれば、人民の家を焼いてしまう人たちもいるのです。異端審問官の末裔たちが今は礼拝堂を焼いているのです。炎の浄化効力はあいかわらずスペインの神話なのです。スペイン人にはさらに何かを信じることが必要でした。カトリックでも、イスラームでも、あるいは革命思想でも、何らかの信念にとりつかれないと、スペイン人はそのエネルギーのありようを示すことができず、俗に言う「どういう奴だか言えない奴」になってしまうのです。かくして、私たちの支配欲は、隣人にその信念を押しつけようとするか、あるいは隣人を抹殺したり、国という集団から隣人を排除しようとするのです。あなた「ガルセス」は統一について語ってくれました。この統一というのは危険な傾向であり、不寛容と同類なのです。この統一は物理

(112) 論理学の原理の一つ。二つの命題「Aである」と「Aではない」は同時に真ではないことを示す。
(113) ユダヤ教またキリスト教の聖書の預言によると、最後の審判はヨシャファトの谷でなされる。
(114) 論理学の三段論法の推論の形式、「すべてのMはPである」（大前提）、「SはMである」（小前提）、ゆえに「SはPである」（結論）において、Mが中名辞と呼ばれる。
(115) 一六世紀のラブレーの書『第一の書ガルガンチュア』に描かれた理想郷。
(116) 社会主義組織や労働組合が運営する地域の文化厚生施設。

的な境界によって画されているのではなく、信念が描く輪郭によって画されているのです。厳密に言えば、私たちの国の基礎というものは領域によっているのではなく、倫理によっているのです。私たちはどのような家もずっと暖めようとせず、長持ちというのを好みません。私たちは遊牧の魂のようなものを持っていて、荒廃した孤独な地にいるのを好むのです。この魂は自らの内に帝国のような世界を擁していて、まるで砂漠の中にいるかのように、そこに君臨しているのです。スペインにおける不寛容は、外からの風潮によって増幅されて、今日まるでシロッコ(117)のように、地を圧するかのごとく吹き荒れているのです。その政治的標章が統一せよということなのです。つまり、意見を、信条を統一しようということですが、反対者の撲滅によってそうしようとするのです。あなた方の間で、この戦争のパトロンである富者の利益如何の話が出ました。そういうことは否定しません。しかし、大所有者たちを支援しようという情動が高まったのではなく、高まったのは誰かが宣したような寛容などは許すなという情動だったのです。多くのスペイン人にとっては、自らが望むところを表明したり、信ずるだけでは十分ではないのです。彼らは、自分とは異なるように考える人にも同様の自由が与えられたとなると、侮辱されたと思い、憤慨し、反乱を起こすのです。彼らにとっては、国というものは自らと同じ正統なるものを信奉している者たちから成るものなのです。このように解された国というのは、そら恐ろしい［人々の］切断という手段のおかげで浄化されるのです。領域というものは彼らにとってはそれほど意義があるものではないのです。これが流浪の一族、神話的で選ばれたる民の精神なのです。十字架、鉤が付いていようが［ナチスの旗のこと］なかろうがです、真っ赤な空に輝く半月［新月。トルコ共和国の国旗などイスラームの象徴］あるいはほかの標章（鎌と槌もです〔ソ連の国旗のこと〕）、これらすべてを言いなりにさせることができると思うのです。荒野を巡礼し、そして高慢にも言うのです。地平線をぐるっと回ってもどこでも敵なしだ、と。今回のこの大それた事業において、この国民的精神は以上のように語るのです。そうやって、何よりも大事だとみなされているほかの価値や意義を死に至らしめるか危機に陥れてしまうのです。

リベーラ――そうすると、われわれはどうなるのでしょう？　われわれもスペイン人です。国民的精神はわれわれにほかのことを命じているのです。

モラーレス――笑わせないでください！　私たちは非国民なのです。ご存じなかったのですか？　反乱派は私たちのことをこのように呼んでいるのです。このことは私の主張をあらためて裏づけるものなのです。それに、国民的精神が私たちに命ずること、あるいは命ずるかもしれないことはまだわかりません。私たちは、スペインにおける自立した思想と精神の自由のあらゆるものを多かれ少なかれ受け継いできているのです。スペインの思想のすべてが力ずくで誘導されてきたわけではありませんが、反対派は雑草のように引っこ抜かれるようにされてきたのです。私たちの知的また精神的な歴史の長きにわたって、正統派の枠外から聞こえてくる嘆きのつぶやきの声を聞いたことがないという人はいなかったのではないでしょうか？　私たちはそういう人たちの継承者なのです。うわべだけだったし危うかった自由主義の一世紀の終わり頃になって、私たちは、共和国が精神の自立と思想の自由の時代をまさにスペインで切り開いたと思うようになったのです。しかし、この

---

(117) アフリカ大陸から吹く熱風。

ように見た人は多くはなかったのです。知的また精神的な自由の恵みは、いずこにもということはなく、ただわずかな人にもたらされるにとどまったのです。こういう理念での大衆の教育は困難でゆっくりとしたものになるのです。私たちの国では、それは間に合わせだったし、ある程度の結果を得るにも遅々としていたのです。大衆は異なった意見を許容しようとはせず、それを尊重しようともしないのです。知らないで無関心でいることを、意見を尊重していると見てはなりません。私は、国民的精神が命ずるというそういう規範、私たちはそういう規範をあらためればよかったと思うのですが、この規範が私たちの陣営で何らかの深刻ないざこざを引き起こすのではないかと心配しているのです。もしそうなっても、私は驚かないでしょう。今、私たちは、スペインの人民が自由のために戦っているというものすごい光景に居合わせています。厳密に言うと、数十万のスペイン人が戦場で示しているお手本に居合わせています。というのは、他方で銃後では、非常に多くの人々が、恐怖に怯えているか、あるいは自らの政治的立場を有利にしようと策を企てたり、あるいは売買やその他のやり方で儲けたりしているからです。戦争が終わったならば、現在、自らの自由を防衛している戦士たちが、現在は敵となっている人々の自由をも含めて自分たちはすべての人々の自由のために戦ったのだと理解しているかどうか、銃後の様々な権力もそう理解しているかどうか、私たちはわかることになるでしょう。そのように理解していないなら、国民的精神のあの一陣の嵐が、今は他の陣営から吹き荒れているのと同じように私たちの陣営からも吹き荒れることになり、統一をはからんとして「人々の」切断という手段がとられるのを私たちも見てしまうことになるでしょう。その動機や意図は別の標章で示されてはいますが。そうなると、スペインの経験は何も役立たないことになるでしょう。それとは反対に、もし、誰かが、自らの犠牲は、政治権力を組織するという手っ取り早い問題を解決するためだけのものではまったくなく、壮大なる国民的贖い（あらゆる人を救うために多くの人が死ぬ）を成し遂げるものである、と戦士たちをしっかりと説得でき、さらに彼らもこの考えを熱烈に支持することになるなら、スペインは新たな精神を発見して、哀れで、悲しみに満ち、血まみれになりながらも、光栄なことに、人知の頂点に達することができるでしょう。

リベーラ――そのとおりですよ！　そうすれば、われわれは皆、兄弟だということになり、この地で起きたことはさらりと水に流せることになりますよ。また会いましょう、ということになるんですよ！

モラーレス――それはありえないことです。どうも私の説明がうまくなかったようです。政治権力は、まったく当然のこととして、この戦争に勝ったほうの手に入るでしょう。私は、権力が有害な形で行使されるかもしれないことを、また、権力が抑圧的で排除の策に、私たちは現在その弊をこうむっているのですが、こういう策に走るかもしれないことを論じているのです。つまり、このたいへん苦い経験がスペインの文明のために生かされないかもしれないということです。すでにここで話題になったように、この国の内部での私たちの不和は一つの境界を設けてしまっているのですが、それは相争っている意向や利害によって線引きされたものです。私たちはこの境界をさらに堅固なものにしようというのですか？　それを私は心配しているのです。というのは、ここには経済的性格の、またイデオロギー的性格の動機というものがあるからなのです。それらは私たちの国の歴史において、すでに同じように決定的な作用を及ぼしてきたものなのです。反乱派の連中の論法を受け入れてしまうなら、別の言辞のもとに私たちがまたそれを繰り返してしまうことになることをわかっているかどうかということなのです。ある典型的な例を持ち出してもいいですか？　スペイン人は外来の人種〔民族〕と交わることに嫌悪感を示したことはけっしてありませんでした。それは私たちの国にやって来たあらゆる人たちについてだけではありません。アメリカでは、私たちはインディオや黒人と交わりました。われらがすごい兄弟のポルトガル人はもっとです。ところがです。モーロ人に対する戦争の数世紀間には政治的・社会的同化はなされなかったのです。もっと正確に言うと、それは厳しく禁じられたのです。キリスト教徒と異教徒の間には頻繁に交流があり、とくにモーロ人はキリスト教徒と同じようにこれはもうスペイン人といってもよかったにもかかわらずです。モーロ人の侵入者というのはわずかしかいなかったのです。モーロ人の侵入者が多かったとしても、イベリア半島に留まっていればすぐにスペイン人化したでしょう。モーロ人というのは、その大多数はほかの宗教を信仰しているスペイン人だったのです。彼らのかなりの人々[118]は、農村の家系に由来し、イスラームに改宗した人たちで、土地と権力の獲得者の高慢なゴート人よりもっと古くからのスペイン人だったのです。彼らとの混血はありふれたものだったのですが、全体として見ると、国民としては、彼らを隔離し、異なる人間たちだと彼らを説き伏せ、彼らを分離し、ついには彼らを追放することが果たされたのです。さらに、ただ単にその地からだけでなく、ほかのスペイン人の歴史意識からも彼らは追放され、スペインの教育においては、数世紀にわたって、中世のアンダルス[119]の文明についての知識、さらには単にその存在に言及することも排除されていたのです。これは分離をはかろうとした桁違いの例ですが、それは内部の境界によって一群の人々を分離させるという威圧そのものの不寛容に発したものなのです。国民という存在は、それをつくるためにはほかのどのような関与者も排除してしまう教条主義的な原理に則して凝結していったものであり、そうして形をなしていったものなのです。かくして、今は、一五世紀と一七世紀の私たちの国の追放の政策[120]を真似してドイツ人が振る舞っているのです。このことを反乱派は私たちに対してやろうとしているのです。私たちは非国民なのです。つまり、追われる身となって、さいなまれるかあるいは放逐される運命にある別の国民なのです。彼らにとっては、私たちは「モーロ人の国」なのです。やはり今、ゴート人［ここではドイツ人のこと］たちが権力と富を求めてスペインにやって来ています。私たちがこの戦争に負けるようなことになるなら、何世代かにわたって子どもたちは、一九三七年に「スペインの統一」の敵が根絶されたとか、スペインから追放されたと教えられることになるでしょう。一四九二年あるいは一六一〇年のようにです[121]。これはもう明らかです。つまり、その動機というのは、信条によって［国を］統一するということだったのですね？　喧伝され広められた教義をよく見れば、それは疑いのないことです。すべての人が気づいていたわけではないほ

(118) 訳注10参照。
(119) イベリア半島でイスラーム勢力が支配した地域の呼称。
(120) 次の訳注121参照。
(121) スペインでは、一四九二年に「ユダヤ人」追放令が、また、一六〇九〜一三年に（一六一〇年にも）一連のモリスコ（元イスラーム教徒）追放令がそれぞれ出された。

かの動機というものもこういう結果に影響を与えました。頭脳明晰な何人かの人たちはそれを認めていました。あるカスティーリャの知識人、王族の一員でもあった人ですが、この人はこんな風に言うことになります。われわれはモーロ人に対する戦争を彼らが奪っているわれわれの祖先の土地を取り戻すためにしているのであって、彼らに信仰を押しつけるためにしているのではない、「イエス・キリストは強制的なお勤めを望んでおられないからである」[122]。これらの各々の動機のそれぞれの力がどのように作用したのかは私には判別できません。二つの動機は混交しており、［土地を］奪取しようとの欲求は宗教の防衛の外見に隠されていたのです。実は、中世におけるスペインの経済は、支配階級の人的確保とその富裕化に関しては、勝者の特権としての新たな土地の無償獲得に基礎を置いていたのです。今は、「国民派」また「真正スペイン派」の信条の旗印のもとに、［反乱派によって］もはや土地の獲得ということではなく、土地を維持し存続させること、土地を占拠している人民戦線派を追い出し、共和国を打倒することがねらわれているのです。共和国は、有償でもよいとしていたので、もうほとんど革命的でないやり方で土地を得ようと考えていたのですが[123]。精神面での統一化事業による隔離と非国民化の道の最後の行程であるモーロ人の追放は神学者の勧めるところによるものでしたが、それは王室には信仰上の義務として課されたのです。経済的な動機もまたもやその意義を発揮し始めたのですが、それはレコンキスタ中によく見られたものとは違ったやり方においてでした。もう土地を獲得することが必要だったのではなく、土地をいかに生産的なものにしておくかが必要なことでした。それで、土地の持ち主の大領主たちは［モーロ人農民の］追放には反対だったのです。土地から人がいなくなってしまうと、収入が減ってしまうからです。

今日でも、自分たちの土地を取り返すにあたって、大土地所有者たちはすべての日雇い農民を銃殺しようとはせず、低賃金で働く農民は必要なだけ生かすようにするでしょう。人種〔民族〕の優秀性の思想、それはイベリア半島での常態的な経験によって否定されていたのですが、それをかわすようにして入り込んできて、信仰上の権威に庇護されて大きな社会的影響力を持つことになりました。「古参のキリスト教徒」という範疇がつくられました。それは、郷士(124)の身分の基準であり、生粋のスペイン魂の基準であり、血〔血統〕の純潔の印であり、ほかでもなく（そして、ただただその集団の中での信仰の古さによって示されたのです。明示的な人種〔民族〕の優秀性の原理は、後にアメリカでもっと暴力的に適用されることになりました。イベリア半島では見られなかった種族的相違が一目瞭然だったからです。以上のものが国民という存在を理解しまたそれを強固にするための生粋のスペイン的定式だったのです。つまり反対派は国民ではないのです。スペインの民衆的運動は、それが何らかの意義を持ったときには、こういうものとは反対の激情に満ちていました。スペインの庶民気質というものは、その多くの部分においてこのような不公正に対する本能的な拒絶なのです。このことを言うのは、著名なスペイン人で庶民の下品さの外皮のもとにある人間の苦しみの悲痛の鉱脈に光を当てることができたのはほんとうに少ないのです。こういうことを申し分

(122)　一四世紀のフアン・マヌエルの著『身分の書』の一節。
(123)　第二共和政の農地改革の基本方策は、国家が有償で大農場や大農地を収用し、その土地を土地なし・土地不足農民に分与しようとするものだった。
(124)　爵位を有しない下級貴族で小領主。

なくできたのは、最も偉大な何人かの人物です。ロペ[125]がその珠玉作品においてであり、それに、まちがいなくセルバンテスです。私たちが話していることに関して言うと、セルバンテスは、サンチョ［ドン・キホーテの従者］が自らの友人で同郷人のリコーテと出くわす場面を後世に残してくれました。リコーテはモリスコだったので故地から追われて異郷の地に逃れたのですが、リコーテはこの異郷の地に満足しているのです。それは、「あそこには信仰の自由がある」[126]からなのです……。反乱派の連中はかような方式で得られた国民の概念というものを私たちに授けようとしているのです。自分たちはわかっているのだと彼らが思っていること、彼らの眼中には入っていないこと、彼らが自認している様々な動機、彼らがうまく思慮判断できない事々、こういったものが彼らをこのような精神を復権させようと駆り立てるのです。反乱派の大物たちは、自分たちはフェリーペ二世のスペインを体現する者であり、それを継承する者だと宣言しています。これらの紳士たちがどのようにフェリーペ二世のスペインを体現するのか見当をつけてみてください。フェリーペ二世は、ルター派の宣伝を許容するくらいなら低地諸国の七州を手放してもよいとした人物ですよ[127]！　プリモ・デ・リベーラ将軍は、ある日、その取り巻きたちと廃城の中庭にこもって、自分はカトリック女王イサベル[128]の継承者だと宣言しました。どうしてアル・マンスール[129]の継承者だと言わなかったのでしょう。アル・マンスールもやはりスペインの将軍で、また勝利の将軍だったのに！　ある私の友人が、プリモ・デ・リベーラのこういう表現というのも気まぐれなものではない、本当のことを表現したものである、と教えてくれました。実際にプリモ・デ・リベーラはカトリック女王イサベルに続こうとしたのですが、イサベルを継承しても、もはやどこにも行き着くところはなかったのです。

以上のことに基づいて、私は将来を探り見るに不安を感じ、またスペインの精神が破滅的なものになるのではないかとの予感を持っているのです。苦い教訓にもかかわらず、排除をこととする精神的統一によって今までのようなやり方で国民という存在を何としてもまたつくり上げようとするならばです。

パスツラーナ ――あなたの雄弁に私はくらくらしてしまいました！ お見事なものです！ あなたは職を間違えたのではないですか。あなたが『シロス年代記[130]』における接続法の機能を研究するのではなく、もっと気ままな展開を習いとする歴史的・政治的・文学的論議に打ち込んでいないのが残

---

(125) ロペ・デ・ベガ。一六〜一七世紀のスペインの劇作家。
(126) セルバンテス『ドン・キホーテ』後篇第五四章の一節。この引用部分は原文通りではないが、意味するところは原文とほぼ同じ。
(127) フェリーペ二世統治期の一六世紀後半に始まったスペインからのネーデルラント（低地諸国）の独立戦争で、プロテスタントが多かった北部七州は独立を達成した（後のオランダ）。実際には、この独立戦争の主力を成したのはプロテスタントの中のルター派ではなく、カルヴァン派である。
(128) 一五世紀後半〜一六世紀初頭のカスティーリャ王国の女王。アラゴン王国のフェルナンド二世（カスティーリャ王としてはフェルナンド五世）との結婚により、スペイン王国の礎を築いた。カトリック強要政策を進めたため、フェルナンドとともにカトリック両王と呼ばれる。
(129) 本名イブン・アビー・アーミル。一〇〜一一世紀の後ウマイヤ朝（八〜一一世紀のアンダルスのイスラーム王朝）の侍従。何回かの軍事遠征でイベリア半島のキリスト教諸国を脅かした。
(130) レコンキスタでのコインブラ（ポルトガル中部の都市）征服についての一一世紀のシロス（カスティーリャ北部の町）の修道士による記録。

念です。あなたなら、コルテス［国会］で右派の伝統主義者たちに反対してどんな役を果たせたことでしょうか！　カール・マルクス風のそのひげによってですよ！　何ともすごい論客です！　あなたなら、私のように野蛮な奴だとか有蹄類だとか呼ばれることはなかったでしょう。スペインで博士号を得たうえに、［スウェーデンの］ウプサラ大学で授業を担当し、［アメリカ合州国の］ジョンズ・ホプキンズ大学で講義した……。そうではないですか？　たいしたものです。今まであなたのご援助を仰いでこなかったのをとても残念に思うところですが、私の感想も言わせてもらいます。あなた方は国、国民的、国民という存在、こういった概念をひっくり返したりむし返したりしています。こういった概念を透かして見たり、カバーをはずしてみたり、こういった概念は何を含んでいるのか、何の役に立つのかを究明せんとしています。しかし、それは無駄なことです。現状況のために役立つことは何も引き出せないでしょう。それに、井戸が水を出さなくなったかのように、スペインという国は存在しなくなったなどというとんでもない結論も出しています。国を何とか有用なものにしようというあなた方の意図からは、スペインという国は存在しないことになるでしょう。つまり、国そのものが内部で引き裂かれてしまったのを何とかしようとするのに有効な規範的範疇としてはです。国というものは、ありのままの事象として受けとめるのがよいのではないでしょうか。国というものに、国によってつくられた倫理的価値を、永遠なる価値を込めようとするなら、私はそういうような国に反対します。かように有用なものとされた国というものは不可避的に保守的な、反動的な力になるでしょう。現状況では反革命的なものになります。新たな出来事の普遍的、人類的価値が高ければ高いほど、定型的なもの、特殊的なものはそれだけ難を受けることになるでしょう。どのような革命も、それが起きた時にはこれが国の特質だとして最も信を得ていたものを損なわせることになるものですが、後にはこの特質というのはそんなものではなかった、あるいはまったくなかったことが明らかになるものなのです。こうなってくると、国民的精神についての保守的な見方に従う人はまったくいなくなるのですが、長い目で見れば国は経験を得て豊かなものになっていくのです。こういう経験の模範的なところを私たちも自らのものにしていきたいものです。

モラーレス――あなたはスペイン人として、取り返しようもない損失を見て悲しい思いをしないのですか?

パスツラーナ――私も悲しく思っています。しかし、話を極端なものにすると危険ですよ。別の言い方でもって話がわからなくなってしまうようなことはしないでください。あなたは国の財産の損害あるいは損失を悲しんでおられる。では、誰の財産だというのですか?

モラーレス――すべての人々のものです。その幾重もの価値から私たちはスペインを気高く愛する所以を会得できるのです。

パスツラーナ――たしかにそうでしょう。しかし誰がこの財産を利用するというのですか、あるいは享受するというのですか?

モラーレス――人民全体です。

パスツラーナ――それは場合によりますよ。「スペインにあるものはスペイン人のもの」というかの文句は、信を置けない平等主義的な仮定の言説に過ぎません。国の生産的な財産によってすべての人が生活しています。暮らし向きの良い人も悪い人もですが。これは、個々の人々の無数の財産の総和、このことを頭に入れておいてください、それと国家の財産とによって形成されている財産です。あなたは、国の財産は蓄積された富、また富を得たり増やしたりするいろいろな手段、これらによってのみ形成されるかのように考えています。でも、この財産のかなりの部分は労働なのです。それはいろんな形で表れたりあるいは充当されたりしますが。この財産はほとんど国民のものでしょうが、しかし共有のものではありません。この違いが重要だということを理解してください。そして、国民のものということについて言えば、それはほとんどそうではないのです。国民のものと呼ばれているのは、数十万人くらいのファンやペドロたち、国民のものと呼ばれている財産の所有者たちのことですが、彼らがわが国の国籍を持っていて、国の利益というものを保護用の盾として使っているからだけのことなのです。国の財産が生み出すものによって私たちは生活しているのですが、多くの人たちはかろうじて、あるいはやっとのことで生活しているのです。国の財産を引き合いに出すというなら、その破壊を嘆く場合でも、その防衛のためにわれわれを駆り立てる場合でも、それはファンやペドロの所有物が破壊されるか守られるかであることを誰もがどうして無視してはいられないかをあなたはおわかりになるのではないかと思います。それがわかったとなると、共有の財産の場合よりこのような財産の破壊を嘆かなくなるでしょうし、あるいは（すべての人が協力するという必要性から見ると）価値あるものが守られ、それがほんとうにその国民の名に見合うようになるように奮闘するでしょう。この二番目の立ち位置はより筋道の立ったもので、またより有益なものです。実際に、誰のものでもない資産を破壊するのはよくないことだからです。この戦争の何よりも重要な目的に優先して国の財産の救出に取りかかることがもっと緊急で差し迫ったことだと言えば言うほど、国の名をもってする保守のブレーキはもっと強力なものになってしまうのです。そうなると、あなたはあなた流のやり方で人民のほんとうに多くの部分を非国民化してしまうことになりかねないのです。あなたがスペインの偉大な記念碑的作品の破壊を悲しんでおられることには私も心を動かされます。これは国の財産の非生産的部分で、まさにそれゆえにもう明らかにすべての人のものなので、富をめぐる議論の対象となることはないのです。この破壊を悲しむという点では私も同じです。でも、あなたは、それによってあなたの戦争への意欲が失われてしまったとまで語るのです。これは重大なことです。いいですか、あなたの意欲喪失の告白の中で私が気づいたことを、もうあからさまに言いましょう。あなたには、共和国は勝利したが美術館や大聖堂は破壊されてしまった状況より、大聖堂や美術館がそのまま残れば軍人独裁下のほうがよいようです。あなたの教養と感覚は、おそらく苦渋のうちにでしょうが、あなたの政治思想と反乱派の政治思想の間にはそれぞれのお気に入りの多くのことを犠牲にせずそのままにしてもほとんど違いがないことをばらしてしまっているのです。あなたの言っていることはこういうこと、ほかでもなくこういうことなのです。あなたの特有の感覚はあなたのような教育を受けた人やあなたのような階級のあらゆる人たちが同様に抱くものかもしれませんが、そうなるとこの戦争はもはやプロレタリアだけが、それに一般に文明の恩恵を受けていない人たちだけが遂行でき、また遂行するものだということになってしまうでしょう。というのは、これは、文明という賞賛されるべき事業、こういった事業はプロレタリアなどは今までけっして知りようがなかったのですが、この事業の名において、文明をもっと進めてより多くの人々を文明の恩恵や庇護のもとに置こうとするプロレタリアなど彼らの努力を歪め損ねようとすることだからです。あなたが前提としたことの結果はこうなります。つまり、あなたが国の概念に込めているところの保守的な力がまた勢いを得て跳梁するということです。私は社会主義者ではありますが、私の国にさらなる正義を切望しており、私の国の破壊を望んではいません。われわれがもうほんとうにひどい災禍を悲しむのは当然のことです。しかし、そこから始まって、諸事由の関係をまったく逆転させてしまうということになると、その間には深い淵があります。とにかく悲嘆にくれてしまったということだけではこんなにもはなはだしい転換が生ずることはありません。愛の罪の苦しみにとらわれた人たちは修道士になったものでした。愛する女性を失ってしまった悲しみ、すなわち記念碑的作品が焼かれてしまった悲しみがわれわれをファシストにしてしまうというのは見たことがないと言ってよいでしょう。どうしてそうなるべくしてそうなるのかまったくわからないのです。あなたのそういった思いがどこかに隠れている同調者たちを見つけ出すことがなければの話ですが。その時には、あなたは、あなたの悲しみをもたらした人たちと握手するべきでしょう。

モラーレス ――毎日、新たな［苦悩の］泉が現れるものですね[131]。私はこの論議に加わって、憂鬱を追い払おう、あなた方の反論を受けて力を得ようと願っていたのです。それは叶いませんでした。あなたの皮肉が私を傷つけたというのではありません。私は自分の意見のほうが優れていると思っていたのです。あなたの勝ちです。私は月に向かって吠えて、むなしく憤りをぶつけようと思います。この部屋には、思い上がった頭の中のようにたくさんの湯気が立ち込めています。ほら、もっと賢明な方々は外に出て、あちらにいますよ。お休みなさい。

バルカーラ――モラーレスがかわいそうです！　あなたはモラーレスをいじめてしまったのですよ。

パスツラーナ――私は公平ぶるやつ、つまりずる賢いやつにうんざりなんですよ。

バルカーラ――モラーレスは、この機会に自分に都合のいいことばかり言おうとしているというのではけっしてないですよ。

パスツラーナ――それはどうでもよいことです。上品さや繊細さを気取っていて優雅に構えているので、俗悪で粗野なことにつき合わされることになるかもしれないといって、ほかの人たちがやるどのようなことも検討しようともしない、そういう人たちの一人ですよ。こういう人たちはおそらく、大衆はいない上品な人たちによる共和国、倫理学・政治学アカデミーのための共和国を夢見ていたのです。こういった講壇共和主義者たちの例はいくらでもありますよ……。柔和に語る、ティーカップをすする……、イギリス風のもの……、上品極まるトランプゲーム台……［彼らはこういうものを好むのです］。クーデタに遭って、共和国の側に立つことになって、お前たちは高慢だとかずる賢いやつだと言われると、こういう人たちにはそれが気に入らなかったのです。こういう人たちは政治におけるお坊ちゃん主義の復活に手を貸しているのです。モラーレス自身はお坊ちゃんではないですが。

リベーラ――覆水盆に返らずってやつですね……。しかし、モラーレスがスペインの破壊にぞっとした思いをしていることは気高いものです。あなたもそれは同じでしょう。

---

(131)　ペルーの聖職者フェルナンデス・デ・コルドバの一八三八年の著『懐疑的哲学の忌まわしき進歩を想うにつけてのキリスト教徒の涙』の一節の一部。

パスツラーナ――それはたしかです。でも、私の言いたいことは別のことなのです。私には、王政、社会主義、あるいは共和国がどのくらいの犠牲に値するかを見定めようなどという気は起きないのです。問題は、それ自身は何ということもないもので、すごく純真無垢なことなのです。つまり、あらゆる人々が自らの生存のためのいちばん大事な条件が危うくなっていると思っていることです。それで、多くの人々は自らの生存それ自身のために懸命になっているのです。それを身に染みて感じて、もちろんこれは責められるようなことではまったくないのですが、それで各々の人々は、いくつかあるなかで［自らの生存のために］賭したものが、誰かが言うように相当な成果を生むようにとしかるべきことをしてきたのです。こうなると、ほかのどういうことが人々の関心事となるというのでしょうか？　私にはまた、一般的に言って、政治的抗争を武力によって片づけることが有効であるかどうかを突き詰めることもたいした問題ではないのです。内戦というものは、ときに、こぶを断ち切ることができるものでしょう。このことは認めてよいのではないでしょうか。しかし、かならず断ち切るというのではなく、こぶを断ち切るどころか、それを締めつけてしまうことだってあるのです。スペインの場合で言うと、そこからこの悲劇の最終的な不吉な様相が頭に浮かぶのです。

リベーラ――どういうことでしょう。

パスツラーナ――あなたは、自らの経験からしても、この戦争のかなりの惨害は知っているでしょう。この戦争のさらなる惨害のことを想像したり、それを予測することもできるでしょう。今回のこの災難のひどさを推し量っているのをここでお聞きになったと思います。さて、目を閉じて、渾身の気力をもって、疲労困憊したスペインを、廃墟の地を、悲惨を、飢餓を思い描いてみてください。黒色を誇張してみてください。ゴヤをバルデス・レアル[132]と、エゼキエル書[133]に描かれた情景と、それに黙示録[134]とくっつけてみてください。それをあなた自身が体験なさった恐怖でもってさらに彩色してみてください。こうして眺めるに耐えない結果になったときに、私は言うでしょう。この戦争のおぞましさのほどはまだ描けていない、と。

リベーラ ―― どういうことです？

パスツラーナ ―― この戦争の無意味さということです。この戦争は何の役にも立っていません。つまり、何のためにもならないのです。何も解決しないのです。何らかの政体を得るためにたいへんな価額を払ったというような損害ならそれでもよいのです。高くついたとしても、いつも何かは得るものでしょう。今回はそうではないのです。この戦争が終結しても戦争をもたらしたいろいろな要因は残るでしょうし、砲火のなかで解決されようとしたこの国をどうするかという諸問題は、この戦争でさらに悪化して、瓦礫と累々とした死者の山の中から再び現れることになるでしょう。

リベーラ ―― そうすると、絶望的にでもこの戦争を続けるしかないということになります。

---

(132) 一七世紀のスペインの画家。代表作「世の栄光の終わり」と「束の間の命」では、終末の日の死と苦悶、その悲惨が描かれている。
(133) 後にユダヤ教の父と呼ばれたエゼキエルの預言書。裁きの言葉、諸国の民への言葉、終末論的な預言が語られている。旧約聖書エゼキエル書として集成。
(134) 新約聖書の巻末の一書。ヨハネ黙示録。キリストの再来、神の国の到来と地上の王国の滅亡が叙述されている。

パスツラーナ —— 情念[135]の論理からすると、あなたの言うこともばかげたことではないと思います。しかし、絶望した者たちが引き延ばしたり、さらに戦ったとしても、戦争には終わりがあります。憎悪もその本来の力を使い果たしてしまうでしょう。敵となった者たちは［内戦が始まった］一九三六年七月の時のようにまた対峙するでしょうが、もう気力を失ってしまって、武器を取り続けることもできないでしょう。そうなると、どうなるのでしょうか？　シリウスからやって来た知者が哀れみの笑いを浮かべることになるのでしょうか。私の予察するところでは、このわれわれの国の中から巨人のような予言者が立ち現われて[136]、この国の人々に対してお仕置きの悲痛な皮肉を吐くのではないでしょうか。

リベーラ —— あなたの予見には参ってしまいます。あなたは最大級の敗北主義者ですね。

パスツラーナ —— そうではありません。この秘密は誰にも言わないでください。私の予見は、勝利したとしても敗北したとしても同じ意義を有するものです。さて、寝ることにしましょう。もう遅いですから。

リベーラ —— われわれだけになってしまいましたね。

リュック —— こちらにいらっしゃいよ、リベーラさん。神の慈悲に恵まれたような夜ですよ。

リベーラ —— なんて美しいんでしょう、なんて静かなんでしょう！　潮騒も聞こえません。

ガルセス —— それはいいですね。今夜の会話で興奮してしまったので、眠れそうにありません。

モラーレス —— どんな気がかりがあなたの瞼と睡魔の間に立ちはだかっているのですか？　詩人ならこう尋ねますがね。

リュック――不眠症ということなら、私はそれに効く強力な錠剤を持っていますが。

ガルセス――それは要りません。眠気にまかせてしまうのが怖いのです。それよりも必死になって自分の思考を突き詰めたいのです。自らの思考と格闘するのは希望を抱ける一つのやり方ですから。あなたはこのような状態がおわかりになりませんか？

モラーレス――目を覚ましていることの恐怖なら知っています。

ガルセス――あのお二人を御覧なさい、海岸にいますよ。あのお二人も眠りにつこうとはしません。別の理由からですが。

バルカーラ――ラレードとバルガス［パキータ］ですね……。甘くささやき合っているようです。

モラーレス――生きるということは彼らのものです。

リュック――彼らもわれわれと同じようにほとんど死んでいるようなものかもしれませんよ。あなたがこの夜会のことを記録物にしてお書きになるなら、［あのお二人のような］ありきたりの象徴的情景でもってそれを結んで話をでっち上げてしまうようなことはしないでくださいね。

モラーレス――記録物は書きません。私がこの夜に耳を傾けたこと、またあれこれと考えたことはまだ公刊されていない私の最新の本に一章として付け加えようと思っています。

リベーラ――どういう本ですか？

(135) この「情念」の語は、「受難」の意も含意していると解しうる。
(136) この語りは、明らかにゴヤの絵画「巨人」を想起させようとしている。

モラーレス――『鱒の島への思いがけない旅』という本です。新しい章では、鱒たちがどのようにしてマグロたちと戦争をするようになったか、そして、彼らの骨また骨の上でなされた講和について書こうと思います。

ガルセス――風刺小説ですか？

モラーレス――そんなものではまったくありません。私が見た多くのこと、考えに及んだ多くのことを一般化してみようとしたものです。

ガルセス――鱒とは誰のことです？

モラーレス――誰のことでもあり、また誰のことでもありません。よろしかったら、私たち自身であるといってもよいです。

ガルセス――読んでみたいものです。

モラーレス――最初のセールの時にでもどうぞ。さて、もうしばらくの間ペンを進めようと思います。

リベーラ――さて、われわれはどうしましょうか？

バルカーラ――寝ましょう。また明日という日がありますから。

ガルセス――また新たな一日がありますね。

リュック――また一日が消えてしまいましたね。

静寂。海はひっそりとしている。ほのかな光に突つかれて、夜のとばりがぼんやりと緩み始めている。水平線上の一筋の線が海原を、その丸い境界を描き出している。早起き鳥が飛ぶ。雄鶏がけたたましく鳴く。家々の暗紫色の壁、一夜過ぎてもまったく変わらないオリーブの木、ナンヨウスギの幾何学的模様。いつものようにまた新たな音色と配色を伴って、夜明けという一大上演が始まった。人間は、夢想の繭に包まれながら、不快な幻影によって死の苦しみを味わい、見捨てられてしまった嫌われ虫のようにうめき声を上げている。上空から何機かの飛行機が急降下し、矢のようにこの町に迫っている。飛行機はもう真上に来ている。大轟音。一斉に爆音がとどろく。ヒューン、ヒューンという音、倒壊に次ぐ倒壊、埃、炎。こんなにたくさんの被造物〔爆弾〕がどこから出てくるというのか[137]？ さらなる攻撃。鳴り響く爆音。散弾の一斉発射。町は走り、唸りを発し、血が流れる。町は炎上する。宿は煉瓦の山と化した。煉瓦は、もう一回焼かれているかのように黒煙を上げている。飛行機は東に針路をとり、太陽の光に照らされて輝き、やがて地上からは見えなくなった。

バルセローナ　一九三七年四月

---

(137)　本訳書では、ひどい造り物の含意と、飛行機の中から爆弾が次々と落とされてくるのをあたかも子ども（＝被造物）が産み落とされてくるかのように比喩的に描写したと解して、「被造物」を爆弾の意としたが、それを爆撃と破壊によって家々から飛び出してきたこの町の人々（＝被造物）と解することも可能である。

『ベニカルロの夜会』その問いかけと射程──解説にかえて

深澤 安博

本書の著者アサーニャがスペイン政治の表舞台に現れ始めた一九三〇年頃以降のその主な政治的活動は、日本語でも読めるスペイン現代史についてのたいていの著作に書かれている。ここでは、『ベニカルロの夜会』の問いかけ、あるいはその射程の理解に資するために、まず、アサーニャの生い立ちと生涯、その政治的経歴、研究・評論・創作活動またその思想的経歴を簡潔に見通しておく。また、『ベニカルロの夜会』が書かれた時のスペイン内戦の政治状況やアサーニャ自身が置かれることになった境遇、さらに執筆経過にも触れる。さらに、内戦の最中での自らのまた自らの周囲の人々の立ち位置の模索のために、また内戦という暴力的事態の根源に迫るために、アサーニャがなぜ対話形式でそれらを表そうとしたのかについても論及する。以上を踏まえて、スペインにおいてだけでなく広く現代の政治史思想(史)において『ベニカルロの夜会』はどのような意味や意義を有するのかの考察に迫っていきたい。

その考察の軸は、独裁、暴力とくに政治的暴力、内戦とくに社会変革における内戦（あるいは一般に現代の革命）の意味ということになるだろう。この「解説にかえて」の最後の節では、フランコ独裁体制終焉後のスペイン政治における、内戦の敗者たるアサーニャ（その政治における立ち位置と思想）の「復活」についても述べることにする。

一

マヌエル・アサーニャは、一八八〇年、マドリード市の東部にあるアルカラ・デ・エナーレス（マドリード市中心部から約二五キロメートル）に生まれた。アサーニャ一家はこの地にいくつかの資産を有する裕福な階層に属していた。アサーニャが誕生した時に父親はアルカラ・デ・エナーレスの市長であった。また、父親は『アルカラ・デ・エナーレスの歴史』を著した文筆家でもあった。アサーニャが九歳の時に母が、一〇歳の時に父が立て続けに亡くなった。アサーニャは、エル・エスコリアル（マドリード市中心部から西北方に約四〇キロメートル）でアウグスティヌス修道会が指導する学校で中等教育を終えた後、サラゴーサ大学で法学の学士号を取り（一八九八年）、またマドリード大学で博士号を取得した（一九〇〇年）。マドリードの弁護士事務所で働いたり、故郷の地で兄と電力事業を起こしたりした（七年後に倒産）後、法務省登記公証局に職を得た（〇九年）。しかし、一一年〜一二年には、学術振興会の奨学金を得て、パリで研究生活を送った。帰国後の一三年、マドリード科学・文芸・芸術アテネオ（会員制の学術協会）の書記に選出され、またこの年、改良主義的政党である改革党に入党した。

スペインが中立の立場を採った第一次世界大戦に際しては、親連合国の姿勢を表明、一八年の下院議員選挙で改革党から出馬した（落選）。二〇年にアテネオの書記を辞した後は、評論・文筆活動に専念、また共和主義の立場から政治活動をおこなった。二三年の下院議員選挙で改革党から再び出馬したが、落選。この年にプリモ・デ・リベーラ将軍のクーデタが起き、その独裁政権が成立すると、改革党党首が独裁政権を容認しているとして、クーデタの直後に改革党を脱党した。プリモ・デ・リベーラ独裁政権下の二五年、共和主義行動党の結成に参加、三〇年には同党の全国代表となった。また、この三〇年にアテネオの理事長に選出された。同年には、王政を打倒して共和政を目指す革命委員会に加わった。この間の二九年、ドローレス（文学仲間のシプリアーノ・リーバス・チェリフの妹）と結婚している。

アサーニャが青年時代に直面したスペインは、一八九八年の米西戦争での敗北という「破局」を見たスペインであった。それは、少なからぬスペイン人、とくにスペイン国家の国際的地位、その経済力や政治・社会構造を認識しえていたスペイン人にとって、植民地帝国の完全な崩壊、スペイン国家の弱体と後進を示すものと受け取られた。いかにスペインの社会と国家（一般に政治）を再生させるか。そこでは、スペイン社会を改革して再生を成し遂げようとした人たち（広く共和主義勢力・社会主義勢力）、部分的改革で大衆の支持を体制に繋ぎとめようとした人たち（一般に保守派。一八九九年の保守党政府の首相は「上からの真の革命」を語った）、帝国の復活を求めて新たな植民地（主にモロッコ）の確保に乗り出そうとした人たち（軍、王室や商工業ブルジョワ層の一部）などがせめぎ合っていた。

一九三一年四月に第二共和政が成立すると、アサーニャは臨時政府の陸相に就任、同年一〇月には首相となり、また同年一二月に共和国憲法が制定されると、共和国憲法に拠る初の首相となった（三三年九月までの共和主義左派と社会党の政権)。教会改革とそれに深く関連する教育改革、軍隊改革、スペイン国家内での自治(この時期に実現したのはカタルーニャのみ)、農地改革(の試み)などがなされたこの三一年一二月からアサーニャ政権崩壊までの時期は「改革の二年間」と呼ばれる。三三年一一月の国会選挙で「改革の二年間」を担った政治勢力が敗北すると、改革を後退させようとする政府の批判派・反対派の側になったアサーニャらの共和主義行動党は、三四年四月、他の共和主義勢力とともに共和主義左翼を結成した。アサーニャはその党首となった。三四年一〇月の革命的事件(主にアストゥリアス、それにカタルーニャ。アサーニャはこの一〇月の諸事件には加わらなかったが、反乱罪で逮捕され、後に釈放された)の後の政府による弾圧政策に対して、アサーニャらは、弾圧反対と「改革の二年間」の復活のために、労働者勢力との提携に動き始めた。これは三六年一月の「人民戦線協定」に結実するに至る。アサーニャや他の共和主義派は「改革の二年間」時の共和主義左派・社会党の政党連合政権を望んでいた。結局、「人民戦線協定」には、共和主義派と社会党のほかに、社会党の指導下にあったUGTや社会主義青年連盟、またスペイン共産党やPOUMなどの労働者政党も名を連ねた。同年二月の国会選挙で人民戦線派が勝利すると、共和主義左翼を中心とする共和主義派から成るアサーニャ政権が成立した(五年前と違って社会党は入閣の意思を持たず、共産党とともに閣外から政府を支持することになった)。アサーニャ政権は、「人民戦線協定」に約された通り、政治犯を釈放し、解雇・解任された人たちの復職措置をとり、カタルーニャ自治を復活し、また「改革の二年間」時に制定された農地改革法による事業を再開した。同年五月、アサーニャは共和国大統領に選出された。

三六年四月、首相アサーニャは国会での演説で述べた——「今日、私たちがスペインで目にしている事態は、新しい社会階級も政治権力に参入できるということであります。……今まで権力を持たなかったスペインの社会階級が権力に参入できるというこの壮大な歴史的事態を前にして……私たちが政治家として統治者としてなすべきことは、スペインの民主主義を新たに創り上げるために、この事態にふさわしいことをすることであります」。

*

アサーニャは、一七歳の時(一八九七年)に故郷の地アルカラ・デ・エナーレスで、仲間たちと評論・文芸誌『エナーレスの微風』*Brisas del Henares* を創刊し、同誌にいくつかの評論や創作を書いた(一八九八年まで)。一九〇一年〜〇三年にはマドリードの雑誌『古き人々』*Gente Vieja* の同人となり、同誌にも評論や創作を書いた。一九一〇年にはアルカラ・デ・エナーレスで、当地の社会党市議会議員などとともに風刺旬刊紙『スズメバチ』*La Avispa* を創刊した。この後のパリ滞在の成果は、書物として公刊された初の著作『現代フランス政治の研究 軍隊政策』(一八年刊行)となって表れた。二〇年には、生涯の友となる前出のシプリアーノ・リーバス・チェリフとともに文芸誌『文筆』*La Pluma* を創刊、同誌にはミゲル・デ・ウナムーノ、フアン・ラモン・ヒメネス、ラモン・ペレス・デ・アヤーラ、ラモン・マリーア・デル・バリェ・インクランなどの作家・思想家・評論家たちが協力した(二三年に終刊)。二三年には、ホセ・オルテガ・イ・ガセーが一五年に創刊した週刊の評論誌『スペイン』*España* の編集長となった。『スペイン』は、プリモ・デ・リベーラ独裁反対の姿勢を明確にしたため検閲の対象となり、二四年に廃刊に追い込まれた。二六年、文学評論「フアン・バレーラ氏の生涯」が国民文学賞を受けた（アサーニャ自身がすぐに公刊するのを躊躇したことと、著者がその後のスペイン政治の激動の渦中に置かれたことで、この作品の公刊は著者の没後、それも一九七一年のことになる）。翌二七年にはやはり文学評論の書『ペピータ・ヒメネスの小説』と体験的小説『修道士たちの庭』が相次いで刊行され、三〇年には、劇作『王冠』が公けにされた。

今までに見てきたことからも明らかなように、アサーニャは一九一〇年代前半までには自らの政治思想を明確に意識し始めていた。一九一一年には、アルカラ・デ・エナーレスの人民の家で「スペインの問題」と題して講演し、「祖国の難題」に立ち向かうことを訴えた。改革党に入党した一三年には、政治教育連盟の宣言に名を連ねた。この宣言の筆頭署名者はオルテガ・イ・ガセーで、次の署名者がアサーニャだった。上に見たように、二三年には評論誌『スペイン』の編集長となったが、その前任者は後に社会党カバリェーロ派の理論家となるルイス・アラキスタインだった。アラキスタインは一七年にアサーニャをこう評している――「わが国の政治の地平に姿を現わした最も有能な若き世代の一人である」。アサーニャのほうも、上述の『文筆』でアラキスタインの著を好意的に評している（二一年）。つまり、アサーニャは社会主義思想についても無知でもよそよそしくもなかった。しかし、オルテガ・イ・ガセーに対しては酷評とも言える姿勢で臨むようになった。二〇年のアサーニャの日記にはこうある――「彼［オルテガ・イ・ガセー］の独創性は形而上学というものを自らの出世主義とお坊ちゃん志向の踏台だと思ったことにある」。知識人の役割は理想の政治に向かって行動することにある、そのためにはスペインの社会・政治・経済の現状を変革しなければならないと考えるようになったアサーニャにとって、オルテガ・イ・ガセーの政治的立場はまったく一貫性を欠くものに見えた。一九一〇年代前半には自らのものとし、二〇年代になると自らの中で確固たるものとなり、また公けにもそれを明確に示すことになったアサーニャにとっての理想の政治とは、民主主義的共和主義のことであった。

*

上に見た三六年四月のアサーニャの国会演説の結び部分はこうである――「私たちは内戦をやろうとしてここにいるのではありません。むしろそれが起こらないようにするためにここにいるのであります。しかし、誰かが内戦を引き起こしたり、誰かがそれをやってのけようとしたり、誰かが今の時代に内戦をやれば降りかかる負担も厭わないで内戦をやるといっても、私たちのなすべきことは、議員諸君、動ずることなく落ち着き払って、いかなるときでも共和国の国家の側にいることでありましょう」。

しかし、三六年七月一七〜一八日に始まった軍人たちの反乱は、数日のうちに国土・住民を二分し、凄惨な殺戮を伴う大規模な内戦になってしまった。大統領アサーニャは可能なら反乱者たちとの交渉に持ち込もうとしたが、それはもう不可能だった。七月一九日に成立した共和主義左翼のヒラールの政府は反乱鎮圧の行動に出ようとし、他方で、UGT・CNTの多大な影響力に支えられた労働者、一部の軍人や警察隊は各地で反乱に抵抗した。反乱を阻止した地域、つまり共和国地域では、右派の人々や多くの所有者・経営者が逃亡したり殺戮されるという状況の中で、突然の革命が始まった。反乱派の前進に有効に対処しえず、革命状況も統制できなかったヒラールの政府に代わって、三六年九月および一一月に社会党左派の領袖ラルゴ・カバリェーロが首相の政府が成立した。共和主義政党と社会党のほか、共産党、CNT、カタルーニャとバスクの政派も新政府に加わった。しかし、アサーニャは労働者組織が政権に加わること、とくにCNTの入閣に反対した。

この頃からアサーニャは、自らが、事実上、共和国政府の政治の埒外に置かれるようになったことを痛感したようだ。大統領は共和国の国家元首ではあるが、共和国憲法に拠れば、その権限は政府首相よりずっと弱かった。アサーニャはまた、共和国がこの戦争に勝利できる見通しはないことを何人かの知人に語るようになった。三六年一一月に共和国政府はマドリードからバレンシアに移転するが、アサーニャはその前月(反乱派軍のマドリード攻撃軍司令官フランコがマドリード攻撃命令を発した日)にバルセローナに居を移してしまった。「対話」(一二六ページ)でのガルセスの発言は以上の状況のもとでの自己の心境を率直に告白したものである――「今、私には公的な生活でなすべきことが何もありません」。三七年五月のバルセローナの「反乱」後、アサーニャは一時、共和国政府の置かれたバレンシアに移ったが、同月に成立したネグリン政府(第一次。この政府では、社会党カバリェーロ派とCNTが抜けた)においても、アサーニャの共和国の政治からの疎遠状況は変わらなかった。よく知られている場合だけでも、アサーニャは内戦中に三回、大統領を辞すことをほのめかしている(説得されて、撤回)。一回目の三六年八月の時は、マドリードの監獄での殺戮に衝撃を受けて(「対話」(一一〇ページ)でガルセスがそれを語っている)、共和国の国家元首として責任をとろうとするものだった(「三」の「暴力について」も参照)。二回目は、上に見たようにCNTの入閣に反対した同年一一月、三回目は、再びCNT、UGTを加えて共和国のほぼ全勢力を結集した第二次ネグリン政府が成立した三八年四月で、これらの場合には自らの意思に反する共和国政治のあり方に直面して、自らの無力(性)を自覚したことによろう。以上のほかにも、バルセローナの「反乱」後の三七年五月と、共和国の軍法会議で死刑判決を受けた五八人の刑が執行されたとの報を受けた三八年八月にも辞意をもらしたようだ。アサーニャは、三七年一〇月の共和国政府のバルセローナ移転後の二か月後に再びバルセローナに居を構えたが、ネグリン政府（第一次また第二次）との関係も相変わらず密接なものではなかった。以前と今回のバルセローナ滞在中、カタルーニャ政府との接触もほとんどなかったようだ。

しかしアサーニャは、この間、自らのイニシアティブでこの内戦を停戦に持ち込もうとの工作もしていた。三六年一〇～一一月には、イギリスに行くことになったバルセローナ大学長を通じて、駐ロンドン大使や駐ブリュッセル大使（次の「二」に出てくるオソリオ・イ・ガリャルド）をして英仏政府に働きかけさせようとした。三七年五月には、イギリスのジョージ五世の戴冠式に出席する共和国政府代表がイギリス外相と会談するように工作した（実際に会談した）。同年九月には、国際連盟総会出席のためにジュネーヴに行く首相ネグリンと外相ヒラールにやはり英仏政府に働きかけるよう要請した。共和国軍が起死回生をかけて実行したエブロ河作戦の開始直後の三八年七月末には、アサーニャ自身がイギリス代理公使と会談して、停戦のためのイギリス政府の仲介を要請した。この時にアサーニャは、外国軍の撤退、戦闘の中止、捕虜交換の条件のほかに、共和国が救われればその政権は右派でもよい、さらに停戦が実現すればスペインが王政となってもよいとさえ述べたようだ。しかし、以上のいずれの場合にも英仏の両政府ともイベリア半島での和平のための仲裁の要請に応ずることはなかった。「対話」（六一～六二ページ）でガルセスが「共和国の敵」の筆頭に「仏・英の政策」を挙げるのは、これら両国（バルカーラは「民主主義無能列強」と呼んだ。六二ページ）つまり国際連盟の主要国がスペインの正当政府である共和国政府を見放したことの衝撃の重さのゆえであろう。

上述のように、アサーニャは、内戦中の多くの期間、共和国の政治（国内でも、国際的にも）においては孤立感を味わうことになり、また凄まじい殺戮に直面して苦悶する日々を送っていた。この間、大統領としてまた名演説家としての存在感また存在意義を示したのは、三七年一月、同年七月（反乱開始一周年の日）、同年一一月、三八年七月（反乱開始二周年の日）の四つの公開演説だった。四演説では、反乱の不当性、外国の介入によって反乱派が持ちこたえて恐ろしい内戦となったこと、国際連盟などによって共和国政府の正当性が無視されていること、それにもかかわらず、「スペイン人民と共和国の諸政府」が「真の軍隊」を立ち上げるに至ったこと、戦争中でも共和国は「人間の倫理的また政治的自由が保証される」政体であることを自分は望んでいること、さらに、「敵を絶滅する」などということはありえないこと（明示されてはいないが、これは反乱派側にだけでなく、共和国側にも向けられている）、などが語られた。四演説で述べられたことは、主にガルセスの口を通じて「対話」にもしばしば現れる。たとえば、反乱開始一周年の日の演説の一節――「スペインで起きていることのすべては、……多くのところ憎悪や恐怖から来ているのです。実際にはあろうともしなかったし起ころうともしなかった革命への憎悪がこれらの人たち［反乱派］を反乱へとけしかけたのですが、それがまさにこれらの人たちが阻止しようとした激動をもたらしたのです。……どのような政治もその敵を絶滅させようとの決意のもとになされることはできないことをはっきりと言わなければなりません。……私は……和平が成ったとき、私たちの国が憎悪と復讐と血の償いの道によって狂乱の発作状態に陥っていくかもしれぬことに反対するものです」（「対話」では七三、七六～七七、八三ページでのガルセスの発言を参照）。三八年の演説の結び、'Paz, Piedad, Perdón'（「和平、慈悲、許し」）は「三P」として当時も話題にされ、また後にもしばしば引き合いに出されることになる。これらの演説はアサーニャが健在であることを示すものだった。また、たとえば上に紹介した演説の一部（憎悪、恐怖、敵の絶滅、和平）は共和国政府が少なくとも公的には発しない言葉遣いである。しかしそこでは、苦悶するアサーニャ（「対話」に登場するアサーニャ＝ガルセス、またモラーレス）は隠されていたり、明示的には示されない。たとえば、「対話」では民兵の無規律さがしばしば難じられるのに、上に見たように、公けの演説では「真の軍隊」が称揚されている。しかし、三七年一一月の演説の一節に注目しておこう――「戦争によってもまた反乱によっても、公人としての私を成してきたいかなる倫理的原則も、政治の分野で私自身の生き方を支えてきたいかなる倫理的原則も打ち砕かれたということはありません」。これは「表の」不屈のアサーニャともとれるが、同時に、まさに戦争という事態においても、また「革命」に直面しても、自分は以前と変わらぬ自らの「倫理的原則」を貫いているのだ、貫くのだということの表明や再確認と解しえる（「対話」では、ガルセスが「私の倫理的人格を成していたもろもろの価値のいずれもが崩れることはなかったのです」と言っている。一一四ページ）。名演説家アサーニャが、対比的な二重の不屈性をこの言辞に入れ込んだことはまず間違いない。四演説に表象された「表の」アサーニャは、共和国政府によって、内にも（反乱派にも）外（国外）にも紹介、宣伝された。

三九年一月下旬に反乱派軍がバルセローナを占領し、二月中旬に全カタルーニャを制圧する中で、共和国政府の閣僚や兵士や避難民とともにアサーニャも二月初旬に対仏国境を越えた。ネグリンら共和国政府首脳はイベリア半島南東部に残った共和国支配地域に向かったが、（パリのスペイン大使館で招かれざる客となっていた）アサーニャは故国に戻ろうとしなかった。アサーニャの党（共和主義左翼）の閣僚も含めて共和国政府を支持する全勢力が国家元首の帰国は不可欠とみなした。しかし、帰国するよう説得に来た共和国外相に対してアサーニャは、これ以上戦闘を続けることは無意味で、できるだけ早く講和に持ち込むのがよいと答えた。二月下旬、英仏政府が反乱派のフランコ政権の承認を発表すると、それを予期してその前日にパリのスペイン大使館を去ってコローニュ・ス・サレーヴ（スイスとの国境近くのフランスの町）に居を移していたアサーニャは、自分は「新たな不毛な犠牲を避けるために……ただちに人道的な条件での和平に持ち込む」ように〔共和国〕政府に提案し、自身もそのために努力したが成果を得られなかった、英仏政府のフランコ政権承認は「国際的に法定の代表権を私から奪うもの」だとして、すぐに大統領を辞任してしまった。イベリア半島では、三月下旬、反乱派軍がスペインのほぼ全域を制圧した。三月末日に亡命の地パリで開かれた共和国議会常設委員会では、ネグリンと共産党指導者がアサーニャ非難の発言をした。翌四月一日、フランコは内戦の終了を宣言した。

同年九月に第二次世界大戦が始まり、自らの居住地域へのドイツ軍の接近が予期されると、同年一一月、アサーニャ夫妻はコローニュ・ス・サレーヴからフランス大西洋岸のピラ・シュル・メール（ボルドーから約六〇キロメートル）に移動、さらに翌四〇年六月にドイツ軍がパリを占領すると、今度は南仏モントーバンに居を変えた。アサーニャ夫婦は在ヴィシーのメキシコ大使館（メキシコ政府は内戦終了後も共和国政府を正当政府として承認し続けた）で保護を受けようとしたが、ヴィシーのフランス政府がそれを認めなかった。在仏のメキシコ大使がモントーバンでアサーニャの身を保護することになった。しかしこの年の初めから、心臓の病が明らかにアサーニャの身体を襲っていた。同年一一月、故国の北端のピレネー山脈から約一五〇キロメートルの地モントーバンでアサーニャは六〇年の生涯を終えた。

＊

アサーニャの日記を克明に追った研究者エンリーケ・デ・リーバス（シプリアーノ・リーバス・チェリフの子）によると、『ベニカルロの夜会』の草稿は三七年四月一九日に書き始められたという。これは、本書の「序」の冒頭に著者自身が記していることとも一致する。タイプライターで打ってもらい確定稿にしたのはバルセローナの「反乱」中の翌月上旬（エンリーケによると、五月六〜七日）であるとやはり「序」にある。この時、大統領の身を「反乱」から守るということで、アサーニャは妻と何人かの役人また軍人を伴ってカタルーニャ議会の建物に「こもらなければならなかった」（「序」）。この機会に、この渦中に自らの著作を仕上げようとするのは、随分と冷めた精神のなせることである。それを（あるいはそのような批判を）十分に意識してか、いやむしろ内戦発生以後の「兄弟殺しの狂暴の真っただ中」での自らの冷静な精神の維持と発揮を際立たせるために、「狂気の日々のなかでも自らの精神の独立を保持していた人々がいた」と記したのだろう。数か月を経ても収まらない凄まじい暴力と殺戮、そのなかでの自らの孤立感、苦悶、「空虚の奥底」、以上のことが、自らの思考を深め、それを何らかの形で作品にしようとの、少なくとも共和国成立以来の自らや周囲の人々の行動や思考を振り返りつつ、どうしてこのような内戦に至ってしまったのかを探り当てようとの気概をかきたてたのだろう（以上の「　」内の三引用はすべて「序」から）。エンリーケによると、「対話」には、三七年一月〜四月にアサーニャの日記に記されたことが三二箇所見られるという。「序」には三九年五月の日付が付されているから、「序」が三九年に書かれたことはほぼ間違いないだろう。

二

『ベニカルロの夜会』は一一人による対話、つまり、互いに向かい合ってする話あるいは議論から成っている。アサーニャはなぜ対話という形式を採ったのか。この問いには、共和国の政治的複数主義の理想をせめて自らの著作の中では十全に実現しようとした、と答えてよいだろう。アサーニャは、戦争中でも、いや戦争中だからこそ、とくに公務に関わっている人たちは自らの意見を持ち、それを発しなければならないと公けにも述べた。それは、反乱開始二周年の日の演説の冒頭部分にある――「公けのところで判断をなす権利は戦争中であっても生きているのです。……このようにして各人は意見の形成にささやかな貢献をすることができるのです。いや、権利というより、それは、何らかの形で公務に関わっているあらゆる人たちに絶対に必要な、避けられない義務なのです」。本書の中でも、この「対話」は「スペインの戦争中によく言い交わされたいくつかの意見を議論の形にしてまとめて示したものである」(「序」)とあり、またガルセスは「世の中にはいろいろな意見があり、また世の中というものはいろいろな意見をもとにしてやってゆくもの」(ガルセス、一五七ページ)と述べる。

しかし、この夜会には、共和国政府に加わっていた共産党、CNT、カタルーニャとバスクの政派のそれぞれの「意見」を表す人はいない。「対話」にはアサーニャが実際に会見したり対談したことをもとにしているところが多く見られるが、そういう機会がこれらの党派・政派の人々との間では少なかったこともあるかもしれない。「一」で見たように、アサーニャはCNTの政権参加に反対した。「対話」の中で「革命」が批判されるとき、隠されもせずにCNTあるいはFAIの名が挙げられる。カタルーニャ政府の行動もしばしば批判される。これらの人たちとは対話できない、ということなのだろうか。それは「対話」の中でのガルセスの次の発言とどう関わるのだろうか――「私が思い描いているのは〔中略〕神秘主義や政治的狂信主義がなじまないところであり、そこでは絶対的なことへのあらゆる志向が排除されているのです」(一二四ページ)。CNT・FAIは「政治的狂信主義」で「絶対的なこと」を志向する党派とみなされたのだろうか。共産党の「意見」を表す人がいないことについて、「活動家」バルカーラが共産党の意見も代表していると見る論者もいる。しかし、その発言からすると、後述のようにバルカーラはやはり社会党カバリェーロ派の意見を表しているととれる。それとも、この「対話」では革命の「活動家」は一人でよいとされたのだろうか。

アサーニャは「序」で、「対話者たちの仮面の裏によく知られた人物を見出だせないものかと、それぞれの仮面を剝がそうとしても無駄なことになるだろう」と予防線のようなものを張っている。各対話者が「よく知られた人物」とまったく同じということはないだろう。また、後述するように、ある話者に他の人(とくにこの「対話」にいなかった人)の見解や意見を意図的にあるいは揶揄の形で言わせているると思われるところもある。しかし、それぞれの「仮面」の発言や議論からすると、また、アサーニャの日記を一般読者も活字で読めるようになると、さらに、様々な形で内戦に関わった人たちの回想を追うと、その「裏」の「よく知られた人物」は間違いなく的中可能、あるいはおおよそ可能となる。つまり、「元閣僚」ガルセスは政治家アサーニャ、「作家」でややペダンチックなモラーレスは作家・評論家アサーニャ、これは間違いない。「弁護士」マロンは、弁護士で王政時の閣僚、反乱発生後に共和国擁護の立場を明確にした保守派政治家アンヘル・オソリオ・イ・ガリャルド（一九三六年九月に国際連盟のスペイン代表、その後、駐ブリュッセルなどの大使を歴任）、これもほぼ間違いない。「社会党指導者」パスツラーナは社会党プリエート派の領袖インダレシオ・プリエートだろうが、あるいはパスツラーナに社会党プリエート派の「意見」を代表させていると見てもよいかもしれない。内戦中、アサーニャは、プリエートとだけでなく同派のフリアン・スガサゴイティア（国会議員で、社会党機関紙の編集長。第一次ネグリン政府の内相）ともしばしば会見し協議しているからである。「活動家」バルカーラは社会党左派のラルゴ・カバリェーロだろうが、やはり、バルカーラに社会党カバリェーロ派の何人か（アサーニャがよく知っていたフリオ・アルバレス・デル・バーヨ（第一次・第二次ラルゴ・カバリェーロ政府また第二次ネグリン政府で外相）、また前出のアラキスタイン（三六年九月に駐パリ大使になった）など）の「意見」を代表させていると見ることもできる。

「対話」は以上の五人の発言・議論を軸にして展開される。あるいは、リュックを加えて六人が実質的対話者と見てもよいかもしれない。この、皮肉っぽいがまた自身のリアルな体験を語る「バルセローナ大学医学部医師」にも「裏」の具体的人物がいたと見られている（共和国軍衛生局長か）。ほかの五人は脇役あるいは引き立たせ役と言ってよい。リベーラのように反乱派が制圧した地域から逃げ延びた何人かの国会議員がいたことは、アサーニャの日記からもわかる。ブランチャートはアサーニャに近かった職業軍人（たち）だろう（特定の軍人を挙げる論者もいる）。パキータの「裏」はアサーニャの知己の女優（三一年にアサーニャの劇作『王冠』を公演した）だとの指摘もある。ラレード、「ある大尉」

の二人も、まず間違いなくまったくの創作ではない。

実質的対話者の五～六人のうちでも、「対話」を主導しているのはガルセスとモラーレスの二人（つまりアサーニャ）であることは明らかである（発言の分量からしても、この二人でその半分を超える）。楽観論しかしまた運命論・宿命論にも拠ってある程度の自説を展開するマロンは、共和国の正当性をしばしば強調するが、それでいて現状解釈の役、つまり結局、現状（戦争に至る政治的対立や革命）を追認的に説明する役である。それゆえに、マロンが「対話」を主導しているとは言えない。パスツラーナは沈着で、ときに重厚とも言える論を展開するが、たいていはガルセスとモラーレスの論に賛成したり、ときに注文を付けたりあるいは反論する役である。しかし最終場面になって、パスツラーナ自らの論の開陳と「予察」の提示となる。バルカーラは革命をやるという決意をしばしば述べ、自説を言うこともあるが、全体として見ると、ほかの対話者の質問に答えるという役の域を出ていない。

「対話」で交わされる議論の中身のそれぞれをここであらためて振り返ることはしなくてよいだろう。あえて挙げるとすれば、「対話」の「山」と見える次の三つのことがある。中盤での、暴力・殺戮をめぐるやりとり／後半での、共和国を守るためにはどのような犠牲も厭わないということでよいのかとの主張／終わりに近づいた頃の、「国民的精神」、「国の利益」についてのそれぞれの説の開陳。

一つ付け加えておくと、この「対話」には、ドイツ軍、イタリア軍、「モーロ人」兵への言及はあっても、共和国側に来た国際義勇兵への言及がまったくない。「国民的」であることを重く見るアサーニャが、スペイン人の間での対立、スペイン人の間での戦争であることにこだわったのだろうか（ガルセスは言う――スペイン人は「敵であるほかのスペイン人を根絶やしにしてしまうために彼ら［外国人］

を利用しようとするのです」、一六二ページ)。それゆえにか、あるいは別の理由で、「外国人」である国際義勇兵の存在を歓迎しなかったのだろうか(前掲の四公開演説、つまり「表」のアサーニャの発言でも、国際義勇兵への言及は見られない)。

モラーレスが渾身を込めて主張したことが、最後になってパスツラーナによって論破される。ガルセスまたモラーレスの論が受け入れられないことで「対話」は終わる。そのパスツラーナも、この戦争の「惨害」、「おぞましさ」、「無意味さ」についての自己の真情を吐露する。スペイン人はそのうち「お仕置き」を受けるだろうとのパスツラーナの「予察」あるいは「予見」で「対話」の場面はフェイドアウトする。こういう終わらせ方の意味するところは何なのだろうか。パスツラーナも、結局はガルセスまたモラーレスとほぼ同じ地平や次元でこの戦争の様相、その現在と未来における意味をつかみ取り、この「スペインの悲劇」(「序」)を生き、苦悶しているということなのだろうか。「対話」が果てた夜明けにベニカルロの町を襲う空襲で対話者たち(全員かどうかはわからない)そのものが存在しなくなってしまうこと、それが意味することについては付言の必要はないだろう。

「対話」に関係するであろう(あるいは「仮面の裏」の人物でもあろう)一名の実在の特定人物の名が二度現れる(二〇、一〇四ページ)。プリエートである。アサーニャが意図的にプリエートの名を出したのか、それとも思わず出してしまったのか。このことについて、この「解説にかえて」の筆者は今のところ何の手がかりも得ていない。

対話者たちが語ることが自身の真意なのかよくわからないところもある。それはとくにモラーレスとガルセスの言うことに見られる。たとえば、古代ローマの文化とキリスト教に基づく西洋文明を文明と見、西洋文明の影響を受けなかった地域を「野蛮」とする見方（一一七〜一一八ページ、モラーレス）、また「文明の新たな題目というものは混乱のなかから自然に芽吹いてくるものではないのです。それは誰か並外れた人物の知的な頂きにおいて凝縮され、宣されるもの」（一三二ページ、ガルセス）という発言である。これらの見方や発言は、かならずしも自身のものではない見方や見解をあえてまた極端化して述べている、そうして挑発しているとも解し得る（揶揄しているのではないかとの、もっと具体的な事例については、次の「三」の「独裁について」で述べる）。

この「対話」に、戦う人民戦線派、戦う共和国派（のイメージ）とはずいぶん異なった構え方、雰囲気を感じとることは容易である。とはいえ、「その問いかけと射程」を現在の時点から回顧し、また展望するなら、これは戦場から少しでも離れたところでの主に「ブルジョワ」の人たちによる言葉のやり取りだ、と言い切ったり言い捨てることもできないだろう。対話者たち（とくにガルセスとモラーレス）の発言にときに専門的な哲学用語（とくにヘーゲル風なもの）が見られるのにも、二〇世紀初頭からこの時期に生きたスペイン知識人（周辺の）の思潮の一端をうかがい知れる。

すでに指摘したことも含めて、この作品には創作的要素がないわけではない。ベニカルロの宿に後の五人の対話者たち（また読者も）を導きいれる冒頭部分、また対話が果てて何人かの対話者たちが宿の外に出る末尾部分のそれぞれの叙述は小説の手法を思わせるものである。冗談じみたところもけっこう多い。しかし、とくに冒頭部分（道中での出来事も含めて）はまったくの創作というのではない。内戦中、著者のアサーニャ自身がこのようにしてバルセローナからベニカルロまで車で行ったことがあるからである（後の「四」参照）。結びの空襲も創作とはとても言えず、むしろ（著者あるいは対話者たちだけでなく、それこそ多くのスペイン人の）体験を凝縮したものである。

夜会での対話が始まってしまうと、この書には何の切れ目もない。つまり、章や節がまったくない。トポスの設定が変わるということもない（冒頭部分で、時期は三月だとわかるが）。読み手、つまり対話の場を覗いて各対話者の言うことに聞き入る側は、その分だけ緊張力をプラスしなければならないことになる。

政治論議がこういった形で展開される書というと、日本語で書かれたものでは中江兆民の『三酔人経綸問答』（一八八七年）がまず頭に浮かぶ（『ベニカルロの夜会』では「対話は夕食中も夕食後も続いた」（一一ページ）とあるだけで、対話者たちが酒を飲んでいたのか、何を食べていたのか何かを飲んでいたのか、これらのことについてはまったく書かれていないが）。近代日本の政体また進むべき道を問うた『三酔人』の五〇年後に著された本書は、ファシズムと内戦の時代、いやその最中にあって、政体はもちろん、まさに人間の自由と権利の実現、その手段如何（「革命」、権力、独裁、政治的暴力）を問うたもの（対話＝問答）と言ってよいものである。

三

『ベニカルロの夜会』で提起されていることは、単にスペインでの内戦をどう見るか、どう考えるかということだけではなく、近現代における革命（それは目的か手段か）、独裁、暴力、内戦、総じて社会変革をどう見るかという一般的・普遍的な地平や視点からも考察されなければならない。このことを念頭に置いて、アサーニャの見方や見解、総じてその政治思想に迫ってみたい。

＊

革命について　アサーニャは、軍事反乱とそれに続く内戦という事態の中でも、共和国の合法性をあくまで主張し続けた。それゆえ、反乱に対して革命をという見方をすることはできなかった。それは以下のようにまとめられるだろう。①革命は、共和国が反乱に対して抵抗する正当性を奪ってしまう、②それゆえに、革命に正当性はない、③さらに、革命は失敗している、④とにかく、労働者による権力（だけ）では反乱に抵抗できない、⑤そもそも、労働者（だけ）による革命は受け入れられない、⑥やはりそもそも、革命は合法的なものでなければならない。

①また②について、「対話」でガルセスが語っている（八〇〜八一ページ）。やや長い発言なので、ここでの引用には躊躇するところもあるが、自らが拠って立つところを明瞭に説明しているので、その主要部分だけでもあえて引用しておく――「共和派の政府は、抵抗を呼びかけるにあたって、共和国、その法、その合法性などのことを守るように呼びかけたことを私としては想起してほしいだけです。私たちのすべてがこの呼びかけを受け入れることができたのです。［中略］あなたや多くの人々はこの革命の事業を守らなければならないと宣言しています。［中略］私たちは、共和国の合法性を否認し、それをないがしろにしたということで反乱派を糾弾することができ、このことに基づいて彼らを裁くことができます。しかし、誰かが起こしそして成就させたというわけでもなく、何人も正当だとしておらず承認もしていない革命に従わないということで彼らを糾弾するということはどうにも理屈に合わないことにな

るでしょう。〔中略〕彼らが和平を請うことを余儀なくされることになったら、彼らは裁判に付されなければならなくなるでしょうが、彼らを裁く裁判が公正であるためには、それは革命の名によってではなく共和国の法の名によってなされなければならないでしょう」。

「対話」ではさらに、主にガルセスがいろいろなところで②〜⑥について語る。内戦後の一九三九年にアサーニャが書いた二論稿には、これらのことが何のコメントも要しないほど明瞭に述べられている。ややや長いものだが、ここではその関連部分を引用・紹介しておく。

（1）反乱が起きると、多くの人々は「平時の通常のやり方では解き放てなかったこぶを断ち切るのに、〔第二〕共和政が先送りしていたいくつかの問題を徹底的にかたづけてしまうのに」好機だと見た。「このことを知らないと戦争の初期の数か月の共和国スペインの状況は何も理解できないだろう」。「〔一九〕三六年八月には、どんな悲観主義者でさえも戦争が次の年まで続くとは思っていなかった」。大都市などで割と簡単に反乱が鎮圧されたことは「限りない確信」をもたらした。「ものすごい名を用いようと、革命という名をまとった由々しき混乱の状態が続いて起きたのは、こういった確信に多く由来する」。しかし、「私の判断では、反乱に対する国家の対応は、共和国の憲政上も合法的な正当性を全面的に防衛する以外のものではありえなかった。こういった正当性の名によってのみ、すべての人にそれまでに得ていた権利の防衛を呼びかけ、必要な努力を要請することができたのである。政党間の争いやそれらの各々が意図するところは、それらがどんなに尊重すべきものであり正当なものであっても、共同の危険に直面したとなってはー時中断され、明後日まで引き延ばされなければならなかったのである。もちろん、軍事反乱のような激烈極まる衝撃の後では、共和国は、反乱を制圧したとしても、以前のままではありえなかっただろう」。「共和主義者、社会主義者、共産主義者〔引用者注：ここでも、CNTなどは排除されている〕、ブルジョワとプロレタリア、カタルーニャ人、バスク人それにカスティーリャの人たちが、私たちは何のために戦っているのかという問いに共通の回答を与えられないとなった日に、共和国は失われてしまうだろう」。

（「共和国の国家と革命」）

（2）共和国地域での様々な残虐行為、暴力行為が共和国政府への信頼を損なってしまった。労働組合の出しゃばりが経済を麻痺させてしまった。「国家が行き詰まって無力となる、そうすると革命が成るという。これは国家の必要性また有用性から見ても、革命的な見地からしても、二重の過ちである」。何らかの意味はあったかもしれないが、「「創造的」革命なる解決策が何の役にも立たなかっただろうことは明白である」。

（「失敗した革命」）

ガルセスがカタルーニャ政府に対して随分と批判的なのは、同政府が労働組合組織の虜になっているからだけでなく、「共通の回答」に乗ろうとしないからでもあった（以上の二論稿とも公刊を意図して書かれたが、結局この時期にはそれは叶わず、六六〜六八年にメキシコで出版された『アサーニャ全集』（本書の「アサーニャの著作」参照）に所収されて、一般に読まれることになった）。

以上には、合法主義に拠って立つ共和国擁護の主張、その思想的基礎としての自由主義（「自由主義の精神によって私が狂ってしまったと思わないでください」、ガルセス、一二六ページ／「私が今も自由主義者であること」、モラーレス、一五四ページ)、それに共和主義の見地を強く押し出すアサーニャの姿が見える。それゆえに、反乱を鎮圧したことで「確信」を抱き、革命に向かおうとした人たちからアサーニャは非難されることになる。

*

独裁について これは上の⑥とも直接に関連することである。人民戦線派が勝利してアサーニャ政権が成立した三六年春頃、共和主義者の間で強権的政府、「共和主義独裁」に移行すべしという提起があったようだ。アサーニャは、そのためには独裁的な人物を要するだろうが、自分はそういう使命を持っていないとして、これを拒否した。「対話」でガルセスが「勝利を得ようとするような、あるいは勝利を体現するような軍の領袖が私たちには今はいない〔一部略〕。しかし、そのようになって、事態がうまく進んだということになると、それは一つの現状打開策になるのかもしれません」(八五〜八六ページ)と言うのを聞くと、けっこうな唐突感を覚える。しかし、上掲のような提起がすでに内戦前からあったことを知ると、「対話」ではそれを念頭に置いていたのか、あるいはそういう動きを揶揄したのだろうかとも考えてしまう。

それ以前の「改革の二年間」の三二年七月にも、アサーニャは首相執務室で社会党の閣僚が自分にこう言うのを聞いていた——共和政は「独裁の段階」を経なければならない、「自由の概念」、とくに新聞の自由〔つまり公的な意見表明の自由〕を見直さなければならない。三三年九月、「改革の二年間」のアサーニャ政権崩壊直前の国会でアサーニャは述べた——「自由、それは何のためか」と論難する人がいる、それに対して私は「独裁、それは何のためか」と聞き返して来た。政府反対派の立場にあった三五年の何回かの公開演説の際にもアサーニャは語りかけた――「共和政はどのような極端な主義にも立脚してはならないのです。……最左派にも、最右派にもです」／「独裁というのは不寛容の行き着くところであるか、その政治的表明なのです。その原動力は狂信というものであり、それを実行する手段は物理的・身体的暴力なのです」。アラキスタインが編集長の『レビアタン〔リヴァイアサン〕』*Leviatán* はすでに三四年九月にアサーニャの議会制民主主義の「ユートピア」を批判していたが、三六年二月の国会選挙で人民戦線派が勝利すると、今度はアサーニャの「中道」論を批判した――「右派はスペイン革命を後戻りさせようとしている。……平和や協調は妄想だ。……こちらの側につくか、あちらの側につくか、革命に行くか、反革命に行くかだ。中道的なものはないのだ」。「対話」ではモラーレスが、「共和国は中道的な解決であるべきだったのです。〔中略〕中間のところでの合意が成らないというのがまずいことなのです」と語る（七〇ページ）。社会党カバリェーロ派の理論家だったラーモス・オリベイラは後に言うことになる――アサーニャは「人民の敵たちの経済的強制に対して、かくしてそれは抑えることはできないものだとして、スペインの民主主義が使えた唯一の武器である権力の強制で対抗することを拒否した」（五二年）。

ロシア革命が起きたのは、アサーニャが三七歳の時であり、自らの政治思想を明確に意識し、すでにそれを公けの行動でも示していた時である。「一」で見たように、アサーニャはそれ以前からスペインの社会主義者とも交流していた。しかし、ロシアでの革命とその後のソヴィエト政権のあり様が、その当時もその後にもアサーニャに少なくとも何らかの強いインパクトを与えた形跡は見られない。「対話」

でも、フランス革命、パリ・コミューンのことは出てくるが、より近い時期のロシア革命のことは出てこない（それを匂わせる発言はあるが。一三四、一三六ページ）。以前から、また本書の執筆時にも、ロシア革命のような革命、ソヴィエト政権のような政体は参考にもならず、まともに論ずる対象にもならないと見ていたのだろうか。これは、嫌悪に基づくとでも言うべきアサーニャの独裁への拒否の姿勢（民主主義的共和主義）を解く鍵であるかもしれない。

しかし、いずれにしても、以上から、自らが権力者の地位にあったときも、そうでなかったときも、アサーニャが独裁を拒否しようとしたことは明らかである。

＊

暴力について　スペインの内戦では、襲撃や処刑によって夥しい数の人が殺害された（一三〜一八万人という数字がある。以下の数字も概数）。戦闘終了後のフランコ政権による処刑（二〜五万人とするものが多いが、一〇万人を超えるとするものもある）も含めると、その数は戦闘と爆撃による死者（一七〜三〇万人）に匹敵するか、それを上回るほどである。暴力の範疇には、殺害だけでなく、もちろん弾圧、迫害、拉致なども含めなければならない。

三六年七月一七〜一八日の軍人たちの反乱を受けて、共和国大統領アサーニャが初めて国民に向けて声明を出したのは二三日夜のラジオ放送においてだった。声明の中心部分は反乱者たちが暴力に訴えたこと対する非難だった――「暴力というまさにこの時に、共和国の正当な権力に対して前例のない攻撃が起きている時に、私はただ暴力という一言以外に言えることはありません」。

当初から、反乱軍人たちは暴力に訴えること、暴力で恫喝することに躊躇しなかった。当初の反乱の首領の将軍が三六年五月に出した「秘密指令」には、「敵を可能な限り早く潰してしまうために、行動は激しく徹底したものとならなければならない。それは強力で、入念に組織されたものになる」とあった。翌六月の同将軍の指令には、「この〔反乱の〕行動はたいへん暴力的なものになるであろう。躊躇は失敗以外のものにはならない」とあった。モロッコからイベリア半島に上陸し、首都マドリードを攻略せんとしていたフランコは三六年八月下旬に声明した――「マドリード市民よ、聞くがよい。われわれに立ちはだかろうとすれば、それだけわれわれによる懲罰はもっと厳しいものとなる」。ほかの反乱軍人たちもほぼ同様な恫喝をし、同様な行動をした。モロッコからイベリア半島を北に向かって前進した「死の部隊」は抵抗者を捕虜にすることがなかった（ほとんど殺害した）。「対話」にもあるように（三三〜三四、一〇九〜一一〇ページ、マロンとガルセスの発言）、実際に、反乱派側では殺戮と暴力が内戦のほぼ全期間にわたって、あるいはその後にも目的的・組織的におこなわれた。反乱軍人たちはなぜこのような強度の敵意識――暴力に訴え、大量殺戮をもってしても「敵」を「潰す」――を備えるに至ったのか。それには少なくとも一九世紀以後のスペイン政治史と第一次世界大戦開始以後の世界の政治的暴力を振り返る必要があろう。ここでは、一九〇九〜二七年の一八年間にわたったスペインのモロッコでの植民地戦争、まさに暴力でもってスペイン国家の「敵」を潰したこの戦闘の経験とその勝利が強固なアフリカ派軍人たちを生み出し、しかもこのアフリカ派軍人たちがスペイン軍の中で優位となったことを指摘しておきたい（反乱軍人たちの多くはアフリカ派軍人である）。

しかし、アサーニャは反乱軍人たちの暴力を非難しなければならなかっただけでなく、共和国側での暴力も嘆かなければならなかった。内戦開始から約一か月後の三六年八月に起きたマドリードのモデーロ監獄での政治囚の殺戮は、大統領にも当時の共和国政府にもたいへんな衝撃を与えた(「対話」でのガルセスの発言、一一〇ページ。一三年前までアサーニャが属していた改革党の元党首も犠牲者となった)。国外での反響も大きかったので、アサーニャは共和国の尊厳が損なわれたとして、元首としての責任をとろうとした(「一」で見たように、辞意をほのめかした。後に自らの日記に、この日のことを「悲しみの夜」だったと記している)。これは、同月のバダホス(西南部のポルトガル国境近くの都市)での反乱派による共和国派の大量虐殺と反乱派軍機によるマドリード空襲に憤慨したマドリードの民兵や民衆の報復的行為だった。同年一一〜一二月にもマドリード郊外で政治囚の大量虐殺事件が起きた。それ以前から、共和国の政治指導者また政治勢力の指導者たちは暴力行為をやめるよう訴えていた(八月初旬、プリエートはラジオで呼びかけた――「人間の偉大さの最も重要なもの」を失うようなことはするな。CNTの指導者も犯罪的行為を糾弾していた)。同年一一月、首相のラルゴ・カバリェーロは「捕虜の生命を大事にする」よう共和国の兵士に命じた。同年八月下旬に犯罪的行為を裁く特別法廷(「人民法廷」と呼ばれることになった)設置令が出されたが、これはモデーロ監獄事件の衝撃を受けてのことだった(この政令への大統領の署名を求めた際、当時の首相ヒラールはアサーニャに、「これで数万人の命を救える」と言った)。以上のことは、たしかに、少なくとも指導者レベルでは、反乱派地域と共和国では政治的暴力についての見方や対処が大きく根本的に異なっていたことを示している。

アサーニャ(またガルセスとモラーレス)は反乱開始一周年の日の演説でも「対話」でも、敵を絶滅させようという政治はありえないと言わざるをえなかった。「対話」で暴力の連鎖、殺戮の連鎖、そのメカニズムをめぐるやりとりが一つの山をなす所以である（「対話」でリュックがありありと述懐する墓地での銃殺（三二一〜三二三ページ）は、内戦初期にアサーニャ自身が大統領執務室の窓から見たことであろうとする論者もいる。これは大いにありうることである。当時、大統領執務室が置かれたマドリードのオリエンテ宮（以前の王宮。当時は「国民宮殿」と呼ばれた）から見える西方の緑地帯カーサ・デ・カンポ一帯は内戦初期に銃殺・処刑の場となっていたからである）。

「独裁について」のところでも引用したラーモス・オリベイラは次のように言う――「暴力の現実に見舞われると、この文筆家［アサーニャ］は闘うことを拒否した」、「アサーニャは革命における暴力を、あらゆる形態の暴力を排撃した」。政治的暴力のまさに暴発はどうして起きる（た）のか。「対話」では、モラーレスやガルセスがそれをあまりに性急に心理的次元（「国民」の性格）に求めようとしているように見える。しかし、凄まじい政治的暴力に直面してアサーニャが「あらゆる形態の暴力を排撃した」こと（しかし、実際には排撃できなかった「悲劇」（「序」））は、非難めいて言及されるべきものではなく、むしろその後（の世代）へのメッセージであり、問いかけであり、あるいは「希望」（「序」）と見るべきではないか。フランコ体制崩壊後、とくに今世紀に入ってからの二〇〇七年の通称「歴史記憶法」（内戦中およびフランコ体制下の抑圧の犠牲者に対する補償、街頭や公的施設などからのフランコ体制のモニュメントの撤去などを規定）成立の前後から、スペインでは内戦中およびフランコ体制下での政治的暴力と殺戮の検証・検討が進められている。それは、近現代世界の政治的暴力一般（「本国」だけでなく植民地での暴力も。またその「経験」、「成果」が本国にもたらされたことも）についての検証や研究の重要な一環を成すものである。

＊

内戦について　共和国を守るためにはどのような犠牲（人命、生活環境、物質的・文化的財）も厭わないということでよいのか、この戦争では勝つか負けるかの結着をつけなければいけないのか、どちらが勝っても正義も自由もないのではないか、このまま戦い続けてもスペインの抱える政治的・社会的問題は何も解決しないのではないか。モラーレスまたガルセス、さらに最終場面になってパスツラーナも悲痛なまでに説くこれらのことも「対話」の一つの山をなしている。これは、個々の暴力だけでなく、戦争という巨大暴力、暴力体系の帰結するところでもある。想起されてよいのは、まさにアサーニャ自身が三六年四月の国会（という公的場）で「今の時代に内戦をやれば降りかかる負担」を予知、いやむしろ警告していたことである（「一」で引用）。この意味では、アサーニャにとって今回の内戦は、いわば義務としての戦争に見えたはずである。実際に、「今の時代」のスペインの内戦は、内外の軍事力・経済力・人力が最大限に動員され（巻き込まれ）、相手を徹底的にたたきのめす総力戦・組織戦となってしまった。

一九世紀までの内乱・内戦は、社会変革の一つの型、実際にはほとんど唯一の型であった。大きな社会変革は、戦争や乱を伴わざるをえなかった。それゆえ、それらの社会変革（革命）は国民を創ったり、国民形成の基礎となった。しかし、二〇世紀、とくに総力戦だった第一次世界大戦を経験した後の内戦はどうか。あまりに犠牲が甚大——これは、戦闘手段の破壊性＝大量殺戮まさに暴力の高度化、ほぼ全住民を巻き込むこと、それに国際権力政治の介入によって生ずる——で、一つの人間社会の存立・存続を危うくすることにもなっている。第二次世界大戦以降、とくに二〇世紀末以降、社会変革の一つの型としての（少なくとも長期の）内戦はさらに難しくなっているのではないか。こう考えると、スペインの内戦は、まさにアサーニャが直面し、説き、また苦悶したように、内戦で得られるものより失われるものが大きいこと（創造力なし）を（おそらく初めて）示したと言えるのかもしれない。

『ベニカルロの夜会』で注目してよいことは、内戦という戦争で苦しんでいる人々の構え方、身の処し方にも言及し、それらを紹介していることである。代表的な三例――「今の時期には、恐怖によってかあるいは期待をこめてか、「どうか何とかならんことを」と何度も何度もため息をつくことがなかったようなスペイン人男性やスペイン人女性は一人もいません。〔中略〕悪行をはたらく危険を冒すということもなかったし、自身で悪行をはたらかなければならないものならおそらく身をすくませてしまうであろう嫌悪や恐怖に打ち勝つという必要もなかったのに、今は、自らのものではない悪を味わわされている」（一三一ページ）／「銃後では、非常に多くの人々が、恐怖に怯えているか、あるいは自らの政治的立場を有利にしようと策を企てたり、あるいは売買やその他のやり方で儲けたりしている」（一七〇ページ）／「あらゆる人々が自らの生存のためのいちばん大事な条件が危うくなっていると思っていることです。それで、多くの人々は自らの生存それ自身のために懸命になっているのです。〔中略〕各々の人々は、いくつかあるなかで〔自らの生存のために〕賭したものが、誰かが言うように相当な成果を生むようにとしかるべきことをしてきたのです。こうなると、ほかのどういうことが人々の関心事となるというのでしょうか？」（一八四ページ）。これもまた、アサーニャの戦争とくに内戦（それまで「共に」暮らしてきた人たちも争い合う）への視座をうかがわせるものであろう（「序」で「いろいろな意見を示した」と言っている)。このことは、たまたまある地にいたことでどちらかの陣営の兵士として戦わねばならなくなった内戦中のスペイン人青年また成人たちの悲嘆や苦悩を明らかにしている最近のいくつかの研究にも通ずることである。

＊

アサーニャの政治思想　「対話」の終わりころの「国民的精神」や「国の利益」をめぐるやりとりはやや上ずった観を呈しているように見える。アサーニャは以前から、スペイン社会を近代化するために、スペイン政治を民主主義的なものにするために、それらを内実化する国民が創られるために、国家(もちろん共和政の国家)を比類なき手段と見ていた。アサーニャは一九三二年の講演で述べたことがある――「国家は政治部面における人間精神の最も高度の概念であり、われわれを導く者であり、われわれを指導する者である」。アナーキズムを受け入れられなかったのは、このような国家観を保持していたことにもよるのだろう。このような政治思想は『レビアタン』によって批判された――「アサーニャの民主主義は相変わらずロマンティックで、理想主義的で、かなりユートピア的な民主主義であり、階級的な政体ではない。……民主主義、それは何のためか?……国の利益のため? これもまた幻想だ。……「スペインのすべての民主主義者が一致できる」ような、そんな国の利益などない」(三五年七月)。「対話」ではパスツラーナが、そういう見方では「ありのまま」の国を見ることはできない、国というものに「永遠なる価値」を込めようとするのは受け入れられない、として批判する(一七八ページ)。後にラーモス・オリベイラは、アサーニャを「ヘーゲル主義者、理想主義者」であるとし、その「国家を完全なものと見る理論」からして「所有、富は決定的なカテゴリーにはならなかった」、結局「アサーニャとスペインの共和主義のユートピア」は「社会と衝突しながら国家を建設しようとする」ものだとする（五二年。『レビアタン』もアサーニャを「私有財産制度の擁護者」で「小ブルジョワジーの利害の代表的存在」と断じていた（三五年一〇・一一月））。「対話」でモラーレスは、所有、富（財産）についての「平等主義的な仮定の言説」に拠っているとパスツラーナから批判される（一七九ページ）。

以上のようなアサーニャの「理想主義的」政治観あるいは国家観から、「すべての人々の自由のために戦」うこと、また「壮大なる国民的贖い（あらゆる人を救うために多くの人が死ぬ）」（モラーレス、一七〇、一七一ページ）というまさに「ロマンティック」で「ユートピア的」な目標が掲げられることになる。また、このように「国」や「国民」をとらえることから、「国民」の分離・隔離・排除（「切断」）への警戒が語られることになる（モラーレス、一六九〜一七七ページ）。

他方でまた、以上のことは、「対話」でモラーレスやガルセスが、暴力だけでなく共和国の失敗も、やはり性急にスペイン「国民」の性格（価値、精神）に求めようとしているように見えること（とくに、一六四〜一六九ページ）とおそらく不可分である。それはもちろん、「理性と分別」（「序」）、「自由の問題、理性の問題、人間の尊厳の問題」（モラーレス、一二〇ページ）をアサーニャが重視し、期待するからだろうが。

スペインの社会主義者の論評にも多くを拠ってアサーニャの政治思想の観察をしてきたが、それは社会主義者たちの論評が「対話」でも再現されていること、また、ある程度の的確な指摘や批判を含んでいると判断されるからである（実際に、アサーニャにあっては社会的・経済的な視点また関心は弱い）。

しかし、それだけの論評の対象となるほど、アサーニャの（またスペインの共和主義の）政治思想が意味を持っていたということでもある。

政治思想と関わることで一つ付け加えておくと、「対話」ではスペイン社会における女性の位置や役割、とくに共和国に対する反乱への女性の関わりが議論される（五〇～五八ページ）。マロンは、女性のほうが反乱に好意的ではなかったかとの論を展開するが、マロン（保守的共和派）だけがこういう見方をしていたとは言えそうにない。アサーニャも含め対話者たちが一般にこの時期のスペイン女性を自立的な存在と見ていたかどうか疑問だからである。というのは、一九三一年の憲法制定議会で共和国憲法に両性の選挙権を明記するかどうかの議論がなされた時、右派やカトリック教会擁護派は賛成だったのに、共和主義者たちの間ではむしろ否定的な意見が多かったからである（この条項の賛否の投票では、当時のアサーニャの党である共和主義行動党の議員の大半が反対票を投じた。アサーニャは棄権した）。社会主義者たちの姿勢もこれとそんなに離れたものではなかった（プリエートは、女性に選挙権を付与すると、右派の得票を増やすことになると見ていた。本文の訳注（30）も参照）。

＊

アサーニャの文芸創作思想　アサーニャの政治思想はその文芸創作思想とも当然ながら深く関係している。アサーニャの三七年六月のある日の日記にはこうある――『スペインの時』編集部の若い詩人たちが訪ねてきた、「［彼らの］（かなり）新たな型の詩作も読者大衆にはほとんど受け入れられなかった。大衆の心に迫るにはもっと的外れだ」、「戦争は英雄的精神があればなせる、それを専らとしてなせるというものではない」」、この点でアントニオ・マチャードが次のように言うのは的確だ、「セルバンテス、シェークスピア、トルストイのように書くことが民衆のために書くことである」。『スペインの時』*Hora de España* は三七〜三八年に共和国側で刊行された文芸誌で、「革命と内戦のまさにこの時を描く」ことを目指した。スペインの詩人アントニオ・マチャードは、その三七年一月の創刊号でアサーニャが引用している趣旨のことをたしかに書いている。以上のことを知ると、「対話」でモラーレスがやや唐突に、「大地と死者の声」で「国民的精神」を規定しようとするのは「たわ言」だと言う（一五四ページ）意味がようやくわかる。モラーレスは、一方で、自らの「大地」を賞賛したフランスの作家・思想家モーリス・バレスの思想や論（若きアサーニャはバレスをよく読んだ）に与するものではないとし、他方では、スペインの詩人ミゲル・エルナンデスが『青いつなぎ服』*El Mono Azul*（三六〜三九年に共和国側で刊行された文芸誌。『スペインの時』とほぼ同様の性格を持つ）などに戦死者を称える詩を寄せたのを揶揄しているのである。以上のことは、戦争は英雄的精神があればうまくいくというものではないとも、この戦争を賛美するなとも、戦争のリアリズム（戦争の悲しみ）を描くようにとも、あるいは戦時にあってもきちんと組み立てられた作品を書くのがよいともとれる。戦時にあっても（だからこそ）「自らの精神の独立」（「序」）を若い作家たちに要求するというのは、広い意味での民衆文化に対するアサーニャの高踏的とも言える姿勢を示すものだろう。アサーニャはそういった自らの立ち位置を意識していたのであろう、「対話」ではモラーレスがパスツラーナによって、「上品さや繊細さ」を気取る、ほかの人たちがやることを「俗悪で粗野なこと」のように見るといって難じられる（一八三ページ）。

四

三九年二月初旬にアサーニャが対仏国境を越えた時、タイプライターで打たれた『ベニカルロの夜会』の原稿は大統領のカバンの中にあった。同年八月に、ブエノスアイレスで原文のスペイン語版が、九月（三日、つまりフランスの対独宣戦布告の日）に、アサーニャの友人のフランス人の手で翻訳され、著者自身の校訂も経たフランス語版がパリで出版された（この年に英語版の出版ための交渉もなされたが、結局ロンドンの出版社が出版を受け入れなかった）。アサーニャ自身ができるだけ早い出版を望んだようだ。アルゼンチンでの出版には同国在住のスペイン人の協力があった。出版の際、アサーニャは、夜会をなぜベニカルロに設定したかをフランス語版訳者に知らせている。つまり、それは「まったくの作り話」というのではなく、三七年の二月と三月の二回、当時バルセローナに居た自分がベニカルロに向かい、この地の海辺の宿で当時バレンシアにあった共和国政府の要人たちと「重要な会談を持った」ことにもよる（これらの会談があったことは、アサーニャの日記からも確認できる）。

＊

「一」で見たように、四〇年六月、ドイツ軍のパリ占領を見て、アサーニャ夫婦はピラ・シュル・メールから南仏モントーバンに居を変えた。ピラ・シュル・メールの家には義兄のシプリアーノの家族が残っていた。翌七月、この家にゲシュタポに先導されてフランコ政権の警察がやってきた。警察官は「アサーニャはどこにいる」と尋ねた。シプリアーノは「モントーバンにいる」と答えた。警察官は地図を見ながら言った。「われわれの地域〔＝ドイツ占領地域〕ではない」。しかし、スペインの警察は家中を探し回った。結局、警察はシプリアーノを逮捕し、またこの家の中にあったアサーニャの文書群を押収した（以上、妻ドローレスとシプリアーノの子のエンリーケの回想による）。シプリアーノはフランコ政権スペインに連行され、死刑の宣告を受けたが、七年後に赦免となり、釈放される。しかし、やはり「われわれの地域」にいたスガサゴイティア（「二」で前出）やカタルーニャ政府の元大統領はフランコ政権スペインに連行された後、処刑される。アサーニャがいましばらくピラ・シュル・メールの家に留まっていたら、フランコのスペインで元共和国大統領はどうなっていたかと誰でも案じてしまう。いや、「われわれの地域ではない」モントーバンも安全な地ではなかった。ヴィシー政権のフランコ政権の大使は自らモントーバンに行き、アサーニャを拉致しようと図っていた。メキシコ大使の保護がなければ、アサーニャの身はこのフランコ政権の大使が目論んだようになったかもしれない（アサーニャに対するフランコ政権の審理は三九年八月に始まっていた。四一年四月に、アサーニャに対して、一億ペセータの罰金の判決が出される）。「一」で見たように心身ともに憔悴していたアサーニャは、モントーバンに移転して四か月と数日後の一一月三日に同地で死去した。ヴィシーのフランス政府は、アサーニャの遺体にスペイン共和国旗が添えられることを許さなかった。妻のドローレスはメキシコ大使館が保護した。元共和国大統領の死は、スペイン国境と接するフランスの町ヘンダーヤでのフランコ・ヒトラー会談の一一日後のことだった。

＊

ファシズム勢力とみなされた反乱派に対する結局は二年九か月間の戦いを讃えるというより、むしろ辛辣な批判を多く含んだ『ベニカルロの夜会』の評判は良いものではなかった。ほかならぬ共和主義者の間でもそうだった。アサーニャは、それを知って（また、おそらくそれを予期して）説明した――この書を「何かに対する、誰かに対する脅し」と見てほしくない、「歴史のための証言」として、共和主義者たちが「自らの政治倫理を、自らの原理を、自らの方針を再建できるようにするため」のものと見てほしい、このようにしてのみ今後、共和主義者の言うことが真剣に聞き入れられるのだ（在メキシコの自分の元秘書への手紙、四〇年二月）。その前月には、自らの党（共和主義左翼）の国会議員だった同僚（やはり在メキシコ）に反論の手紙を書いていた――あなたが言うように私の著では「悲観主義が目立っている」のではない、目立っているのは「自立した判断とスペイン人としての感覚」である、それによって「諸事実の正確な認識」ができるのだ、「多くの人たちはそれらを見ないようにと目を閉じている」、「私は悲観主義者でも楽観主義者でもない」、あなたは「的確な」意見を「私が内に秘めて」いて、もう役に立たなくなった時に私がそれを公けにしたと言う、そうではない、私の著での内戦中の共和国の状況に関するほとんどの論点は内戦中の私の四演説の中にすでに含まれているのだ。他方で、オソリオ・イ・ガリャルド（内戦後、ブエノスアイレスに在住）は間違いなくアサーニャの書を読み、対話するマロンが自分のことだとわかったはずだが、その『自伝』（四一年初版）では、アサーニャを批判するどころか、むしろ好意的に書いている――アサーニャは「その最後の日まで、もう忠実なというようなものではない、無類の憲政主義者だった」、「あらゆるスペイン人のうちで戦争［内戦］で最も苦しんだのは彼だった」。

以下では、内戦後に示された共和主義派以外の党派の、アサーニャの書についてというより、アサーニャ全般に関連する評価を見よう。CNT・FAIはもちろんアサーニャを批判した。代表的なものとして、その指導者だったディエゴ・アバー・デ・サンティリャンの『なぜ戦争に負けたか』（四〇年初版）を挙げうる——三六年九月にアサーニャと会見した時、この人物は「ファシズムには共感していないが、革命また公的な事柄への人民の直接的関与にはなおさらのこと共感していない」との印象を持った、「アサーニャのような人たちがいては、ファシストの陰謀は必定だったし、戦争の敗北も必定だった」、敗北の三基本要因の三番目は「〔共和国〕政府の中央集権主義の病理」である（一番目は英仏の政策、二番目はロシアの介入である）。社会主義者に目を向けると、すでに見たラーモス・オリベイラの評価が代表的なものであろう。その結論的評価は、アサーニャは「革命家ではなかった」、第二共和政の時期には「政治家が人民を求める」必要はなかった、「いまや〔内戦になると〕人民が政治家を求めていたが、そこにアサーニャはいなかった」というものである（五二年）。スペイン共産党の評価は、やや後の時期のものになるが、この党の人々が編纂した『スペインにおける戦争と革命』に見ることができる。この期の書物には、第二共和政初期に「民主主義革命を実現する実際の可能性」は失われた、それには「マヌエル・アサーニャという人の性格」が少なからず関わっていた、内戦時にアサーニャは「自らの内部の動揺に打ち勝って、共和国の命運の前面に立ち続けた。初期の時期における彼の抵抗の意思がなかったら、この政体〔共和国〕の防衛を組織することは非常に難しいものになっていただろう」（六七年／七一年）とある。つまり、内戦時のアサーニャに対する過大とも思われる評価が見られる。

アサーニャは、内戦時にも、頑迷なほど自らの思想・主張を貫き通した。それゆえに、アサーニャを通してスペイン内戦の「全容」が理解できるというのではない。たびたびの大統領辞任の意向の表明、政府所在地とは異なる地での居住、自分の判断での停戦工作など勝手と思われる行動は、共和国の各派に、とくに戦闘継続を最後まで主張していた勢力に少なからぬ不信をもたらしたことはたしかである。いずれにしても、共和国が崩壊してしまうと、アサーニャの思想やその時代は終わったかに見えた。

五

七四年に『ベニカルロの夜会』がスペインで出版された。フランコが没する一年前のことである。出版の労をとった法政治学者はその第二版（二〇〇五年）の序文で初版刊行の意義について述べる——独裁末期のスペインで本書を出版することは「アサーニャという人物の政治的・知的重要性の復権」をはかり「阻害されて来た自由で民主主義的な伝統の回復」に貢献することを意味した、「一九七四年、スペイン社会の最も溌剌とした人たちから民主主義に向けての政治的変革が所望されていた時、アサーニャの思想を甦らせることは特別な意味を有した」、それゆえに本書の刊行は「疑いもなく、フランコ主義の拒否と自由の追求という当時の努力において特筆すべき出来事であった」、本書刊行の時、われわれの多くは「長年の対抗宣伝の後で、ついにこのメッセージ〔「一」で見た「三P」のこと〕が実りあるものとなりうる未来が見えてきた」と信じていた。初版時から三一年後の「未来」（つまり二〇〇五年頃）の様相とそのまた未来への期待はどうか——「一九七八年に憲法の条文に記された和解でこのメッセージがたしかに実りあるものとなったことを確認できる。加えて、あらためての希望をまた表明しなければならない。つまり、それを育むのに多くの労を要したこの成果が無駄にならないことを」、今回の版は「あの戦争〔内戦〕での対立を……蒸し返し、古き憎悪を呼び覚まそうとする」意図に対する「解毒剤」となろう。憲法案作成のための議会の委員会に、政権党の中道派政党、社会党、共産党、カタルーニャとバスクの政派（前者が後者も代表）、フランコ体制時の有力政治家も抱えた保守政党、以上の各代表が参加し、その後の国民投票で承認され、「民主的共存」（前文）を謳う七八年憲法（現行憲法）で、アサーニャの思想や主張（少なくとも「三P」）は蘇ったというのである。

八〇年には、マドリードで国立演劇センターによる『ベニカルロの夜会』の公演がなされた。後に、これは「現在の大衆」がアサーニャと出会う初めての機会となったと評された。劇場版の二人の脚本家・演出家のうちの一人は述べる――この公演は「共和国を称揚するというのではない。その歴史的機会はもう失われたのだ。スペイン人全体の記憶から、とくに戦争〔内戦〕の傷の想いに悩まされることはなかったわれわれのような者のすべての記憶から消し去られようとされてきたそういう世代のすべての人たちについてよく考えてみようということだ」。劇場版の『夜会』は原作とかなり異なっていた。舞台にベニカルロの宿が設けられたのではなく、暗いベニカルロの駅が観客の前にあり、そこでなかなか来ない汽車を待つ間に対話がなされるという設定だった。とくに目立ったのは（また、批判を受けたのは）バルカーラの不在だった（原作でのバルカーラの発言はしばしばパスツラーナの口から発せられた。もう一人の脚本家・演出家は、こうして社会主義者の立場に一貫性を持たせようとした、と説明する）。役者の一人が最後に「三P」演説の末尾を読み上げた。劇評には、それは観客の喝采を浴びた、とある。

八四年には、「四」で見たように四〇年にフランコ政権の警察によってフランスで押収されたアサーニャの文書群がマドリードの警察の施設で発見された（タイプライターで打たれた『ベニカルロの夜会』の草稿も）。政治家・文筆家アサーニャの分身が再び故国に現れたのである。

アサーニャ没後五〇年の一九九〇年には、スペイン文化省主催のアサーニャ展がマドリードのレティーロ公園内の水晶宮で開催された。この年には、自由主義派日刊紙の『エル・パイス』が、また王政派日刊紙の『ＡＢＣ』が、ともにアサーニャ特集を組んだ。この年には、かのモントーバンの地で、「アサーニャとその時代」をテーマにコロック（討論会）も開催された。

九〇年代になると、スペイン政治においてもアサーニャへの言及が増えた。九五年、内戦時にも活動した元共産党書記長のサンティアーゴ・カリーリョ（この時期には、除名され、別の党を設立していた）は、第二共和政の時期にアサーニャが独裁を拒否したことを引き合いに出しながら論を張った——「今日では、社会の進歩的変革は人権の擁護の名においてなされなければならない」（『大いなる移行　いかにして左翼を再建するか』、九五年）。耳目を集めたのは、右派・保守派の国民党党首ホセ・マリーア・アスナールの発言だった。アスナールの家系は熱心なフランコ派として知られていた。アスナールは野党時の九〇年、上に見た『ＡＢＣ』のアサーニャ特集で、「アサーニャがその生まれた国で一致して認められるようになる時期が来たと思う」と述べたのである。また、九三年の国会選挙キャンペーンの際の記者会見で、自分は「心からアサーニャのような使命」を抱いていると表明したのである。これらの発言は、「静穏な変革」を目指す自らの党の開放性を示すためのポーズだと思われた。九七年、前年の選挙によって首相となったアスナールは、ほかでもなくアサーニャの『一九三二〜一九三三年の日記』(内戦初期に盗まれて、反乱派・フランコ政権の手に渡った日記を編集。「アサーニャの著作」の一九九七年の項の一番目)の発刊を記念する場の演壇に立った。首相は述べた——アサーニャの時代には「交渉、協定、誠実な協力の可能性がほとんどなかった」が、「アサーニャの偉大さ」はこういう状況を変えようとしたこと、「アサーニャ自身の悲劇」はそれを達成できなかったことにある、アサーニャの理想は「今日、スペイン社会の確かな多数派によって広く共有されている」、アサーニャは「誰もが知っている、和平、慈悲、許し〔「三P」〕の最後のメッセージをわれわれに残してくれた」、アサーニャが享受できなかった「自由、協調、進歩の希望」を育んでいこう。今回の登壇・発言にも以前のようなポーズの要素が見られないわけではないが、アスナールがアサーニャの時代について述べたことには当を得たところがあることはたしかである。

七八年憲法を制定した時の中道派政権の首相は、内戦の犠牲者を葬る「戦没者の谷」の聖堂(エル・エスコリアル近く。フランコの墓石がある。フランコは「戦没者」ではないが)を内戦中の両派の犠牲者の記憶継承の場にする、その象徴として南仏モントーバンにあるアサーニャの墓石をこの場に移送するという構想を実行に移そうとした。そのために首相は在メキシコのアサーニャ未亡人ドローレスと接触したが、ドローレスはこれを拒否した(ドローレスはその後、九三年に死去)。後年、アスナール首相も同様の構想を実行に移そうとしたが、今度は同聖堂を管理しているカトリック教会の側が難色を示したようだ。その後、この件は以下のような展開を見せる。「三」の「暴力について」の項で既述したように、二〇〇七年、社会党政権下で「歴史記憶法」が制定された。同法の趣旨を具体化するために設立された専門委員会は、二〇一一年、フランコの墓石を他所に移して、「戦没者の谷」の聖堂を内戦中の両派の犠牲者の記憶継承の場にすることを（あらためて）提案した。二〇一七年、この提案は下院で承認されたが、当時の国民党政権は議会のこの提案を受け入れなかった。しかし、翌二〇一八年六月に社会党政権が成立すると、政府はこの提案を閣議決定し、同年九月に下院もそれを承認した。政府の決定に対して、フランコの遺族やフランコ主義者たちは訴訟を起こすに至った。本年（二〇一九年）三月、社会党政権は六月にはフランコの墓石の移設を実行すると発表したが、実行予定日の直前に、最高裁がフランコ主義者たちの訴えを認めて、移送実行の一時差止めの裁定を出した。移設が実行されるかどうか、実行されるとなるとどのように実行されるのか、まだ予断を許さない。

フランコ死去後の一九八〇年代から一九九〇年代にかけて、また今世紀に入っても、スペインではかなりの数のアサーニャの演説集・論稿集・著作、またアサーニャについての研究が公刊されている（「アサーニャの著作」／「アサーニャに関する文献」参照）。思想家・政治家アサーニャについて様々な見解が出された――「ジャコバン的自由主義者」、「近代主義者で民主主義者だったが、革命家ではなかった」、「革命家だったが、その敵たちが描いたような革命家ではけっしてなかった」、「改革者」で「伝統的自由主義者」、など。二〇一七年には『ベニカルロの夜会』の第三版が出た。四三年前の初版、一二年前の第二版に序文を書いた法政治学者があらためて『ベニカルロの夜会』の今日的意義を述べる――「独裁から民主主義への見事な移行と広汎な合意を得た〔一九七八年〕憲法によって古傷は消えた」と多くの人が思っていたのに、「兄弟間の憎悪、政治的反対者を敵とみなして潰してしまおうとする意向、そして結局のところ憲政民主主義の規範の蔑視に戻ってしまう危険が消え去ってはいないようだ」、「権力を組織する唯一の文明的形態である議会制民主主義以外では自由と平等は保証されえない」ことを繰り返し述べたアサーニャを再読しなければならない、アサーニャの誓いを実現することが「今日、われわれの憲政民主主義に降りかかっている新たな危険に対抗する唯一の道である」。二〇〇七年、二〇一一年にはそれぞれ別の出版社からも『ベニカルロの夜会』が刊行された。スペイン共産党機関紙『ムンド・オブレロ』に載った書評は言う――この書は「的確なこともそうでないことも含んでいるが、われわれの過去の再検討のこの上ない勧めとなっている」(二〇一四年)。

「民主的共存」の実現のために、スペイン政治は、敗北したアサーニャの主張・思想を蘇らせ、あるいはそれを引き合いに出し、またそれに寄りかかることになった。前掲の一九九〇年の『ABC』のアサーニャ特集では、内戦を経験し、亡命し、フランコ死去後に故国に戻った法学者(社会党の上院議員にもなった)がその小論を「[アサーニャの]知識人・政治家としての成果の多くは一九七八年憲法のスペインにおいて復活し、勝利している」と結んだ。同年に刊行されたスペイン内戦中の暴力に関する著作(「アサーニャに関する文献」にあるREIG TAPIAの書)も、五〇年後に「[アサーニャの]思想はいまや遍く知られるものとなり、また偉大な倫理的勝者となっている」とした。論者たちの意図はよくわかるが、これらには過言の観がある。おそらく、アサーニャ自身が「勝利」、「勝者」なる見方また用語法を好まなかっただろう。むしろ、二〇〇三年に出された著作(「アサーニャに関する文献」にあるMORÁN/VELARDE FUERTESの書のMORÁNの担当部分)の冒頭部分の言、「アサーニャの復活はほとんど誰もが認めるものになっている」というのが当を得ているように見える(著者は一九八二〜八六年に社会党政権の外相)。いや、特定個人をあまりに浮かび上がらせるのでは、人間の苦闘と挑戦の歴史のより広いパースペクティブから逸れてしまうか、あるいはそれを見失ってしまうだろう。そうすると、スペイン内戦が残した最大の教訓は、莫大な（そして、結局かなりの期間にわたることになった）人的・物的・文化的犠牲を目の当たりにしたことだと言えないだろうか（三たび引用すると、アサーニャはまさに内戦の直前に、それを「今の時代に内戦をやれば降りかかる負担」と予言した）。一九九〇年、スペインのある政治学者は新聞紙上で述べた――「かくして、その［スペイン内戦の］偉大さは、この悲劇の教訓にあるのではないか？［フランコ死去後の］この一五年間、われわれは償いのための敬意を払って、この教訓を適用しようとしているのではないか？」（傍点引用者）。以上のような観察や理解あるいは省察を見ても、また見るなら、『ベニカルロの夜会』は、凄まじい内戦を目の当たりにした「前の世代の人々」（「序」）の「遺書」であるとともに、その悲劇を未来に投影する書である、書となったと言えないだろうか。

このような教訓を得たからには、われわれ（あるいは「私たち」）も、独裁、暴力、内戦によらない社会変革の条件や可能性の究明と追究の課題の前に立たされていることになる。それはおそらく、諸個人の権利の確立（社会的・経済的にも主権者となる）、政治上の規範の確立（「憲政民主主義」ということになろう）、それに一国内だけでなく地球上の人々の社会的・経済的格差や（空間的）分離の解消に求められることになろう。そして、そのためにこそ（夜だけでなく、また宿においてだけでなく）様々な「対話」の意義が浮かび上がって来ることになる。

翻訳を進めていくうちに、著者の苦悶がしみ渡るように伝わってきた。訳者としては、その苦悶に寄り添い、あるいはやや遠くから見ることに努めた。

本書は政治思想史の書（あるいはスペイン内戦またスペイン近現代史の理解のための著作）というだけでなく、文学作品としても読めないわけではない。スペイン内戦の文学というと、ジョージ・オーウェル（『カタロニア讃歌』）、アーネスト・ヘミングウェイ（『誰がために鐘は鳴る』）、アンドレ・マルロー（『希望』）がまず想起され、その作品は日本語でも読める。しかし、「外」からの讃歌や爆破行動（ヘミングウェイの書の主人公の行動）や希望というより、本書『ベニカルロの夜会』はスペイン人自身の経験と苦悶から慰めや希望を見出そうとする。その意味で、本書はもちろん証言の書でもある。

「凡例」にも記したように、『ベニカルロの夜会』にはいくつかのスペイン語版のほかに、フランス語版、イタリア語版、英語版がある（フランス語版の出版の事情については、「四」で述べた）。翻訳に当たっては、これらスペイン語版以外のバージョンを大いに参考にした。ただ、それらはそれぞれに独自の解釈による訳をしていることも多く（とくに英語版）、戸惑うことも多かった。

翻訳には常のことながら、訳語で迷うこと、しばしばであった。とくに、「対話」の終わりころに頻出する「国民的精神」（原語は、‘el espíritu nacional’）、「国の利益」（同‘el interés nacional’）には、それぞれ「国民としての精神」、「国民的利益」の訳語もあり得たかもしれない。‘República’（「共和政」あるいは「共和国」）については、内戦以前の時期についてであることの明示が必要な場合には「［第二］共和政」あるいは「［内戦以前の］共和政」とした。それ以外の場合には、煩雑を避けるために、内戦以前の時期も含めてすべて「共和国」とした。さらに、話者によって一人称複数の呼び方を違うようにした

(「私たち」、「われわれ」)。

可能な限りの訳注を付したが、結局わからないところもあった。

本書は日本語で読めるアサーニャの初の書である。もっとアサーニャの著作を読みたいという方にまず何を推すべきかはなかなか難しい。本「対話」の中心的テーマについてさらに知りたい、できれば一冊で、となると、やはりスペイン内戦中のアサーニャの四演説を収録した『戦争のさなかのスペイン人』がよいかもしれない(「アサーニャの著作」の一九七七年の項にある)。

歴史の研究書や政治理論書などの類ではなく、複数の話者がいろいろな用語法を用いてまさに口語的に語り合うことから成る本書のような著作の翻訳は訳者には初めてのことである。原文の多くの比喩や引用、いくつかのニュアンスや含意を込めた表現には様々な日本語訳が可能であろう。それゆえ、本書での訳文が最適だとは思っていない。「対話」の雰囲気もうまく醸し出せていないかもしれない。ご海容のほどをお願いしたい。

最後に、この訳書の出版をこころよく引き受けてくれ、様々な要望にも応じてくれた法政大学出版局編集部の方々、とくに郷間雅俊さんへの謝意を記しておかなければならない。これらの方々のお仕事と援助によって、訳者・解説者は、ときに「慰め」を得、また本訳書刊行の「希望」を持ち続けることができた。

二〇一九年七月

〈引用・参照文献〉

＊「解説にかえて」で引用・参照した文献のうち，次の「アサーニャの著作／アサーニャに関する文献」に挙げてあるものは，ここでは記していない。

ABAD DE SANTILLÁN, Diego, *Por qué perdimos la guerra. Una contribución a la historia de la tragedia española* (Plaza & Janés, Barcelona, 1977/1ed., Buenos Aires, 1940).

ANDERSON, Peter, *¿Amigo o enemigo? Ocupación, colaboración y violencia selectiva en la Guerra Civil Española* (Editorial Comares, Granada, 2017).

——/ÁNGEL DEL ARCO BLANCO, Miguel (eds.), *Mass Killings and Violence in Spain, 1936–1952. Grappling with the Past* (Routledge, New York/London, 2015).

ARMITAGE, David, *Civil Wars. A History of Ideas* (Yale University Press, New Haven, 2017).

AVILÉS FARRÉ, Juan, *La izquierda burguesa y la tragedia de la II República* (Comunidad de Madrid. Consejería de Educación, Madrid, 2006).

BAUMEISTER, Martin/SCHÜLER-SPRINGORUM, Stefanie (eds.), *“If You Tolerate This...”. The Spanish Civil War in the Age of Total War* (Campus Verlag, Frankfurt/New York, 2008).

BLOXHAM, Donald/GERWARTH, Robert (eds.), *Political Violence in Twentieth-Century Europe* (Cambridge University Press, Cambridge, 2011).

CARRILLO, Santiago, *La gran transición ¿Cómo reconstruir la izquierda?* (Editorial Planeta, Barcelona, 1995).

CASANOVA, Julián (coord.), *Morir, matar, sobrevivir: la violencia en la dictadura de Franco* (Editorial Crítica, Barcelona, 2002).
CORRAL, Pedro, *Desertores. Los españoles que no quisieron la Guerra Civil* (Almuzara, Córdoba, 2017).
DWYER, Philip/NETTELBECK, Amanda (eds.), *Violence, Colonialism and Empire in the Modern World* (Palgrave Macmillan, Cham, 2018).
EALHAM, Chris/RICHARDS, Michael (eds.), *The Splintering of Spain. Cultural History and the Spanish Civil War, 1936–1939* (Cambridge University Press, Cambridge, 2005).
FERRÁN, Ofelia/HILBANK, Lisa (eds.), *Legacies of Violence in Contemporary Spain: exhuming the past, understanding the present* (Routledge, New York/London, 2017).
GRAHAM, Helen, *The War and its Shadow. Spain's Civil War in Europe's Long Twentieth Century* (Sussex Academic Press, Eastbourne, 2012).
Hora de España (*Antología*), Selección y prólogo de Francisco Caudet (Ediciones Turner, Madrid, 1975).
IBÁRRURI, Dolores y otros, *Guerra y Revolución en España 1936–1939*, 4 vols. (Editorial Progreso, Moscú), Tomo I (1967), Tomo III (1971) / Tomo I, Tomo II (1966) の日本語版：『スペインにおける戦争と革命』第1巻、第2巻（青木書店、一九七三年）
JULIÁ, Santos (coord.), *Víctimas de la guerra civil* (Ediciones Temas de Hoy, Madrid, 1999).
Leviatán (*Antología*), Selección y prólogo de Paul Preston (Ediciones Turner, Madrid, 1976).
Manuel Azaña, La velada en Benicarló. Diálogo de la guerra de España (dirección José-Luis Gómez) (Tea-

tro Bellas Artes, Madrid, 1980)（一九八〇年の劇場公演のパンフレット）.

MARTÍN RUBIO, Ángel David, *Paz, piedad y perdón... y verdad: la represión en la guerra civil: una síntesis definitiva* (Editorial Fénix, Madridejos, 1997).

MATTHEWS, James, *Reluctant Warriors. Republican Popular Army and Nationalist Army Conscripts in the Spanish Civil War, 1936–1939* (Oxford University Press, Oxford, 2012).

MORENTE, Francisco (ed.), *España en la crisis europea de entreguerras. República, fascismo y Guerra civil* (Los libros de la Catarata, Madrid, 2011).

OSSORIO Y GALLARDO, Ángel, *La España de mi vida. Autobiografía* (Ediciones Grijalbo, Barcelona, 1977/1ed., Buenos Aires, 1941).

PAYNE, Stanley G., *¿Por qué la República perdió la guerra?* (Espasa Libros, Madrid, 2010).

——, *Civil War in Europe, 1905–1949* (Cambridge University Press, Cambridge, 2011).

PRESTON, Paul, *El holocausto español. Odio y exterminio en la Guerra Civil y después* (Debate, Madrid, 2011).

Richards, Michael, *After the Civil War. Making Memory and Re-Making Spain since 1936* (Cambridge University Press, Cambridge, 2013).

RODRIGO, Javier, *Hasta la raíz. Violencia durante la Guerra Civil y la dictadura franquista* (Alianza Editorial, Madrid, 2008).

SEIDMAN, Michael, *Republic of Egos. A Social History of the Spanish Civil War* (The University of Wisconsin Press, Madison, 2002).

第二共和政期からスペイン内戦時に発行された雑誌
Hora de España (1937-1938)
Leviatán (1934-1936)
El Mono Azul (1936-1939)

一九七〇年代後半以降のスペインの新聞・学術誌
ABC
Insula. Revista de letras y ciencias humanas, 526 (Octubre 1990)（アサーニャ没後五〇年特集号）
Mundo Obrero
El País

＊最近の日本語（で読める）文献で、本書の理解のために参考となるものとして、以下の二冊も挙げておく。
飯田芳弘『忘却する戦後ヨーロッパ　内戦と独裁の過去を前に』（東京大学出版会、二〇一八年）
TRAVERSO, Enzo, *À Feu et à sang: De la guerre civile européenne 1914-1945* (Edition Stock, Paris, 2007)
／エンツォ・トラヴェルソ（宇京頼三訳）『ヨーロッパの内戦　炎と血の時代　一九一四——一九四五年』（未來社、二〇一八年）

アサーニャの著作／アサーニャに関する文献

I. アサーニャの著作

＊第二共和政期から内戦の時期に発行された冊子類などは除いた。一九六〇年代以降のものは、没後に刊行、再刊、編集されたものである。

この著作一覧は、解説者が直接、確認できたもののほか、スペイン国立図書館のリストなどに依っているが、けっして完全なものではない。また、ほぼスペイン国内で発行されたものに限られている。

一九〇〇年

La responsabilidad de las multitudes (Madrid).

一九〇二年

La libertad de asociación. Discurso leído por D. Manuel Azaña en la Academia de Jurisprudencia (Madrid).

一九一一年

El problema español. Conferencia pronunciada por D. Manuel Azaña Díaz el 4 de febrero de 1911 (Alcalá de Henares).

一九一七年

Los motivos de la germanofilia. Texto taquigráfico del discurso pronunciado por el Sr. Azaña en el Ateneo de Madrid (Madrid).

Reims y Verdun (Madrid).

一九一八年

Estudios de política francesa contemporánea. La política militar (Madrid).

一九二四年

Apelación a la República (La Coruña).

一九二七年

La novela de Pepita Jiménez (Madrid).

El jardín de los frailes (Madrid).

一九二九年

Valera en Italia: amores, política y literatura (Madrid).

一九三〇年

La Corona (Madrid).

Tres generaciones del Ateneo (Madrid).

一九三一年

Plumas y palabras (Madrid).

一九三二年

Una política (*1930-1932*) (Madrid).

一九三四年

En el poder y en la oposición (*1932-1934*) (Madrid).

La invención del «Quijote» y otros ensayos (Madrid).

Grandezas y miserias de la política. Conferencia en «El Sitio», de Bilbao, el 21 de abril de 1934 (Madrid).

一九三五年

Mi rebelión en Barcelona (Madrid).

一九三六年

Discursos en campo abierto (Madrid).

一九三九年

Los españoles en guerra (Barcelona).

La velada en Benicarló. Diálogo sobre la guerra de España (Buenos Aires)/*La veillée à Benicarlo* (Paris).

一九六六〜六八年

Obras Completas de Manuel Azaña, 4 vols. (Ediciones Oasis, México).　＊『ベニカルロの夜会』は第三巻に所収されている。

一九六七年
La veglia a Benicarló (Einaudi Editore, Torino).

一九七一年
Ensayo sobre Valera (Alianza Editorial, Madrid).

一九七四年
La velada en Benicarló. Diálogo de la guerra de España (Editorial Castalia, Madrid/2ed., 2005/3ed., 2017).

一九七六年
Plumas y palabras (Grijalbo, Barcelona).

一九七七年
Los españoles en guerra (Editorial Crítica, Barcelona).

一九七八年
Doctrina política de Manuel Azaña (Fenicia, Madrid).

一九八〇年
El problema español y un año de dictadura (Edascal, Madrid).

一九八一年
La velada en Benicarló. Versión teatral de José A. Gabriel y Galán-José Luis Gómez (Espasa-Calpe, Madrid).　＊後半部分に『ベニカルロの夜会』の劇場版を所収。

一九八二年

Memorias políticas y de guerra (Editorial Crítica, Barcelona).

El jardín de los frailes (Alianza Editorial, Madrid).

Vigil in Benicarló (Associated University Presses, East Brunswick/London/Toront).

一九八二〜八三年

Antología. 1. *Ensayos*; 2. *Discursos* (Alianza Editorial, Madrid).

一九八六年

Causas de la guerra de España (Editorial Crítica, Barcelona).

一九八七年

Fresdeval (Pre-Textos, Valencia).

一九九〇年

Manuel Azaña. Apuntes de Memoria (*inéditos*). *Guerra Civil* [*mayo 1936–abril 1937*] [*diciembre 1937–abril 1938*]　＊*Cartas* [*1938–1939–1940*], Edición al cuidado de Enrique de Rivas (Pre-Textos, Valencia).

RIVAS, Enrique de, *Comentarios y notas a «Apuntes de Memoria» de Manuel Azaña y a las cartas de 1938, 1939 y 1940*　＊*Obras de Manuel Azaña: Bibliografía* (Pre-Textos, Valencia).

Grandeza y miserias de la política (Sociedad El Sitio, Bilbao).

El problema español. Apelación a la República (Aguilar, Madrid).

一九九一年

Cartas, 1917-1935 (Pre-Textos, Valencia).

一九九〇～九二年

Obras Completas de Manuel Azaña, 4 vols. (Ediciones Giner, Madrid). ＊一九六六～六八年にメキシコで出版されたもののファクシミリ版。

一九九二年

Discursos parlamentarios (Congreso de los Diputados, Madrid).

一九九七年

Diarios, 1932-1933: los cuadernos robados (Editorial Crítica, Barcelona).

¡Todavía el 98!: el idearium de Ganivet: tres generaciones del Ateneo (Biblioteca Nueva, Madrid).

二〇〇〇年

Diarios completos: Monarquía, República, Guerra civil (Editorial Crítica, Barcelona).

二〇〇三年

Discursos políticos (Editorial Crítica, Barcelona).

El jardín de los frailes (El País, Madrid).

二〇〇五年

Cervantes y la invención del "Quijote" (ELR Imagen, Madrid).

La invención del "Quijote" y otros ensayos (Asociación de Libreros de Lance de Madrid, Madrid).

Diarios de Guerra (Planeta-De Agostini, Barcelona).

Sobre la autonomía política de Cataluña (Tecnos, Madrid).

Reims y Verdun (Ministerio de Cultura, Subdirección General de Publicaciones, Información y Documentación, Madrid).

二〇〇六年

Vida de Don Juan Valera (Ayuntamiento de Cabra, Delegación de Cultura, Cabra).

Apelación a la República (Centro de Investigación y Estudios Republicanos, Madrid).

二〇〇七年

La velada en Benicarló. Diálogo de la guerra de España (Movimiento Cultural Cristiano, Madrid).

Obras Completas de Manuel Azaña, 7 vols. (Ministerio de Presidencia, Secretaria General Técnica, Madrid).

二〇〇八年

Obras Completas de Manuel Azaña, 7 vols. (Taurus, Madrid).

二〇〇九年

De la cárcel al poder (Eneida, Madrid).

二〇一一年

La velada en Benicarló. Diálogo de la guerra de España (Reino de Cordelia, Madrid).

二〇一四年

Escritos sobre la guerra de España (Editorial Crítica, Barcelona).

二〇一六年

A la altura de la circunstancia: escritos sobre la Guerra Civil (Reino de Cordelia, Madrid).

二〇一七年

Tierras de España: el problema español (Reino de Cordelia, Madrid).

二〇一八年

El Arma de las Letras. Ensayos literarios (Reino de Cordelia, Madrid).

二．アサーニャに関する文献

＊以下では、アサーニャに関する基本的で必須と思われる文献を挙げている。それゆえ、網羅的なものではない。また、単独論文・単独評論の類も挙げていない。

ABELLÁN, José Luis, *Historia crítica del pensamiento español*, Tomo V (III), *La crisis contemporánea*. III C) *De la gran guerra a la Guerra Civil española* (*1914–1939*) (Espasa-Calpe, Madrid, 1991) (Cap. XLIX, 'La utopía republicana: Manuel Azaña').

AGUADO, Emiliano, *Don Manuel Azaña Díaz* (Ediciones Nauta, Barcelona, 1972).

ALÁIZ, Felipe, *Azaña* (Páginas libres, Toulouse, 1960).

ALTED, Alicia / EGIDO, Ángeles /MANCEBO, María Fernanda (eds.), *Manuel Azaña: Pensamiento y acción*

(Alianza Editorial, Madrid, 1996).

ANTÓN, Joan / CAMINAL, Miquel (coord.), *Pensamiento político en la España contemporánea* (*1800–1950*) (Editorial Teide, Barcelona, 1992) (Santos Juliá, 'Manuel Azaña Díaz').

ARIAS, Luis, *Azaña o el sueño de la razón* (Editorial Nerea, Madrid, 1990).

——, *Azaña* (Salvat, Barcelona, 1995).

Azaña et son temps. Colloque international organisé par la Ville de Montauban et le Centre National de la Recherche Scientifique (*G.D.R.30*) *tenu à Moutauban du 2 au 5 novembre 1990* (Collection de la Casa de Velázquez, Madrid, 1993).

CARABIAS, Josefina, *Azaña: Los que llamábamos don Manuel* (Plaza & Janés, Barcelona, 1980).

CONTRERAS, Josep, *Azaña y Cataluña. Historia de un desencuentro* (Edhasa, Barcelona, 2008).

CORNIDE FERRANT, Enrique, *Manuel Azaña* (Fundación Caixa Galicia, Santiago de Compostela, 2007).

EGIDO LEÓN, Ángeles, *Manuel Azana. Entre el mito y la leyenda* (Junta de Castilla y León, Consejería de Educación y Cultura, Valladolid, 1998).

—— (ed.), *Azaña y los otros* (Biblioteca Nueva, Madrid, 2001).

——, *Manuel Azaña, el hombre, el intelectual y el político* (Biblioteca Nueva, Madrid, 2007).

ESPÍN, Eduardo, *Azaña en el poder. El partido de Acción Republicana* (Centro de Investigaciones Sociológicas, Madrid, 1980).

FERRER SOLÀ, Jesús, *Manuel Azaña: Una pasión intelectual* (Anthropos, Barcelona, 1991).

GAROSCI, Aldo, *Los intelectuales y la Guerra de España* (Ediciones Júcar, Madrid, 1981) (Cap.IV, 'La angustia de Manuel Azaña'). 原書：*Gli Intellettuali e la Guerra di Spagna* (Giulio Einaudi editore, Torino, 1959).

GIRAUTA, Juan Carlos, *La república de Azaña* (Ciudadela Libros, Madrid, 2006).

HARO TECGLEN, Eduardo, *El niño republicano* (Extra Alfaguara, Madrid, 1996).

JIMÉNEZ LOSANTOS, Federico, *La última salida de Manuel Azaña* (Editorial Planeta, Barcelona, 1994).

JULIÁ, Santos, *Manuel Azaña, una biografía política. Del Ateneo al Palacio Nacional* (Alianza Editorial, Madrid, 1990).

——, *Vida y tiempo de Manuel Azaña 1880–1940* (Taurus, Madrid, 2008).

MARICHAL, Juan, *La vocación de Manuel Azaña* (Alianza Editorial, Madrid, 1982/1ed., Cuadernos para el Diálogo, Madrid, 1968).

MARCO, José María, *Manuel Azaña. Una biografía* (Editorial Planeta, Barcelona, 1998).

MARTÍNEZ SAURA, Santos, *Memorias del secretario de Azaña* (Editorial Planeta, Barcelona, 1999).

MONTERO, José, *El drama de la verdad en Manuel Azaña* (Publicaciones de la Universidad de Sevilla, Sevilla, 1979).

MORÁN, Fernando/VELARDE FUERTES, Juan, *Manuel Azaña* (Ediciones B, Barcelona, 2003).

MUELA, Manuel, *Azaña estadista* (Nuestra Cultura, Madrid, 1983).

PAU PEDRÓN, Antonio, *Azaña, jurista* (Ministerio de Justicia, Centro de Publicaciones, Madrid, 1990).

PEÑA GONZÁLEZ, José, *Los ideales políticos de Manuel Azaña* (Editorial de la Universidad Complutense, Madrid, 1983).

——, *Manuel Azaña: el hombre, el intelectual y el político* (Fundación Colegio del Rey, Organismo Autónomo de Cultura, Ayuntamiento de Alcalá de Henares, 1991).

PRESTON, Paul/MACKENZIE, Ann L. (eds.), *The Republic Besieged. Civil War in Spain 1936–1939* (Edinburgh University Press, Edinburgh, 1996) (Part II, James Whiston, ' 'Obligación de opinar': The limits of pluralism in Manuel Azaña's *La velada en Benicarló* ').

RAMOS-OLIVEIRA, Antonio, *Historia de España*, III (Compañía General de Ediciones, México, 1952) (Octava Parte, Cap.VI, 'Azaña').

REIG TAPIA, Alberto, *Violencia y terror. Estudios sobre la Guerra Civil Española* (Ediciones Akal, Madrid, 1990) (Cap.VII, 'España en Guerra. La tragedia de Manuel Azaña').

RIVAS-XERIF, Cipriano de, *Retrato de un desconocido. Vida de Manuel Azaña* (Ediciones Oasis, México, 1961).

ROJAS, Carlos, *Azaña* (Editorial Planeta, Barcelona, 1973).

SEDWICK, Frank, *The Tragedy of Manuel Azaña and the Fate of the Spanish Republic* (Ohio State University Press, Columbus, 1963).

SERRANO, Vicente-Alberto/SAN LUCIANO, José-María (eds.), *Azaña* (Ediciones Edascal, Madrid, 1980).

SUÁREZ, Federico, *Manuel Azaña y la guerra de 1936* (Rialp, Madrid, 2002).

VILLENA, Miguel Ángel, *Ciudadano Azaña. Biografía del Símbolo de la Segunda República* (Editorial Península, Barcelona, 2010).

《叢書・ウニベルシタス　1099》
ベニカルロの夜会
スペインの戦争についての対話

2019年 9 月 25 日　初版第 1 刷発行

マヌエル・アサーニャ
深澤安博 訳
発行所　一般財団法人　法政大学出版局
〒102-0071 東京都千代田区富士見 2-17-1
電話 03(5214)5540 振替 00160-6-95814
組版: HUP　印刷: 平文社　製本: 誠製本

Printed in Japan

ISBN978-4-588-01099-6

著 者

マヌエル・アサーニャ（Manuel Azaña）

1880年（スペイン，アルカラ・デ・エナーレス）～1940年（フランス，モントーバン）。文学評論家，政治評論家，また小説家，劇作家。1920年代頃から，スペインの共和主義派，とくに共和主義左派の代表的政治家として活動。1931年の第二共和政成立後に陸相，その後，「改革の2年間」と呼ばれた同年から1933年まで首相。1936年に「人民戦線政府」の首相，その後，同年から1939年までのスペイン内戦中の大半の期間，スペイン共和国大統領。内戦終了直前にフランスに亡命。様々な評論や創作，克明な日記，第二共和政時の公開演説や国会での演説，また内戦中の公開演説などが『アサーニャ全集』に収められている。本書『ベニカルロの夜会』は1980年に劇場でも公演された。

訳 者

深澤安博（ふかさわ・やすひろ）

1949年生。茨城大学名誉教授。スペイン現代史。主要著書に，『スペイン内戦の研究』（共著，中央公論社，1979年），『スペイン内戦と国際政治』（共著，彩流社，1990年），『ドキュメント　真珠湾の日』（共編著，大月書店，1991年），『スペイン現代史　模索と挑戦の120年』（共著，大修館書店，1999年），『アブドゥルカリームの恐怖　リーフ戦争とスペイン政治・社会の動揺』（論創社，2015年）。訳書に，サンティアゴ・カリリョ『「ユーロコミュニズム」と国家』（共訳，合同出版，1979年），フロレンティーノ・ロダオ『フランコと大日本帝国』（訳者代表，晶文社、2012年）。

―――― 叢書・ウニベルシタスより ――――

（表示価格は税別です）

1045 実在論を立て直す
H. ドレイファス，C. テイラー／村田純一監訳 3400円

1046 批評的差異 読むことの現代的修辞に関する試論集
B. ジョンソン／土田知則訳 3400円

1047 インティマシーあるいはインテグリティー
T. カスリス／衣笠正晃訳，高田康成解説 3400円

1048 翻訳そして／あるいはパフォーマティヴ
J. デリダ，豊崎光一／豊崎光一訳，守中高明監修 2000円

1049 犯罪・捜査・メディア 19世紀フランスの治安と文化
D. カリファ／梅澤礼訳 4000円

1050 カンギレムと経験の統一性
X. ロート／田中祐理子訳 4200円

1051 メディアの歴史 ビッグバンからインターネットまで
J. ヘーリッシュ／川島建太郎・津﨑正行・林志津江訳 4800円

1052 二人称的観点の倫理学 道徳・尊敬・責任
S. ダーウォル／寺田俊郎・会澤久仁子訳 4600円

1053 シンボルの理論
N. エリアス／大平章訳 4200円

1054 歴史学の最前線
小田中直樹編訳 3700円

1055 我々みんなが科学の専門家なのか？
H. コリンズ／鈴木俊洋訳 2800円

1056 私たちのなかの私 承認論研究
A. ホネット／日暮・三崎・出口・庄司・宮本訳 4200円

1057 美学講義
G. W. F. ヘーゲル／寄川条路監訳 4600円

1058 自己意識と他性 現象学的探究
D. ザハヴィ／中村拓也訳 4700円

叢書・ウニベルシタスより

（表示価格は税別です）

1073 うつむく眼　二〇世紀フランス思想における視覚の失墜
M. ジェイ／亀井・神田・青柳・佐藤・小林・田邉訳　6400円

1074 左翼のメランコリー　隠された伝統の力
E. トラヴェルソ／宇京賴三訳　3700円

1075 幸福の形式に関する試論　倫理学研究
M. ゼール／高畑祐人訳　4800円

1076 依存的な理性的動物　ヒトにはなぜ徳が必要か
A. マッキンタイア／高島和哉訳　3300円

1077 ベラスケスのキリスト
M. デ・ウナムーノ／執行草舟監訳，安倍三﨑訳　2700円

1078 アルペイオスの流れ　旅路の果てに〈改訳版〉
R. カイヨワ／金井裕訳　3400円

1079 ボーヴォワール
J. クリステヴァ／栗脇永翔・中村彩訳　2700円

1080 フェリックス・ガタリ　危機の世紀を予見した思想家
G. ジェノスコ／杉村昌昭・松田正貴訳　3500円

1081 生命倫理学　自然と利害関心の間
D. ビルンバッハー／加藤泰史・高畑祐人・中澤武監訳　5600円

1082 フッサールの遺産　現象学・形而上学・超越論哲学
D. ザハヴィ／中村拓也訳　4000円

1083 個体化の哲学　形相と情報の概念を手がかりに
G. シモンドン／藤井千佳世監訳　6200円

1084 性そのもの　ヒトゲノムの中の男性と女性の探求
S. S. リチャードソン／渡部麻衣子訳　4600円

1085 メシア的時間　歴史の時間と生きられた時間
G. ベンスーサン／渡名喜庸哲・藤岡俊博訳　3700円

1086 胎児の条件　生むことと中絶の社会学
L. ボルタンスキー／小田切祐詞訳　6000円